DAS BULLENHERZ

CROW INVESTIGATIONS BAND 5

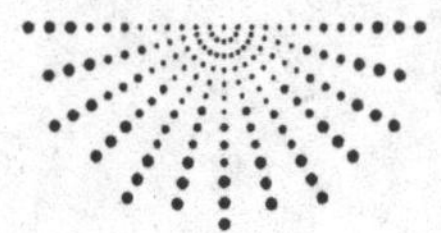

SARAH PAINTER

Übersetzt von

DANIELA M. HARTINGER

Siskin
Press

Das Bullenherz

Sarah Painter

Aus dem Englischen übersetzt von
Daniela M. Hartinger

Veröffentlicht von Siskin Press Limited,
Unit G6, The Granary Business Centre, KY15 5YQ
Scotland
© Copyright 2023 Sarah Painter
Coverdesign: Stuart Bache

Es war ein typischer Frühlingstag im Herzen von London. Ein dichter grauer Himmel drückte auf die Stadt herab und der bevorstehende Regen lag bereits in der Luft. Lydia klammerte sich an das kühle Metall eines Stahlzylinders, ihre Füße stützten sich gegen noch mehr Stahl und sie versuchte mit aller Kraft, die dreißig Stockwerke unter sich zu ignorieren. Hundert Meter Luft nach unten, am Ende wartete knallharter Asphalt.

The Shard, das höchste Gebäude Londons, war eine schmal zulaufende Pyramide aus Glasplatten, die von einem Stahlkäfig und - laut der Website, die Lydia sich angesehen hatte - von einem Betonkern zusammengehalten wurde. Die Metallstreben waren von den vier Ecken der Pyramide aus zugänglich und die gleichmäßig verteilten horizontalen Teile wirkten wie eine schmale Leiter. Zumindest vom Boden aus. Aus der Nähe betrachtet waren die Sprossen zu weit auseinander und der aufrechte Balken zu breit, um ihn bequem zu greifen. Lydia hatte einen Beutel mit Kreide dabei und trug griffige Kletterschuhe, trotzdem hatte sie das Gefühl, jeden Moment abzurutschen.

Sie ignorierte das Zittern ihrer Muskeln und zog sich eine weitere Sprosse hinauf. Die Böen der Frühlingsbrise waren in dieser Höhe stärker und wehten ihr Haare ins Gesicht. Sie hielt sich an der Stange fest, machte eine kurze Pause und spuckte die Strähnen aus ihrem Mund. Lydia hatte ihre Haare zu einem Pferdeschwanz zusammengebunden, aber der reichte offenbar nicht aus. Sie hätte eine Badekappe aufsetzen sollen.

Lydia konzentrierte sich auf das glatte Metall wenige Zentimeter vor ihrem Gesicht. Sie wollte nicht nach oben sehen, wie viel Wolkenkratzer sie noch zu erklimmen hatte. Und sie wollte definitiv nicht nach unten schauen. Allein der Gedanke an die winzigen Menschen auf dem steinharten Boden reichte aus, dass ihr Magen sich zusammenzog. Sie war eine Crow, sagte sie sich. Sie hatte keine Höhenangst.

Dass sie eine Crow war, war im Prinzip genau das Problem. Und der Grund, weshalb sie sich an eines der berühmtesten Gebäude Londons klammerte und das Kletterverbot ignorierte, das die Eigentümer gerichtlich erkämpft hatten, um Menschen von genau dem abzuhalten, was Lydia gerade tat.

In diesem Moment brach die Sonne durch die Wolken, ihr frühes Licht spiegelte sich in den Glasscheiben und dem glänzenden Stahl und blendete Lydia fast. An ihrer jetzigen Stelle zu verharren, mit brennenden und zitternden Muskeln, war keine dauerhafte Option. Also zwang sie sich zur Bewegung. Sie hievte einen Fuß auf die nächste Sprosse, ließ ihre Hände an der Stange hinaufgleiten, um sie besser greifen zu können, und setzte dann mit zunehmender Anstrengung den zweiten Fuß auf. Die Angst umkreiste sie. Bei jedem Zug nach oben war ihr Körper für einen Moment vom Gebäude entfernt und sie konnte sich nur auf ihre Muskeln, ihren Griff und ihren Schwung verlassen. Die

Prüfung bestand darin, so weit wie möglich hinaufzukommen, was sowohl sorgfältige Berechnung als auch Mut erforderte. Wenn sie kletterte, bis ihre Energie aufgebraucht war, würde sie nicht mehr sicher absteigen können. Es gab kein Seil, keinen Sicherungsgurt, kein überdimensioniertes Sprungkissen. Nichts würde verhindern, dass sie tief nach unten auf den unnachgiebigen Boden knallte und sich alle Knochen brach.

Das war's. Sie würde absteigen. Einen Moment lang ließ allein der Gedanke daran ihren Körper vor Erleichterung erzittern. Lydia machte sich daran, ihre Bewegungen umzukehren, und fand das zunächst noch schlimmer als den Aufstieg. Jedes Mal, wenn sie einen Fuß nach unten bewegte, tastete sie nach der Sprosse darunter. Der Drang, stehen zu bleiben und sich an ihre Position zu klammern, beide Füße sicher auf einer Metallstrebe, beide Hände fest am Griff, war fast überwältigend. Aber Lydia wusste, dass sie sterben würde, wenn sie diesem Drang nachgab. Ihre Muskeln, die ohnehin schon erschöpft waren, würden schnell ermüden und dann würde sie stürzen. Da niemand sie von dort oben retten würde, musste sie in Bewegung bleiben. Sie bewegte ihre Hände, winkelte ihre Beine an und schickte einen weiteren Fuß nach unten.

Die Geräusche der Stadt kehrten auf dem Weg Richtung Erde zurück. Verkehr, Autohupen, ein Pressluftbohrer und vereinzelte Martinshörner. Das verlieh ihr einen Adrenalinstoß. Die Tortur war beinahe vorbei. Lydia atmete tief durch und zwang sich zu einer gleichmäßigen, steten Bewegung. Jetzt war nicht der Moment für Eile. Sie hatte noch zwanzig Stockwerke vor sich, als eine Stimme neben ihrem Ohr sie zusammenzucken ließ. Sie vergewisserte sich, dass ihr Griff fest war, und sah sich um. Jemand hatte ihren Namen gesagt. Nur einmal, aber sehr deutlich. Doch es war niemand da. Sie sah nur Glas, Stahl, den grauen Himmel und andere Gebäude, die sie daran erinnerten, dass sie sich viel zu weit über dem sicheren Boden befand. Natürlich war dort niemand. Es musste eine akustische Halluzination gewesen sein, ausgelöst von der Erschöpfung. Vermutlich war der Aufbau von Milchsäure in ihren Muskeln schuld. Oder so etwas Ähnliches. „Verzieh dich", sagte sie. Nur für alle Fälle. Das Leben mit einem Geist hatte sie gelehrt, dass es verschiedene Wesen auf dieser Welt gab und nicht alle von ihnen eine körperliche Hülle tragen mussten.

„Lydia", sagte die Stimme erneut. Sie klang menschlich, wenn auch nach jemandem mit starken Halsschmerzen. Oder nach einem Kettenraucher.

Lydia wollte ihre Augen schließen. Sie lehnte die Stirn gegen die Metallstange und verstärkte ihren Griff so gut wie möglich. Ihre Finger waren taub und sie fürchtete, dass die Kraft in ihren Händen nachließ. Was würde dann passieren? Sie malte sich aus, wie sich ihre Finger lösten und abrutschten, wie sich ihr Körper von dem Metallgerüst entfernte und ihre Arme unkontrolliert herumwirbelten, während sie rückwärts nach unten stürzte.

Auf dem Metallrahmen einer der Glasscheiben hockte eine Krähe und neigte den Kopf. Lydia blinzelte und erwartete, dass das Bild verschwinden würde, aber das Tier blieb. Ein stämmiger Körper, ein kräftiger schwarzer Schnabel, schwarze Federn und ein einziges, glänzendes schwarzes Auge, das sie erwartungsvoll ansah.

„Was?" Lydia wollte nicht unhöflich klingen, aber es fiel ihr zugegeben schwer, in diesem Moment ihren Tonfall zu zügeln. Höchstwahrscheinlich stand sie kurz davor, in den Tod zu stürzen. „Ich brauche keine Zuschauer", sagte sie. „Es ist nicht gerade mein bester Tag."

Die Krähe bewegte ihre Krallen und plusterte ihr Gefieder auf.

„Ja, du bist sehr schön", sagte Lydia. „Und du kannst fliegen, du selbstgefälliges Biest."

Doch der Anblick der Krähe tröstete sie ein wenig. Sie war nicht allein. Und sie war eine Crow. Ein Energieschub jagte durch ihren Körper und sie kletterte weiter nach unten, wobei ihr Schritt gleichmäßiger wurde.

Auf den letzten Metern stellte Lydia entsetzt fest, dass eine Menschenmasse auf dem Bürgersteig stand. Sie war vor Sonnenaufgang losgeklettert, die Gegend um The Shard war fast menschenleer gewesen. Sie war nicht lange unterwegs gewesen, aber schon füllten Pendler und Straßenreiniger die breite Straße. Beim Höllenfalken! Typisch London.

Aiden wartete an der Stelle, an der sie ihn zurückgelassen hatte. Er hatte sein Handy in der Hand und filmte noch. „Du kannst jetzt aufhören", sagte Lydia und hielt ihre Hand hoch.

„Nicht schlecht", meinte Aiden lässig.

„Du kannst es gern selbst ausprobieren", antwortete Lydia trocken. Ihre Gliedmaßen waren weich wie Gummi und ihr Herz raste. Sie konnte gerade so dem Drang widerstehen, sich fallen zu lassen und den Boden zu küssen.

Aiden lächelte. Er sah in diesen Tagen besser aus, er hatte etwas Farbe auf den Wangen und sein Körper wirkte nicht mehr unterernährt, sondern jung und schlank. Als Lydia die Position des Familienoberhaupts von ihrem Onkel Charlie übernommen hatte, hatte sie Aiden als rechte Hand geerbt. Er war einer ihrer zahlreichen Cousins und erst zwanzig, aber sein gequälter Blick ließ ihn älter wirken. „Nein, schon gut", sagte er leichthin.

„Hast du alles drauf?", fragte Lydia und reihte sich mit Aiden in die Menschenmenge am Bahnhof London Bridge ein. „Denn das mache ich nicht noch einmal."

„Es sei denn, jemand fordert dich heraus", sagte er.

„Was?" Lydia hatte das Erklimmen des höchsten Gebäudes der Stadt für eine Art Initiationsritual gehalten.

Wie eine Schikane. „Ich dachte, es wäre eine einmalige Sache?"

Aiden zuckte mit den Schultern. „Nur wenn du bis nach oben gekommen wärst. Aber du hast die Möglichkeit offengelassen, dass dich jemand herausfordert, indem er höher klettert."

„Machst du Witze?"

„Das wird niemand tun", sagte Aiden. „Es wäre … respektlos, das Familienoberhaupt herauszufordern."

„Verdammt richtig." Lydia lächelte, um zu zeigen, dass sie nicht beleidigt war, während sie innerlich fluchte. Beim Gefieder. Eine weitere Tradition, die sie zu bedenken hatte.

Zurück im Fork saß Lydia an ihrem Lieblingstisch und wartete darauf, dass Angel ihr das Frühstück brachte. Es hatte seine Vorteile, Charlie Crow von seiner Position verdrängt zu haben, und einer davon war das kostenlose Full English Breakfast, das ihr lediglich mit einem Hauch finsterer Miene serviert wurde. „Was ist mit Charlies Haus?" Angel überraschte sie mit dieser Frage.

„Was meinst du?"

„Wenn du dort nicht einziehst, wird es dann verkauft? Das ist doch Verschwendung."

Lydia war bewusst, wie merkwürdig es erschien, dass sie ihre kleine Wohnung über dem Café dem riesigen Haus vorzog, aber sie würde Jason nicht zurücklassen. Er konnte das Gebäude zwar verlassen, wenn er ihren Körper als Taxi benutzte, was genau so seltsam und unangenehm war, wie es klang, doch ansonsten hing er hier fest. „Was kümmert dich das?"

Angels Gesichtsausdruck verfinsterte sich und Lydia ohrfeigte sich innerlich. Sie hatte nicht unhöflich sein wollen, aber seit sie das Oberhaupt der Crows war, wurde sie andauernd mit Fragen bombardiert. Die Leute verlangten von ihr Entscheidungen und sie musste ständig so tun, als wüsste sie, was sie tat. Das war nicht einfach, denn jeden Tag zeigte sich das abscheuliche Ausmaß von Charlies Geschäftspraktiken ein Stück mehr. Lydia baute die kriminellen Aktivitäten schrittweise ab, während sie gleichzeitig die Familienmitglieder bei Laune halten musste. Oder zumindest so glücklich, dass sie nicht rebellierten. Das war anstrengend.

Ihr Handy vibrierte, es war eine SMS von Aiden.

Alle sind beeindruckt. Gute Arbeit, Boss.

Lydia fragte sich, ob er diese Art des Umgangs von Charlie gelernt hatte. Lydia fand es lächerlich, aber ein Teil von ihr mochte es. Ein Teil, den sie im Auge behalten sollte.

Oben in ihrem Büro, das auch ihr Wohnzimmer war, klingelte das Festnetztelefon. „Hi Mum, alles in Ordnung?"

„Alles bestens. Dad lässt dich grüßen."

Nachdem Mr. Smith die geistigen Fähigkeiten ihres Vaters wiederhergestellt und die Serie von kleinen Schlaganfällen gestoppt hatte, die ihn immer weiter zerstört hatten, hatte Lydia regelmäßig mit ihrem Dad telefoniert. In der Vergangenheit hatte es den Anschein gehabt, dass ihre Anwesenheit Henry Crows Zustand verschlimmerte, und sie wusste nicht, ob Mr. Smiths Heilung anhalten würde oder ob sie ihrem Vater weiterhin fernbleiben musste. Es gab nur eine Möglichkeit, das herauszufinden, aber sie wollte nicht riskieren, ihn wieder krank zu machen. Ihre Eltern stimmten ihr zu, ohne dass sie jemals ein offenes Gespräch über dieses Thema geführt hätten. Sie waren auf einer sechswöchigen Kreuzfahrt gewesen und erst vor einigen Tagen zurückgekehrt. Lydia vermutete, dass sich irgendwann alles normalisieren, sie hauptsächlich mit ihrer Mutter sprechen und sie ihre Eltern nur selten besuchen würde.

„Es tut ihm leid, dass er nicht mit dir sprechen kann",

sagte ihre Mum. „Er hat einiges nachzuholen, das er
während unserer Reise verpasst hat."

„Snooker?"

„Tischtennis", antwortete ihre Mum und Lydia konnte
das Lächeln in ihrer Stimme hören. „Er hat auf dem Schiff
damit angefangen und redet jetzt davon, der örtlichen Liga
beizutreten. Als Kind hat er wohl mit Charlie gespielt. Aber
es stimmt, der Fernseher läuft zwölf Stunden am Tag und er
holt alles nach, was er verpasst hat."

Lydia zuckte bei der Erwähnung von Charlies Namen
zusammen. Sie versuchte, sich vorzustellen, wie er einen
Tischtennisschläger schwang und scheiterte. Lydia hatte
ihren Eltern verschwiegen, dass sie Charlies Freiheit gegen
die Wunderheilung ihres Vaters eingetauscht hatte. Stattdessen erzählte sie ihnen, dass er außer Kontrolle geraten
war und versucht hatte, sie zu töten. Beides stimmte, aber
sie hatte es dennoch nicht leichtfertig getan und ihr wurde
übel, wenn sie an Charlie dachte, der in der Zelle einer
geheimen Regierungseinrichtung hockte. Dann erinnerte
sie sich daran, dass er es gewesen war, der Jason ermordet
hatte, und vertrieb ihr schlechtes Gewissen.

LYDIA ÖFFNETE die Tür zu Charlies Haus. Er war sehr
vorsichtig gewesen und sie hatte nur wenig belastendes
Beweismaterial aus seinem Arbeitszimmer entfernen
müssen. Doch mittlerweile war es ihr zur Gewohnheit
geworden, sich gründlich umzusehen, und mit der wollte sie
nicht mehr brechen. Sie kam alle paar Tage vorbei und sah
sich die Aufnahmen der Sicherheitskameras an, die mit
einem Bewegungsmelder ausgestattet waren und nur
aufzeichneten, wenn sich etwas tat. Das bedeutete, dass sie
sich durch vom Winde verwehte Tragetaschen und Flugblätter klicken musste. Zum Glück wussten die örtlichen
Hausierer bereits, dass sie dieses Haus besser mieden, sodass

Lydia nicht mitansehen musste, wie irgendwelche Spendensammler an der Tür klingelten. Sie bekam dadurch auch die Bestätigung, dass ihre Crow-Kräfte stärker geworden waren. Eigentlich sollte auf dem Video zu sehen sein, wie sie sich der Tür näherte und das Haus wieder verließ, doch diese Aufnahmen zeigten nur ein weißes Rauschen. Sie hatte gewusst, dass Charlie diesen Effekt auf Videoaufnahmen ausübte. Womöglich bewusst oder als Nebeneffekt, weil er ein mächtiger, reinblütiger Crow war, und jetzt schien es, als besäße Lydia diese Gabe ebenfalls. Gelegentlich wurde Lydias Gründlichkeit auch auf andere Weise belohnt. Ab und an tauchte ein Bekannter von Charlie auf, die Baseballkappe tief ins Gesicht gezogen, um auf der Kamera nicht erkannt zu werden. Manchmal schob er kryptische Zettel durch den Briefkasten. *Ruf K an. H lässt grüßen.* Solche und ähnliche Botschaften fand sie auf der Außenseite von Postwurfsendungen. Heute lag ein ordentlich gefaltetes Blatt Papier auf dem polierten Holzboden. Lydia zog sich Gummihandschuhe an und hob es auf.

Es ist später, als du denkst.

Sie verstaute den Zettel sicher in einer Plastiktüte und versah ihn mit Uhrzeit, Datum und Ort, dann durchkämmte Lydia den Rest des Hauses. Sie überprüfte die Türen und Fenster auf Einbruchsspuren, nur für den Fall, dass die Kameras versagt hatten. Nachdem sie sich vergewissert hatte, dass nichts fehl am Platz war, ging sie in den Trainingsraum.

Es war ein Ort voller schlechter Erinnerungen. Sie hatte es gehasst, von Charlie zur Ausbildung gezwungen zu werden, und hatte die ganze Zeit über versucht, ihre Kräfte zu kontrollieren, damit ihr Onkel möglichst wenig von ihnen sah. Er hatte ihre Cousine Maddie bis zum Äußersten getrieben, was bei dieser zu geistiger Instabilität und psychotischer Wut geführt hatte, die Lydia am eigenen Leib erfahren hatte. Lydia hatte sich zu schützen versucht und die Warnungen, mit denen sie aufgewachsen war, beherzigt. Sie wollte nicht von Charlie Crow als Werkzeug oder Waffe benutzt werden. Ganz zu schweigen von dem einen Mal, als er sie angegriffen hatte, um eine stärkere Reaktion von ihr zu provozieren. Nun, er hatte sie bekommen. Lydia hatte herausgefunden, dass sie weniger schwach war als gedacht. Und sie war auch nicht nur eine Batterie, die die Menschen um sie herum mit Energie versorgte. In diesem Moment des Schreckens, vielleicht als Ergebnis des Trainings, das Charlie ihr aufgezwungen hatte, hatte sie eine neue Fähigkeit entdeckt: Sie hatte Zugang zu einer Kraftquelle, die sowohl in ihr als auch außerhalb zu liegen schien. Sie streckte ihre Hand aus und fand tausende Flügel, tausende schlagende Herzen, von denen jedes einzelne ihr Kraft verlieh.

Drei Monate waren vergangen, seit Charlie von Mr. Smith und seiner geheimen Regierungsbehörde fortgebracht worden war. Die Frühlingssonne strömte durch die hohen Fenster, reflektierte von der Spiegelwand und färbte den Holzfußboden goldgelb. Lydia stand in der Mitte des Raumes und schloss ihre Augen. Sie hielt ihre Münze in der Hand und streckte den Arm aus, um sie schweben zu lassen. Sie drehte sie im Kreis, erst im Uhrzeigersinn und dann dagegen, bevor sie eine Münze nach der anderen hinzufügte und sie an verschiedenen Stellen im Raum platzierte. Sie ließ sie synchron oder zufällig rotieren. Diese Routineübung war eine Art Aufwärmritual, wie eine Meditation, und Lydia fand sie beruhigend. Die Sonne schien wohltuend auf ihr Gesicht und sie spürte, wie die Kraft in ihr selbst und um sie vibrierte. Der Ort, an dem sich die Flügel hoch oben am blauen Himmel ausbreiteten.

Ihr Telefon klingelte. Lydia öffnete die Augen und fragte sich, wie lange sie gebraucht hatte, um es zu bemerken. Im einen Moment war der Raum noch voll von sich sanft drehenden Münzen, im nächsten waren sie verschwunden.

Ihr Handy lag auf ihrem Kapuzenpullover und sie spürte etwas, als sie sich bückte, um es aufzuheben. Ein komisches Gefühl. Eine Vorahnung.

„Es tut mir leid." Fleets Stimme klang angespannt. „Ich weiß, dass du trainierst."

„Was ist los?"

„Alejandro Silver ist tot."

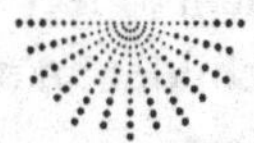

KAPITEL ZWEI

Lydia ging über die Westminster Bridge zum St. Thomas Hospital. Der Tag hatte sich von einem wenig verheißungsvollen grauen Morgen zu einem angenehmen Spätnachmittag mit blauem Himmel und flauschigen Wolken entwickelt. Die berühmten Sehenswürdigkeiten wie der Big Ben, das London Eye und die Houses of Parliament sahen im Sonnenschein aus wie auf einer Postkarte, aber Lydia war abgelenkt. Wie konnte Alejandro Silver tot sein?

Das St. Thomas Hospital lag am gegenüberliegenden Ufer des Parlaments und Lydia stellte sich den Krankenwagen vor, der Stunden zuvor mit heulender Sirene über die Brücke gerast war und das angeschlagene Oberhaupt der Silvers in sich getragen hatte. Denn das war er für sie immer noch. Alejandro hatte Charlie zwar erzählt, dass seine Tochter Maria das neue Familienoberhaupt sei, nachdem er in die Politik gegangen war, aber niemand hatte das geglaubt. Am allerwenigsten Lydia.

Fleet wartete am Haupteingang des Krankenhauses auf sie. Er führte sie in den Nordflügel und dort ins Untergeschoss, während er sie über die Einzelheiten informierte.

„Er ist auf der Straße zusammengebrochen, das ist alles, was wir bis jetzt wissen. Es sieht so aus, als ob er auf dem Weg zum Parlament war, um über eine neue Klausel in einem Finanzgesetz abzustimmen. Es klang nicht besonders bedeutsam, aber wir gehen der Sache nach.“

„Wurde er angegriffen?“

„Soweit wir wissen nicht“, Fleet sah sie nicht an, sondern überflog die Abteilungsschilder an der Wand.

„Wo genau ist es passiert?“

„Victoria Embankment, nicht weit von diesem schwimmenden Pub entfernt.“

„Die stillgelegte Fähre?“ Lydia war für einen Moment abgelenkt. Sie hatte es schon immer seltsam gefunden, dass jemand auf dem Wasser essen und trinken wollte, ohne irgendwo hinzufahren. Der Pub schien alle Nachteile eines Schiffes in sich zu vereinen, jedoch keinen einzigen seiner Vorteile zu bieten. Aber es war etwas anderes, Neues. Interessant für Touristen und Firmenfeiern.

„Ganz genau. Eine Passantin rief einen Krankenwagen und blieb bei ihm, bis die Sanitäter eintrafen. Das dauerte sechs Minuten, was gut ist, aber als sie das Krankenhaus erreichten, war er schon tot.“

Sie verließen den Aufzug nach rechts und fanden das diskrete Schild für die Leichenhalle. Krankenhäuser warben nicht unbedingt für den Weg in diese Abteilung und Lydia konnte es ihnen nicht verdenken. Sie war der Beweis für ihr Versagen. Die Grenzen ihrer Macht. Daran wurde niemand gerne erinnert.

„Konnte er den Sanitätern noch etwas sagen?“ Wäre Alejandro bei Bewusstsein gewesen, hätte er vielleicht erklärt, was genau passiert war.

„Ich werde es herausfinden“, sagte Fleet.

„Ist Maria hier?“ Lydia hatte keine Lust auf ein Wiedersehen mit Alejandros Tochter. Ihre gemeinsame Vorgeschichte war nicht besonders positiv.

„Das glaube ich nicht. Ich bin mir nicht einmal sicher, ob sie es schon weiß. Sie ist bei Gericht." Er schaute auf seine Uhr. „Sie wird aber bald fertig sein. Richter arbeiten nicht lange."

„Muss mit der Obduktion nicht gewartet werden, bis sie ihn gesehen hat? Das geht alles ziemlich schnell."

„Ich weiß es nicht." Fleet sah unbehaglich aus. „Normalerweise dauert so etwas länger, aber ich nehme an, dass der CPS den Fall schnell bearbeitet wissen will. Es geht um eine bekannte Persönlichkeit und es ist gut möglich, dass sein Tod kein natürlicher war."

Irgendetwas stimmte mit Fleet nicht. „Was ist los?"

Er wich ihrem Blick immer noch aus. „Ich bin nicht dabei. Offiziell, meine ich. Ein Freund hat es mir erzählt, weil er von meiner Verbindung zu dir weiß."

„Okay ..."

„Ich habe darum gebeten, dem Fall zugeteilt zu werden, aber ich wurde nicht zurückgerufen."

Fleet beschäftigte eindeutig noch mehr, doch dafür war keine Zeit.

Hinter der ersten Tür zur Leichenhalle befanden sich ein kleiner Wartebereich und eine weitere Tür, diesmal mit einer Tastatur und einer Gegensprechanlage versehen. Fleet drückte den Knopf und nannte seinen Namen. Ein Summen ertönte und sie traten in einen kurzen Korridor, von dem mehrere geschlossene Türen abgingen und an dessen Ende sich eine Doppeltür mit einem weiteren Tastenschloss befand. Lydia bereitete sich mental vor und dachte an das klinische Weiß und die schrecklichen Stahltische von ihrem letzten Besuch in einer Leichenhalle. Sie konnte Bleiche, Formaldehyd und andere Dinge riechen, an die sie lieber nicht denken wollte.

Ein Mann mit OP-Haube, Kittel sowie Mund-Nasen-Schutz, drückte die Doppeltür auf. „Was kann ich für Sie tun, DCI?"

„Wir sind hier, um bei der Obduktion von Alejandro Silver zuzusehen."

„Das glaube ich nicht", sagte er kurz. „Ich bin der leitende Pathologe und höre das erste Mal davon."

Fleet hatte bereits seinen Ausweis gezückt und zeigte ihn dem Arzt. Der wirkte unbeeindruckt. „Ich habe nicht gewusst, dass Sie kommen", wiederholte er.

„Was ist das Problem? Ich möchte nur Ihre ersten Eindrücke erfahren, vor dem offiziellen Bericht. Sie wissen bestimmt, dass das ein Fall von hoher Priorität ist."

„Das ist mir klar. Wir mussten den Plan umstellen, um die geforderte Bearbeitungszeit einzuhalten." Er schaute bedeutungsvoll auf seine Uhr. „Ich muss jetzt wirklich loslegen."

„Ich werde Sie nicht aufhalten", sagte Fleet „Aber ich werde auch nicht verschwinden. Ich kann hier warten, während Sie meine Vorgesetzte anrufen. Es liegt ganz bei Ihnen."

Lydia beobachtete, wie der Arzt mit seinem Wunsch rang, Fleet in die Schranken zu weisen, und dem ebenso dringenden Bedürfnis, in die Gänge zu kommen und rechtzeitig zum Abendessen zu Hause zu sein. Der Hunger schien zu siegen.

„Ich fange gleich an", sagte er. „Sie können in den Zuschauerraum gehen, aber nirgendwo sonst. Vielleicht habe ich danach noch ein paar Minuten Zeit, je nachdem, wie lange es dauert. Und ich werde diese Unterbrechung in meinem Protokoll vermerken. Wir sind doch kein Zirkus."

„Ich weiß Ihre Kooperation zu schätzen, Sir", sagte Fleet.

Der Arzt öffnete die Tür zu einem quadratischen Raum mit den typischen Sitzmöbeln eines NHS-Krankenhauses und einem großen Schiebefenster in einer Wand. In einer Ecke stand ein Tisch mit einer Vase mit Plastikblumen und jemand hatte Raumspray mit Zitronenduft verteilt.

„Ich frage mich, ob er bereits offiziell identifiziert wurde."

Lydia brummte unverbindlich. Ehrlich gesagt, hatte sie Fleet nicht besonders zugehört. Der Pathologe war durch die Doppeltür erschienen, die, wie sie jetzt sah, in den Untersuchungsraum führte, den sie durch das Glasfenster betrachtete. Er schob seine Maske über Mund und Nase und trat an den Tisch in der Mitte.

„Alles okay?" Fleet berührte ihren Arm, aber sie konnte den Blick nicht von dem Sichtfenster abwenden. Der Körper von Alejandro Silver lag auf dem Metalltisch. Sein dunkles Haar war aus der Stirn gestrichen, sein kurzer Bart ordentlich gestutzt, an den Schläfen befanden sich einige silbergraue Härchen. Im Leben hatte er für sein Alter jung und kräftig ausgesehen. Im Tod sah er ... tot aus. Das lag wohl in der Natur der Sache. Wenn der Funke eines Menschen erloschen war, hatte er etwas Unverwechselbares und Fremdes an sich. Wie nannte man das? Menschliche Hülle? Alejandros menschliche Hülle zeigte keinerlei Verletzungen, zumindest von Lydias Perspektive aus gesehen. Allerdings verdeckte ein weißes Laken seine untere Körpermitte.

Lydia schickte ihre Sinne aus, doch sie wurden von dem künstlichen Zitronenduft vernebelt. Sie glaubte, einen kleinen Hauch von Silver-Magie zu schmecken, aber es war nicht zu vergleichen mit der unbändigen Macht, die sie im Leben von Alejandro gespürt hatte. Sie war sogar so schwach, dass sie es sich auch einbilden könnte. Sie schloss die Augen, holte ihre Crow-Familienmünze hervor und umklammerte sie, um sich zu konzentrieren. Das Gefühl von Silver blieb schwer fassbar und schien zu verschwinden, je mehr sie danach greifen wollte. Ob es an der massiven Wand und den doppelt verglasten Scheiben lag? Oder hatte sich Alejandros Silver-Essenz nach seinem Tod aufgelöst? Sie hatte den verstorbenen Marty Fox gespürt, doch in seinem Fall war auch sein Geist anwesend gewesen. Sie sah sich um, nur für den Fall, dass Alejandros Geist über ihnen schwebte und das Geschehen beobachtete, aber sie erwartete nicht wirklich, etwas zu sehen. Lydia wäre sich ziemlich sicher, dass sie in diesem Fall Silber in ihrer Kehle schmecken würde.

Eine Tür an der gegenüberliegenden Wand wurde geöffnet und ein kleiner Mann in OP-Kleidung trat ein. Seine Maske lag unter dem Kinn und er wirkte überrascht, als er die Besucher durch das Fenster sah.

Der Pathologe ging zur Wand und ein Lautsprecher in der Ecke erwachte zum Leben. „Das ist mein Assistent", sagte er. „Und er ist spät dran."

„Tut mir leid", murmelte der Assistent. „Bei Subway war viel los."

Lydia drehte sich der Magen um, als sie an das Essen dachte.

Der Pathologe wandte sich ab und machte sich an die Arbeit. Er schaltete ein Aufnahmegerät ein und untersuchte dann die Hautoberfläche vom Kopf abwärts, wobei er seine Beobachtungen laut äußerte. Keine Blutergüsse oder Hautverletzungen, keine Anzeichen eines Traumas. Lydia führte ihre eigene Untersuchung durch und suchte mit ihren Sinnen nach Alejandros Geist oder irgendeiner übernatürlichen Signatur. Als sie sicher war, dass sie nichts entdecken konnte, zog sie an Fleets Ärmel und schüttelte den Kopf. „Ich warte draußen."

EINE STUNDE später traf Fleet Lydia auf der Westminster Bridge neben einem der verzierten gotischen Laternenmasten mit drei Lampen. „Als du ‚draußen' gesagt hast, hast du es wirklich so gemeint."

„Krankenhäuser." Lydia zuckte mit den Schultern. Welcher zurechnungsfähige Mensch würde in einem

Linoleum-Palast voller Leid sitzen wollen, wenn er stattdessen draußen sein und auf das träge fließende Wasser des Flusses schauen konnte? Der Himmel war lavendelfarben gefärbt und ein paar Lichter flackerten auf, aber Lydia konnte die untergehende Sonne nicht sehen. Sie war hinter Wolken und Abgasen versteckt. „Wie lautet das Urteil?"

„Ohne eindeutiges Ergebnis", antwortete Fleet. „Der Pathologe hat keine Anzeichen für Außeneinwirkung gefunden und die vorläufige Untersuchung hat als Todesursache Herzversagen ergeben. Das bedeutet normalerweise übersetzt: ‚Ich weiß es noch nicht. Geht weg und lasst mich in Ruhe meine Arbeit machen.' Der Bericht wird morgen fertig sein, aber auf die Laborergebnisse werden wir etwas länger warten."

Lydia lehnte an der grün gestrichenen Eisenbrüstung und ließ ihren Blick über die Themse schweifen. Seit sie von Alejandros Tod gehört hatte, überlegte sie, welche Folgen das nach sich ziehen würde, und sie war sich nicht sicher, was sie nun tun sollte. Zwei Crows waren im Gefängnis von Wandsworth ermordet worden und nun auch das Oberhaupt der Silvers. Sie vermutete schon länger, dass eine mysteriöse Firma namens JRB es sich zum Ziel gesetzt hatte, die vier magischen Familien Londons zu spalten. Das würde diese Leute - wer immer sie waren - ganz oben auf die Liste der Verdächtigen setzen. Wenn das der Fall war, musste Lydia wissen, was sie vorhatten. Wer würde von einem Krieg zwischen den Familien profitieren?

„Es muss nicht zwangsläufig Mord gewesen sein", sagte Fleet. „Keine Anzeichen für Gewalteinwirkung, keine Abwehrverletzungen. Es könnte ein natürlicher Tod gewesen sein. Er war zwar nicht besonders alt und in guter Verfassung, aber das ist nicht ungewöhnlich."

„Ich bitte dich", entgegnete Lydia. „Alejandro Silver war gesund und munter. Erschreckend munter."

„Hattest du Angst vor ihm?"

„Ich hatte einen gesunden Respekt vor seiner Macht", sagte Lydia spöttisch.

„Das freut mich zu hören. Manchmal frage ich mich, ob du eine realistische Vorstellung von der Gefahr hast, die du ständig suchst."

„Ich suche nicht die Gefahr. Ich will eigentlich nur ein ruhiges Leben führen."

Fleet zog ein Ja-klar-Gesicht und Lydia stellte sich auf die Zehenspitzen, um ihn zu küssen. Die kühle Luft auf ihrer Haut, die Geräusche der Stadt um sie herum und Fleets warme Lippen auf ihren. Für ein paar Sekunden konnte sie vergessen, dass sie eigentlich die Geschäfte der Crows leiten sollte oder dass Maria Silver vermutlich in diesem Moment ein Schwert schärfte, um es bei der nächsten Gelegenheit direkt in Lydias Rücken zu rammen. Wahrscheinlich eines ihrer Familienerbstücke. Die Silvers gehörten zu den Menschen, die antike Waffen an ihren Bürowänden hängen hatten.

Lydia blinzelte und stellte fest, dass Fleet sie nicht mehr küsste. Sein Gesicht war jedoch noch ganz nah und sein Blick war suchend. „Du bist abgelenkt. Muss ich meine Technik auffrischen?"

Lydia lächelte. „Tut mir leid. Nein. Deine Technik ist wie immer spitze."

„Freut mich zu hören."

„Maria Silver wird mir die Schuld am Tod von Alejandro geben."

„Ich weiß."

„Ich muss herausfinden, wer das getan hat, und zwar schnell. Ich muss Maria beweisen, dass es nicht die Crows waren."

„Soll ich dir sagen, dass du dich nicht einmischen musst und dass die Polizei das untersuchen wird?"

„Nein."

Fleet nickte. „Das dachte ich mir."

. . .

Zurück im Fork fand Lydia Jason mit seinem Laptop auf dem Sofa. Sie ignorierte die Whiskyflasche und holte sich stattdessen ein Bier aus dem Kühlschrank.

Jason zog eine Augenbraue nach oben. „Bist du immer noch auf diesem Gesundheitstrip?"

„Mein Körper ist ein Tempel", sagte Lydia, legte die Flasche an die Lippen und nahm einen großen Schluck.

Er sah sie immer noch an und sein Blick war beunruhigend mitfühlend. „Was?"

„Du könntest etwas Stärkeres brauchen."

„Ich weiß von Alejandro, ich komme gerade aus der Leichenhalle."

„Warte. Was?" Jason runzelte die Stirn. „Was ist mit Alejandro?"

„Er ist tot." Zu spät erinnerte sich Lydia daran, dass Jasons verstorbene Frau eine Silver gewesen war. Damals in den Achtzigern, aber trotzdem. „Mein Beileid", sagte sie. „Er ist heute Morgen an der Themse zusammengebrochen. Ich nahm an, du hättest es in den Nachrichten gesehen oder ..." Lydia brach ab. Er konnte es nicht wissen, denn es war noch nichts darüber berichtet worden. „Ist ja auch egal. Was war deine Sache?"

„Nichts." Jason schüttelte den Kopf. „Das Breitband ist ausgefallen. Alejandro Silver ist tot?"

„Ja." Lydia setzte sich neben ihn auf das Sofa. „Das ist ein Problem."

Jasons Augen weiteten sich und er zitterte leicht. „Maria wird dir die Schuld geben. Sie wird ausrasten ... Ich meine, sie wird ..."

Auf Krähenjagd gehen. Lydia richtete sich auf. „Wir werden herausfinden, wer es getan hat. Wir liefern ihr den Kopf auf einem Silbertablett. Ganz einfach."

„Oder beweisen, dass es eine natürliche Todesursache war. Könnte es das sein?"

Lydia zuckte mit den Schultern. „Vermutlich ist alles

möglich." Alejandro hatte im Tod friedlich ausgesehen, etwas, das sie dem Mann nicht zugetraut hatte. Sie hatte erwartet, dass er selbst während eines Herzinfarkts mit eiskalter und böser Miene zu Boden gehen würde. Seine kühle, besonnene Stimme hallte in ihrem Kopf wider und sie stellte sich vor, wie er einem heraneilenden Herzinfarkt erklärte, dass er keinen Termin frei habe. „Bei der Obduktion wurde nichts Auffälliges entdeckt. Zumindest nichts Offensichtliches, das dem Pathologen aufgefallen wäre, und ich bin keine Expertin. Ich habe mich darauf konzentriert, mich nicht zu übergeben. Jetzt müssen wir auf die Ergebnisse der Blut- und Gewebeuntersuchungen warten."

„Du hast ihn gesehen?"

Lydia verzog das Gesicht. „Er sah gut aus. Ich meine, er sah tot aus, aber er war nicht erstochen oder mit blauen Flecken übersät."

„Vielleicht eine Vergiftung. Wie die Russen in Salisbury."

„Ich hoffe nicht", sagte Lydia. Wenn es ein Nervengift wie Nowitschok war, war sie ihm gerade ausgesetzt gewesen. „Aber du hast recht. Die lieben Vergiftungen." Hatte er die Russen verärgert? Oder war er die ganze Zeit über ein Spion oder ein Doppelagent gewesen? Lydia schüttelte den Kopf. Die Sache mit dem übermäßig freundlichen Mr. Smith hatte ihr diesen Spionage-Unsinn in den Kopf gesetzt. Es war bestimmt eine politisch motivierte Tat. Oder es hatte etwas mit seiner Rolle als Oberhaupt der Silvers zu tun. Gute alte englische Korruption.

„Er ist gerade erst aus der Anwaltskanzlei ausgestiegen. Könnte es ein verärgerter Ex-Häftling gewesen sein? Jemand, den er ins Gefängnis gebracht hat?"

„Eine gute Idee", sagte Lydia. „Er war Verteidiger für Strafrecht, bevor er ins Gesellschaftsrecht wechselte. Das ist zwar schon eine Weile her, aber das könnte bedeuten, dass jemand, der wirklich gefährlich ist, seine Zeit abgesessen hat."

„Und wenn dieser Jemand einen Groll hegt ..." Jason drehte seine Handflächen nach oben.

Lydia dachte darüber nach.

„Soll ich ihn fragen?"

Sie nahm sein Angebot sofort an. „Ich habe seinen Geist im Krankenhaus nicht gesehen, aber ich könnte an die Stelle gehen, an der er zusammengebrochen ist. Vielleicht finde ich dort etwas. Obwohl ... ich glaube, er ist im Krankenwagen gestorben. Könnte sich sein Geist darin verfangen haben?"

Jason zuckte mit den Schultern. „Wenn du einen Hauch Silver findest, bin ich gern bereit, mitzukommen und ihn mit Fragen zu löchern. Das könnte immerhin der schnellste Weg sein, den Mord aufzuklären."

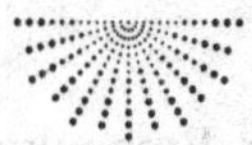

Fleet kam spät in der Nacht ins Fork und war im Morgengrauen wieder weg. Er küsste sie zum Abschied. „Tut mir leid. Schlaf weiter."

„Zu spät." Lydia hatte den Kuss erwidert, teils in der Hoffnung, ihn zu einem gründlicheren Aufwachen zu bewegen, teils in dem Wunsch, dass er zur Tür hinausging, damit sie ihren eigenen Tag in Angriff nehmen konnte. Sie musste Alejandros Geist jagen und hätte eigentlich schon am Vorabend damit anfangen sollen, aber sie war erschöpft gewesen. Ihre Muskeln hatten sich über das frühmorgendliche Freeclimbing beschwert. Selbst der Gedanke an Maria Silver hatte nicht ausgereicht, um sie dazu zu bringen, mit der U-Bahn ans Embankment zu fahren.

„Pass auf dich auf", sagte Fleet und legte eine Hand auf ihre Zimmertür.

„Du auch", sagte Lydia.

Er zögerte. „Ich gebe dir Bescheid, wenn der vollständige Bericht des Gerichtsmediziners eintrifft."

„Super, danke."

Fleet wollte offensichtlich noch etwas sagen. „Was?", forderte Lydia ihn auf.

„Es ist nicht nur Maria, um die du dir Sorgen machen musst", sagte er. „Solange wir nicht wissen, wer Alejandro getötet hat, wissen wir auch nicht, ob dieser Jemand nicht hinter allen wichtigen Akteuren her ist. Dazu gehörst jetzt auch du."

Was für ein aufbauender Gedanke.

REISEBUSSE SÄUMTEN das Embankment und die Menschen drängten sich auf dem Bürgersteig. Es war ein sonniger Frühlingstag und das große weiße Rad des London Eye drehte sich gemächlich auf der gegenüberliegenden Seite der Themse. Genau wie bei dem schwimmenden Pub verstand Lydia nicht, warum sich jemand freiwillig für eine Stunde in eine Kabine des Riesenrads setzen wollte. Die Höhe war bereits schlimm genug, ohne dass man mit einer Gruppe furzender, schwitzender und vor allem *quasselnder* Touristen in einer Glaskugel eingesperrt war.

Lydia wusste nicht, wo genau Alejandro zusammengebrochen war, und leider markierte kein Tatortband die Stelle. Also schlenderte sie die Strecke auf und ab. Irgendwann erreichte sie den Obelisken und merkte, dass sie zu weit gegangen war. Auf dem Rückweg sah sie in der Ferne den Big Ben und zu ihrer Rechten die Whitehall Gardens. Zu ihrer Linken floss der Fluss, stetig und gleichgültig. Er hatte mehr Tod und Zerstörung gesehen, als Lydia sich vorstellen konnte, und barg in seinen trüben Tiefen die Geheimnisse unzähliger unglücklicher Londoner. Ein Pärchen stand neben einer der orangefarbenen Rettungsbojen und ließ sich fotografieren.

Als sie sich den nüchternen grünen Bögen der Westminster Bridge näherte, blieb Lydia stehen. Sie setzte sich auf eine Bank, um nicht zu sehr aufzufallen, schloss die Augen und ließ ihre Sinne wandern. Da waren die Abgase des Verkehrs, ein Hauch von würzig gebratenem Essen, der ihren Magen knurren ließ, und der Duft von Parfüm. Ein sehr starkes, mit Jasmin und Patschuli. Und dann, gerade als Lydia dachte, dass sie ihre Zeit verschwendete, vernahm sie einen Hauch von Familienmagie. Leider war es nicht der saubere, helle Geruch von Silver, sondern holziger Moschus. Fox.

„Genießt du die Sonne, Vögelchen?"

Lydia öffnete ihre Augen und blickte auf Paul Fox. Er trug seine übliche Ausgehuniform aus schwarzen Jeans und einem taillierten schwarzen T-Shirt, das seine schmale Taille und die breiten Schultern betonte. Sie arbeiteten nun schon so lange zusammen, dass Lydia sich an die animalische Anziehungskraft gewöhnt hatte, die in der Fox-Signatur steckte. Aber sie war immer noch ein Mensch und sein Anblick allein war bereits anziehend. „Ich arbeite."

„Das habe ich gehört."

„Und du hast hier gewartet, ob ich zufällig auftauche?"

Paul lächelte. „So in etwa."

Trotz eines aufrechten Waffenstillstands und einer soliden Arbeitsbeziehung konnte Paul Fox noch immer keine Frage klar und unmissverständlich beantworten.

Er setzte sich neben Lydia. „Solltest du nicht untertauchen?"

„Schon okay", sagte sie und deutete auf die belebte Straße. „Maria wird mich nicht vor so vielen Zeugen umbringen."

Paul sah sie eindringlich an. „Jemand hat Alejandro genau vor diesem Publikum um die Ecke gebracht."

Der Kerl hatte nicht unrecht. Nicht, dass Lydia das zugeben würde. Doch woher er die Details schon wieder wusste, war eine interessante Frage. Sie hätte gern von ihm gewusst, ob die Geschichte in den Nachrichten erschienen war, aber sie beschloss, sich die Kräfte zu sparen.

Als klar wurde, dass Lydia nichts weiter dazu sagen

würde, schüttelte Paul den Kopf. „Bitte sag mir, dass du nicht immer noch im Fork bleibst."

„Crows laufen nicht weg", sagte sie. „Und ich bin jetzt das Oberhaupt der Familie. Ich kann nicht abhauen."

„Du brauchst ein neues Hauptquartier. Ein sichereres. Oder zumindest geheimeres. Zu viele Menschen wissen über deinen derzeitigen Standort Bescheid."

„Weil es mein Büro ist", sagte Lydia. „Ich werde Crow Investigations nicht aufgeben."

„Warum denn nicht? Du hast genug zu tun. Ich habe dich beobachtet und du hast seit Charlies Verschwinden nicht einmal Luft geholt. Du kannst das nicht alles schaffen. Nicht für immer. Und es ist ja nicht so, als ob du noch auf das Geld angewiesen wärst."

Lydia beschloss, den Teil mit „Ich habe dich beobachtet" zu ignorieren und anzunehmen, dass er es im übertragenen Sinne meinte. „Seit wann gibst du mir Lebensratschläge? Mir geht's gut. Und ich mag meine Arbeit."

Paul hielt seine Hände hoch. „Ich sag's ja nur."

Egal, wie viel Vertrauen sich zwischen ihr und Paul Fox aufgebaut hatte, sie war nicht bereit, alles mit ihm zu teilen. Das hier war keine Pyjamaparty und Pauls Haare waren nicht lang genug, um ihm Zöpfe zu flechten. Im Gegenteil. Sie erinnerte sich an das Gefühl seiner raspelkurzen Haare auf ihrer Haut und spürte, wie ihre Wangen erröteten. *Beim Höllenfalken.*

„Also, wie lautet dein Plan, Vögelchen? Und sag mir bitte nicht, dass du Maria einen Beileidsbesuch abstatten willst. Du bist einfach zu nett."

Lydia funkelte ihn an. „Das geht dich nichts an."

„Ich werde mich umhören", sagte Paul. „Ob jemand weiß, wer den Mut hat, es mit Alejandro aufzunehmen. Ich gebe dir Bescheid, falls ich etwas zwitschern höre." Er machte eine Pause. „Falls du willst."

Lydia zwang sich zu einem freundlicheren Gesichtsaus-

druck. „Das wäre hilfreich." Sie musste ihm etwas zurückgeben. Sie wollte zwar nicht ihre Geheimnisse mit ihm teilen,
aber sie musste ihm zumindest ein Stück entgegenkommen.
Das war der Preis des Geschäfts, sagte sie sich. „Weißt du
noch, wie Marty gestorben ist? Dass er von etwas zu Tode
erschreckt wurde, das er für den Geist seiner Ex-Freundin
hielt?"

Paul nickte. „Ich erinnere mich."

„Ich habe es herausgefunden, indem ich mit Martys
Geist gesprochen habe." Lydia beschloss, den Teil mit Jason
wegzulassen. Oder die Tatsache, dass sie die Magie der
Familie spüren konnte. Eine Enthüllung nach der anderen.
„Ich kam hierher, um nach Alejandros Geist zu suchen."

Paul sah sie einen Moment lang an. Dann sagte er: „Das
ist ein ziemlich nützlicher Trick für eine Detektivin."

Lydia zuckte mit den Schultern. „Ich habe meine
Talente."

„Ja, die hast du."

Lydia brach den Blickkontakt ab und ignorierte, dass
sich ihr Magen zusammenzog. Stattdessen sah sie sich um,
ohne wirkliche Hoffnung. „Aber er ist nicht hier."

Paul stand auf. „Ich werde mit meinen Kontaktleuten
sprechen. Mal sehen, was ich herausfinden kann."

„Danke", sagte Lydia.

„Und wenn du es dir anders überlegst, weißt du ja, wo du
mich findest."

„Du bietest mir ein Versteck an? Ich glaube nicht, dass
deine Familie sehr erfreut wäre, wenn ich mit meiner Zahnbürste auftauchen würde."

Pauls Haltung veränderte sich, er wirkte plötzlich
wilder, gefährlicher. „Ich habe es dir erklärt", sagte er mit
tiefer Stimme. „Ich bin jetzt der Anführer. Mein Bau, meine
Regeln."

Die Frequenz seiner Stimme löste ein Flattern in ihrem
Magen aus. Lydia atmete tief durch und redete sich ein, dass

es sich nur um eine ursprüngliche Kampf- oder Fluchtreaktion handelte, nichts weiter. Sie zwang sich zu einem Nicken und sah ihm dann nach. Nach ein paar Schritten schien er mit der Menge zu verschmelzen und aus dem Blickfeld zu verschwinden. Das Nachbild von etwas Rotem, das sich durch das dunkelgrüne Gestrüpp bewegte, schoss ihr durch den Kopf. Dem mächtigsten Fox Londons so nahe zu sein, war vielleicht nicht die klügste Idee, die sie je gehabt hatte. Aber besser der Feind, den man kennt. Und da die Silvers wahrscheinlich Auftragskiller anheuerten, während sie hier saß, war es besser, ihr Bündnis mit den Fox' aufrechtzuerhalten. So verwirrend sie das auch fand.

Bevor sie sich auf den Heimweg machte, sprach Lydia mit den Verkäufern an den Ständen neben dem Westminster Pier. Einer verkaufte Tickets für touristische Bootsfahrten und ein anderer zwielichtig aussehende Burger und Eiswaffeln. Es war so viel los, dass keiner in ein langes Gespräch verwickelt werden wollte, aber Lydia glaubte ihnen, dass sie nichts bemerkt hatten. Lydia ging gerade weg, als ein dünner junger Mann mit blondem Haar und einem gepflegten schwarzen Bart sie einholte. „Ich habe den Krankenwagen gesehen", erklärte er. „Dort oben." Er deutete auf den breiten Bürgersteig, der von der Brücke wegführte.

Lydia hakte nach und es bestätigte sich, dass die Zeit mit Alejandros Zusammenbruch übereinstimmte. „Waren viele Leute da?" Lydia gestikulierte herum. „War so viel los wie heute oder war es ruhiger?"

„Ungefähr so wie jetzt", sagte er.

„Wissen Sie, ob er allein war? Haben Sie gesehen, ob er mit jemandem gesprochen hat, bevor er zusammengebrochen ist?"

Er schüttelte den Kopf. „Ich habe ihn nicht wirklich gesehen. Nur den Rettungswagen."

„Arbeiten Sie oft hier?“

„Jeden Tag“, antwortete er.

Lydia reichte ihm ihre Karte und einen Zwanzig-Pfund-Schein und sagte, er solle anrufen, wenn ihm noch etwas einfiele. Dieses Mal hatte er vielleicht nichts Nützliches gesehen, aber ein weiteres Paar Augen schadete nie.

AIDEN WARTETE im Fork mit einer Tasse Kaffee am Tisch. Lydia ließ sich auf den Platz ihm gegenüber fallen und versuchte, ihre Verärgerung zu verbergen. „Was ist jetzt schon wieder?“

Er wirkte beleidigt. „Charlie mochte es, über alles Bescheid zu wissen. Ich musste ihn ständig auf dem Laufenden halten. Das mussten wir alle.“

„Ich habe dir gesagt, dass du dich um alles kümmern sollst. Ich habe dir meine Regeln genannt, alles andere kannst du selbst entscheiden.“

Aiden öffnete den Mund, schien es sich dann aber anders zu überlegen. Er nickte mit zusammengekniffenen Lippen.

Lydia seufzte. „Was?“

„So einfach ist das nicht. Die Leute wissen, dass Charlie nicht mehr hier ist. Wenn du ihnen alles durchgehen lässt, wird sich das herumsprechen.“

Lydia widerstand dem Drang, sich die Stirn zu reiben. „Was meinst du damit?“

Aiden wurde still. Nach einem Moment griff er nach seinem Kaffee und Lydia hielt ihn mit einem Blick auf. „Zwing mich nicht, noch einmal zu fragen.“

„Die Leute wollen mit dir sprechen. Sie wollen dich in ihrer Nähe wissen. Nicht die ganze Zeit und nicht jeder. Aber es gibt eine Hierarchie. Diejenigen, die an der Spitze stehen, müssen das Gefühl haben, dass sie wichtig und besonders sind, sonst fragen sie sich, ob sie wirklich dort sind.“

„Wo sind?“

„Ganz oben.“

Lydia hatte nicht erwartet, dass sie ihre Zeit damit verbringen würde, Egos zu massieren. Jetzt verstand sie, warum Fleet neuerdings so gestresst und unglücklich bei der Arbeit war. Laut ihm hörte sich die Position des Teamleiters zwar wichtig und mächtig an und er könne die langweilige Routinearbeit delegieren und sich die Aufgaben aussuchen, aber in Wirklichkeit verbrachte er seine Zeit hauptsächlich am Schreibtisch oder in endlosen Besprechungen und löschte Brände. „Ich wünschte, das mit den Bränden wäre nicht metaphorisch gemeint“, hatte er gesagt. „Dann würde ich zumindest irgendetwas Aktives machen.“ Während Lydia Aiden ansah und überlegte, ob sie die Crème de la Crème von Camberwell treffen sollte, um den Frieden zu wahren, fühlte sie sich Fleet näher als je zuvor. Auch sie würde jetzt ein schönes, brennendes Gebäude vorziehen.

OBEN in ihrer Wohnung trat Lydia auf die Dachterrasse. Sie setzte sich auf einen der metallenen Bistrostühle und holte ihr Handy heraus, um eine Liste zu erstellen. Es ging nichts über eine ordentliche To-do-Liste, die ihr das Gefühl gab, alles unter Kontrolle zu haben. Und um die Erledigung der Aufgaben aufzuschieben. Als Jason aus dem Nichts auf der Terrasse auftauchte, ließ sie fast das Telefon fallen. „Beim Gefieder!“

„Entschuldigung“, sagte er.

„Schon okay.“ Lydia hatte ein schlechtes Gewissen. Jason konnte nicht immer kontrollieren, wo und wann er erschien.

„Ich wusste nicht, dass du hier draußen bist.“

„Ich nehme nicht an, dass du mir den Gefallen tun willst und in Zukunft ein Glöckchen um den Hals trägst?"

Jason ignorierte die Bemerkung verständlicherweise. „Hattest du Glück?"

Lydia schüttelte den Kopf. „Nichts. Nicht einmal ein Hauch von Silver."

„Es war ein Schuss ins Blaue", sagte er. „Aber du bist noch in einem Stück, das ist doch was."

„Ich weiß nicht, warum alle so besorgt um mich sind. Ich bin das Oberhaupt der Crows. Im Grunde bin ich unantastbar." Lydia gefiel es nicht, dass jeder so nervös war. Das machte *sie* nervös. „Außerdem muss Maria wissen, dass ich mich nicht an Alejandro heranwagen würde. Sie zieht vermutlich eine Show ab, um den Schein zu wahren, aber sie wird mich nicht für so dumm halten. Vielleicht sollte ich einfach zu ihr gehen, um reinen Tisch zu machen."

„Was? Du willst in ihr Büro spazieren und ihr erklären, dass du ihren Vater nicht getötet hast? Ja, das ist eine wunderbare Idee."

„Du musst nicht gleich sarkastisch werden." Jeder meckerte, dachte Lydia. Erst Fleet, dann Paul und jetzt auch noch Jason.

„Ich meine ja nur", sagte er. „Vielleicht sollte Fleet hingehen. Sie wird keinen Polizisten töten."

„Ich schicke Fleet nicht vor, um meinen Job zu erledigen. Ich darf nicht schwach aussehen."

„Immer noch besser als tot auszusehen."

KAPITEL VIER

Seit er seinen Vater Tristan verbannt hatte, war Paul Fox das Oberhaupt der Familie Fox geworden, Maria hatte Alejandros Platz an der Spitze der Silvers übernommen und jetzt war Lydia die Anführerin der Crows. Alles in allem hatte sich die Familie schnell an die Umstellung gewöhnt. Lydia hatte mit mehr Widerstand gerechnet, aber offenbar war ihr Status als Henry Crows Tochter ein großer Vorteil gewesen. Natürlich blieb die Frage offen, wohin genau Charlie gegangen war und warum er sich nicht verabschiedet hatte. Die meisten schienen jedoch der Meinung zu sein, dass es sie nichts anging. Wenn Charlie Lydia die Verantwortung überlassen hatte und in den Ruhestand gegangen war, wie Lydia es erzählt hatte, dann war alles in Ordnung. Und falls Lydia Charlie getötet hatte, um seinen Posten zu übernehmen, war es ohnehin besser, keine Fragen zu stellen.

John, Maddies Vater, war eine der wenigen Ausnahmen, die sich nicht so einfach abspeisen ließen. Er hatte Lydia bei einem gemeinsamen Abendessen ein paar bohrende Fragen gestellt. „Was hat Charlie gesagt? Warum hat er mit niemandem sonst gesprochen? Warum will er nicht, dass sich jemand bei ihm meldet?“

Lydia hatte mit den Schultern gezuckt und die ganze Du-weißt-schon-Nummer abgezogen, aber John hatte sich nicht beirren lassen. Er hatte Lydias Arm gepackt und sie in eine ruhige Ecke gezogen. „Steckst du in Schwierigkeiten?“

„Überhaupt nicht.“

„Wo ist er? Ich weiß, dass du es weißt.“

Sie riss die Augen auf. „Ich weiß genauso wenig wie du, Onkel John.“

Dann verlor John die Beherrschung. „Hör auf damit! Wir müssen es wissen. Steht uns etwas bevor? Wird sich die Polizei einmischen? Ist er tot? Ich muss ... *wir* müssen es wissen.“

Lydia hatte sich in ihre neue Rolle eingefügt. „Reiß dich zusammen, John. Charlie ist in den Ruhestand gegangen. Das ist eine schöne Nachricht, nachdem er der Familie lange Jahre treu gedient hat.“

„Aber ...“, hatte John entgegnet, doch Lydia hatte ihn unterbrochen.

Sie starrte den alten Mann mit festem Blick an und schob ein wenig Crow-Kraft hinterher. John war mit dem Rücken zur Wand gesunken und sein Widerstand war verschwunden.

„Er hat die Früchte seiner Arbeit eingefahren“, hatte Lydia gesagt. „Und ich will nichts mehr davon hören.“

WÄHREND SIE IN ihre Kaffeetasse starrte und an Alejandros Leiche in der Gerichtsmedizin sowie Maria Silver dachte, die zweifellos ihre Rachepläne schmiedete, empfand Lydia eine verwirrende Mischung aus Mitleid und Wut. Sie wusste, dass sie sich keinen Fehler leisten durfte. Sie war das Oberhaupt der Crows und wenn sie sich nicht entsprechend verhielt, würde ihr jemand die Position streitig machen.

Eine solche Herausforderung endete meist in einem Duell, aus dem nur einer lebend herausging. Abgesehen von der Tatsache, dass sie sterben könnte, wäre es theoretisch gar nicht so schlecht, die Zügel an einen willigen Nachfolger weiterzureichen. Allerdings nur, wenn dieser der Aufgabe gewachsen und nicht völlig verrückt wäre. Lydia hatte als kleines Mädchen vielleicht nicht davon geträumt, das Oberhaupt der Crows zu sein, aber sie wollte verdammt sein, wenn sie ihre Familie in den Wahnsinn und den Ruin führte.

Sie musste sich wie eine Anführerin verhalten. Und egal, was Paul, Jason oder Fleet denken mochten, das bedeutete, keine Angst zu zeigen. Lydia rief im Büro von Silver & Silver an und fragte nach Maria.

„Ms. Silver ist bei Gericht, wollen Sie eine Nachricht hinterlassen?"

„Erwarten Sie sie heute noch im Büro?"

„Das wäre möglich", antwortete die Assistentin. „Aber sie hat keinen Termin frei."

„Das ist schon in Ordnung", sagte Lydia. „Es ist nicht dringend. Welchen Fall verhandelt sie heute?"

Nachdem sie das herausgefunden hatte, öffnete Lydia die Fallliste auf der Website des Old Bailey. Der Beschuldigte, ein bulgarischer LKW-Fahrer, war wegen Totschlags angeklagt, weil zwölf illegal Einwandernde aufgrund von Sauerstoff- und Platzmangel auf der Ladefläche seines LKWs erstickt waren. Es war der dritte Tag der Verhandlung. Lydia vermutete, dass das Gesetz keine Trauer zuließ und Maria ihre Gefühle zurückstellen musste, bis der Prozess abgeschlossen war. Es sei denn, sie hätte einen anderen Anwalt hinzuziehen können und es war nur ihr eigener Stolz, der sie am Arbeiten hielt. Maria war eine kaltherzige Mörderin, aber in diesem Punkt konnte Lydia sie verstehen. Die Show musste weitergehen.

Lydia beschloss, Maria auf dem Weg aus dem Gericht abzupassen. Vor dem Old Bailey war es für ein Gespräch sicher. Zwar nicht wirklich privat, aber Lydia hegte keine Todessehnsucht. Egal, was die Männer in ihrem Leben denken mochten. Das Gericht Nummer fünf befand sich im neuen Gebäude, also wartete Lydia vor dem Eingang der Warwick Passage und hoffte, dass die Anwälte keinen geheimen Ausgang hatten, der nicht im Besucherführer verzeichnet war.

Es war leicht zu erkennen, wann die Verhandlung zu Ende war, denn plötzlich setzte ein Strom von Menschen ein, die aus dem Gebäude auf die Straße traten. Als dieser abebbte, positionierte sich Lydia an der rußverschmierten Fassade und wartete dreißig Minuten, bis die Angestellten herauskamen. Keiner von ihnen trug die unverwechselbare Anwaltsrobe, was entweder bedeutete, dass sie sich drinnen umgezogen hatten oder sie am falschen Ausgang stand. Nicht zum ersten Mal erkannte Lydia, dass sie als One-Woman-Show an ihre Grenzen stieß. Sie fügte *Assistenten anheuern* ihrer gedanklichen To-do-Liste hinzu. Es sollte eine Reihe junger, motivierter Crows geben und Geld war nicht mehr die große Sorge, die es einmal gewesen war. Aiden hatte ihr klargemacht, dass ihre neue Rolle mit einer großzügigen Aufwandsentschädigung verbunden war. Sie hatte sie noch nicht genutzt, aber irgendwann würde sie gezwungen sein, das zu tun. Da die Aufgabe ihre gesamte Zeit in Anspruch nahm, konnte sie kaum noch Fälle für ihre Detektei bearbeiten.

Lydia ließ es gut sein und ging zur Station Blackfriars, wo sie eine U-Bahn nach Denmark Hill nahm. Schon nach wenigen Minuten verspürte sie den Drang, ein anderes Ziel anzusteuern. Also stieg sie an der London Bridge aus und wechselte in den Zug Richtung Honor Oak Park.

ALS LYDIA noch ein Kind gewesen war und nicht begriffen hatte, dass ihre Familie anders war als die übrigen in ihrer

Straße in Beckenham, hatte ihr Vater sie manchmal mitgenommen, um ihre Vorfahren zu besuchen. Wie immer hatte er dabei mit ihr wie mit einer Erwachsenen gesprochen, was dazu geführt hatte, dass sie sich geschätzt und respektiert fühlte, wenn auch gelegentlich verwirrt. „Nicht alle von uns liegen hier. Leider sind die Friedhöfe hier in der Gegend überfüllt. Die Überreste wurden verlegt. Trotzdem. Es ist schön, ihnen die Ehre erweisen zu können.“

Henry Crow hatte erklärt, dass der Camberwell Old Cemetery, der eigentlich ein paar Meilen von Camberwell entfernt und näher an East Dulwich liegt, erst erbaut worden war, als die St. Giles Church keinen Platz mehr auf ihrem Friedhof gehabt hatte. „Zu viele Tote. Der Fluch des modernen Lebens.“

„Großmutter wurde woanders hingebracht?“

„Nein, Liebes. Das war vor vielen Jahren. Und zum Glück war es für uns nicht wichtig. Crows werden sowieso nicht bei Kirchen begraben.“

„Sind wir Atheisten?“, hatte Lydia gefragt, nachdem sie gerade die Bedeutung des Wortes gelernt hatte und ganz begeistert war, es so schnell benutzen zu können.

„Das würde ich nicht sagen, nein. Nur nicht besonders christlich.“

„Aber wir sind doch hier?“ Lydia erinnerte sich daran, dass die eisernen Tore des Friedhofs sehr hoch waren und sich das Wort *Camberwell* in Schwarz vom weißen Himmel abhob. In ihrer Erinnerung war es Winter, das Metall fühlte sich eiskalt an.

Sie gingen an umgefallenen Grabsteinen vorbei und einen Hügel hinauf, der sich für Lydia steil und unglaublich hoch anfühlte. Oben befand sich ein Wäldchen und auf der anderen Seite ein mit dunkelgrünem Efeu bewachsenes Gebäude, das mehr wie ein steinernes Spielhaus aussah. Erst als Lydia näher kam, erkannte sie, dass das spitze Dach des Hauses aus geschnitzten Grabsteinen mit alten, bröckelnden

Inschriften bestand, und was sie für kleine Fenster gehalten hatte, waren Aussparungen für weitere Gravuren. Die Schriftzüge darin waren besser erhalten, da sie vor der Witterung geschützt waren. Sie versuchte, die eingemeißelten Buchstaben zu entziffern und Wörter zu finden, die sie lesen konnte, aber als sie sich umdrehte, um ihren Vater etwas zu fragen, sah sie ihn zwischen zwei Bäumen stehen und in die entgegengesetzte Richtung schauen. „Hier drüben", sagte er. Lydia hielt seine Hand, ihre Finger wie ein kleiner Vogel in seiner riesigen Pranke. Unten am Hang, jenseits von Granitgrabmalen und grünen Hecken, hing die markante Skyline von London, blassgrau, wie ein Gespenst oder eine Fata Morgana in einer schwarz-weißen Welt. „Der letzte Schlafplatz der Crows, irgendwo hoch oben, von wo aus wir die Stadt sehen können."

JETZT KAM ihr der Hügel nur wie eine sanfte Erhebung vor. Die Bäume rund um das Grab wucherten immer noch wild, aber es waren weniger als in Lydias Erinnerung. Als sie sich dem Rand der Anhöhe näherte, um die Aussicht zu genießen, erschien ihr die Vorstadt näher und größer als damals. Der Ausblick auf die Stadt war jedoch immer noch grandios und sie blendete alles andere aus. Dies war ein guter Ort zum Nachdenken. Und mit dem zunehmenden Wissen über ihre Kräfte oder womöglich durch ihre Beziehung zu einer verstorbenen Person spürte sie die Anwesenheit der Crows, die vor ihr gegangen waren. Allerdings nur schwach. Lydia glaubte nicht, dass die Geister der Crows hier in der Erde blieben, so schön die Vorstellung auch wäre. Wir sind da oben, dachte sie und neigte ihren Hals, um in den blauen Himmel zu schauen. Sie hörte das Schlagen der Flügel und spürte, wie die Luft über ihre Federn strich, wie eine Liebkosung. Das war tröstlich und aufregend zugleich. Zuhause.

Im Vorbeigehen streichelte sie das Mauerwerk und

suchte nach der Sonnenuhr, die sie als Kind so gemocht hatte. Sie war aus blauer, verwitterter Bronze und befand sich an der Südseite des Grabes. Der altmodische Schriftzug, der sie damals verwirrt hatte, sprang jetzt hervor. *Das Leben ist nur ein vorübergehender Schatten, der Schatten eines Vogels im Flug.*

Lydia spazierte vom Friedhof zurück zum Fork. Es dauerte fast eine Stunde, aber Laufen hatte ihr schon immer beim Denken geholfen. Außerdem konnte sie so den Moment hinauszögern, in das Gebäude zurückzukehren, das sich nicht mehr wie ihre Zuflucht und ihr Zuhause anfühlte.

Es war spät am Abend und das Café war geschlossen. Angel hätte schon längst weg sein sollen, aber unten brannte Licht. Lydia erkannte Aidens Umriss durch die Scheibe und machte sich auf eine weitere unangenehme Überraschung oder eine Crow-Sache gefasst, von der sie lieber nichts gewusst hätte.

„Warte kurz", sagte sie zu Aiden und ging zum Tresen, um sich einen starken Kaffee zu machen. Das Ritual war beruhigend, aber im Grunde eine Hinhaltetaktik. Es zögerte das Unvermeidliche jedoch nicht lange hinaus. Während sie an der bitteren Flüssigkeit nippte, ignorierte Lydia den Gedanken daran, wie sehr sie sich darauf verließ, dass Aiden die Verbindung zwischen ihr und den übrigen Crows herstellte. Er hatte eng mit Charlie zusammengearbeitet und alle schienen ihn zu mögen und ihm zu vertrauen, also machte es Sinn. Aber die Tatsache, dass er eng mit Charlie zusammengearbeitet hatte, bedeutete auch, dass Lydia nicht wusste, wie loyal er noch gegenüber seinem früheren Boss war. Aiden war mit verschiedenen Problemen beschäftigt, von denen er die meisten bereits geklärt hatte, und er schien in seinem Element zu sein. Aber wie sehr konnte sie ihm vertrauen?

Nach Charlies Verschwinden war er einer der Pragmatischsten in der Familie gewesen, aber Lydia war nicht so dumm, jemandes Loyalität für bare Münze zu nehmen. Schon gar keiner Crows, die dafür bekannt waren, jeden Aspekt zu bedenken. Sie nutzten jeden möglichen Vorteil und dachten mehrere Schritte voraus. Lydia bemerkte, dass Aiden aufgehört hatte zu sprechen und sie erwartungsvoll ansah. Wenn die kleinen Rivalitäten und die unwichtigen Diebstähle geklärt waren, warum erzählte er ihr dann davon? Ach ja, damit sie wusste, dass er die Probleme aus der Welt geschafft hatte. Aiden wollte ein Schulterklopfen. Das war nicht einfach, aber Lydia zwang sich zu einem Lächeln. „Gute Arbeit."

Aiden schaute kurz verwirrt, dann errötete er ein wenig. „Alle sind mit deinem Aufstieg zufrieden."

„Gut", sagte Lydia. Sie spürte jedoch, dass da noch mehr war. „Was? Geht es um Alejandro? Hat es sich herumgesprochen?" Sie nahm sich vor, im Internet nachzusehen. Sobald es bekannt wurde, würde es Fragen und Sorgen geben. Eine Menge Sorgen.

„Das ist es nicht."

„Ich beobachte die Situation und werde alle auf den neuesten Stand bringen, sobald ich konkrete Informationen habe."

„Die Leute tuscheln immer noch. Wegen Charlie." Aiden zögerte. „Einige fragen sich, warum du nicht nach ihm suchst."

„Er will nicht gefunden werden", erklärte Lydia geduldig. „Und wenn die Leute mit mir darüber reden wollen, können sie das gern tun. Jederzeit. Es ist ja nicht so, als wüssten sie nicht, wo sie mich finden können." Sie gestikulierte durch das Café.

Aiden stand auf. „Gut. Gut, ich werde es ihnen sagen."

„Tu das", sagte Lydia und bedachte ihn mit ihrem besten

Charlie-Blick. „Lass sie wissen, dass ich kein Fan von Gerüchten bin."

Lydia kletterte auf The Shard, aber dieses Mal peitschte der Wind ihr ins Gesicht und an die Hände, als wollte er sie vom Gebäude reißen. Ihre Muskeln zitterten und ihre Finger waren taub vor Kälte. Mit tränenden Augen zwang sie sich, nach der nächsten Sprosse zu greifen. Das Schlagen riesiger Flügel, die gefährlich nahe waren, ließ ihren Puls in die Höhe schnellen. Sie schwitzte vor Angst und Anstrengung und wollte die Augen schließen, um so zu tun, als ob nichts passiert wäre. Es war ein Traum, wurde ihr klar. Sie durchlebte ihren Aufstieg noch einmal. Wenn sie sich umdrehte, würde sie die Krähe sehen. Der Traumzustand setzte sich mit diesem eindringlichen, kalten Grauen fort. Die Vorahnung, dass sie, wenn sie hinschaute, etwas Schreckliches und Unvergessliches erblicken würde. Lydia wollte der Angst nicht nachgeben, auch nicht im Schlaf, also drehte sie ihren Kopf und sah hin. Es war ihre Cousine, Maddie. Sie war geschunden und geschlagen und Blut lief ihr über das Gesicht. Ihr Blick war flehend. Als sie den Mund öffnete, um zu sprechen, waren dort nur Überreste abgebrochener und ausgeschlagener Zähne zu sehen. „Warum fliegst du nicht?" Bei diesen Worten spürte Lydia, wie ihre Hände abrutschten und sie mit einer schrecklichen Schwerelosigkeit rückwärts nach unten fiel, während die Luft an ihren Ohren vorbeirauschte.

Lydia wachte in einem Wirrwarr aus Bettdecken auf, kalter Schweiß bedeckte ihr Gesicht und ihren Hals. Sie dachte, der Albtraum habe sie geweckt, doch dann bemerkte sie, dass ihr Handy klingelte. Es war eine unbekannte Nummer und Lydias verwirrter Verstand hatte gerade noch Zeit zu verarbeiten, dass es der Mann vom Burgerladen sein könnte, dem sie ihre Karte gegeben hatte, bevor Simons Stimme diese Theorie zerstörte.

„Hier ist Ash", sagte er.

Lydia setzte sich auf, ihr Hirn arbeitete jetzt auf Hochtouren. Simon war im Alter von sechzehn von den Pearls entführt worden und hatte an deren Hof gegen seinen Willen mit ihnen gefeiert. Sie hatten ihn Ash getauft, obwohl das vermutlich noch die harmloseste Freiheit war, die sie sich genommen hatten. Außerhalb des unterirdischen Palastes der Pearls war die Zeit schneller verstrichen und zwanzig Jahre waren vergangen, als er entlassen wurde.

„Ich kann mich nicht an Simon gewöhnen", erklärte er. „Ich bleibe einfach bei Ash. Ich weiß, es ist wahrscheinlich das Stockholm-Syndrom oder so etwas, und ich sollte mich an die Therapie halten, aber ich fühle mich jetzt wie Ash, also ..."

„Viele Menschen ändern ihren Namen", antwortete Lydia. „Es ist deine Entscheidung."

„Ja." Ash klang etwas fröhlicher.

„Ich will ja nicht unhöflich sein", sagte Lydia und schielte auf das Display ihres Handys. „Aber es ist halb vier Uhr morgens."

„Scheiße. Sorry. Ich habe mein Zeitgefühl verloren."

„Was ist los?"

„Ich glaube, ich habe es gefunden." Ash hob vor Aufregung seine Stimme.

„Was?"

„Ihr Versteck. Den Eingang zu ihnen."

„Bitte sag mir, dass du zu Hause bist." Es klang so, als wäre er draußen, aber vielleicht stand er auch im Garten seiner Eltern und genoss die frische Luft.

„Highgate", sagte er.

Lydia konzentrierte sich auf die grauen Schatten in ihrem Zimmer und gewöhnte ihre Pupillen an die Dunkelheit. „Geh nach Hause. Bitte! Ich habe dir doch gesagt, dass ich sie finden werde.“

„Hast du aber nicht“, sagte Ash. „Ich will mich nicht beschweren, ich weiß, dass du viel zu tun hast. Aber ich brauche einen Abschluss.“

Das war die Therapie, die aus ihm sprach, vermutete Lydia. War ein Abschluss eine echte Sache? Etwas, das Menschen tatsächlich bekamen? Für Lydia hörte es sich vielmehr so an, als würden die Dinge aufhören, sich zu verändern. Und das bedeutete den Tod. „Ein Abschluss wird überbewertet“, sagte sie. „Der Duft der Freiheit ist ziemlich süß. Warum genießt du ihn nicht?“

„Ich kann nicht.“ Ash klang leiser, als hätte er den Mund vom Telefon wegbewegt. Dann sagte er: „Ich muss los. Ich glaube, ich sehe etwas.“

„Ich komme zu dir“, rief Lydia. „Unternimm nichts, ich bin gleich bei dir.“

Eine Pause. Lydia hörte eine Sirene im Hintergrund, dann Ashs Stimme. Er klang ängstlich. „Verstärkung wäre gut.“

KAPITEL FÜNF

Lydia brauchte nicht lange, um sich anzuziehen und mit dem Wagen auf die andere Seite der Themse nach Highgate zu fahren. Sie rechnete angesichts der unzumutbaren Uhrzeit mit keinem allzu starken Verkehr. Eine halbe Stunde später kam sie an der Queenswood Road an. Die Straße führte mitten durch Queen's Wood, dem weniger bekannten Nachbarn von Highgate Woods. Entlang der Fahrbahn waren Parkplätze markiert und zum Glück auch frei. Die Bäume streckten ihre Äste über die Durchgangsstraße und bildeten einen Tunnel aus Zweigen und Laub. Es war unheimlich still, der Verkehrslärm von den Hauptstraßen war seltsam gedämpft. Als Lydia das letzte Mal einen Fuß in einen Londoner Wald gesetzt hatte, hatte sie sich wie auf einem LSD-Trip gefühlt. Oder was sie sich darunter vorstellte. Sie hatte in ihrer Jugend die rebellische Drogenphase übersprungen, weil sie gefunden hatte, dass eine verbotene Beziehung mit Paul Fox schon schlimm genug war.

Sie überprüfte ihr Handy auf Nachrichten und als sie keine fand, benutzte sie die Taschenlampe, um den nächsten ordentlichen Weg in den Wald zu nehmen. Es sah so aus, als ob die Leute an verschiedenen Stellen in das Unterholz eingedrungen waren, und Trampelpfade führten den Hang hinauf und in den Wald hinein, aber Lydia wollte sich heute nicht verirren. Im Dunkeln konnten sich allerlei Bedrohungen verstecken, selbst wenn die Pearls ihre alten Tricks nicht mehr draufhatten.

Sie hörte Ash, bevor sie ihn sah. Ein dumpfer Knall, gefolgt von einem Keuchen, das überraschend leise war. Das erste Geräusch war ein Schlag gewesen, erkannte Lydia, als sie um die Ecke bog. Ash lag auf dem Rücken, die Arme schützend um seinen Bauch gelegt. Fünf Gestalten standen um ihn herum, eine davon, wahrscheinlich der Schläger, näher als die anderen. Er trug eine Baseballkappe und eine ausgebeulte Jogginghose, die billig aussah, aber ein Logo auf der Hinterseite hatte, also teuer gewesen sein könnte. Einer der anderen sah Lydia zuerst und rief ihr zu, sie solle sich verpissen.

Lydia blieb stehen und wägte die Situation ab. Ash und sie waren zahlenmäßig weit unterlegen, wobei sie Ash im Prinzip gar nicht dazurechnen konnte. Aber die Gesichter, die sich ihr zuwandten, sahen jung aus, kaum älter als Teenager. „Polizei", rief sie, kramte ihren Ausweis aus der Jackentasche, klappte ihn auf und hielt ihn in die Höhe. „Wenn ihr nicht mit auf die Wache wollt, verzieht ihr euch besser."

Die Gruppe rührte sich nicht und Lydia reckte ihr Kinn hoch, um zu signalisieren, dass sie es ernst meinte.

Nach einem weiteren Moment der Angeberei, in dem sich niemand rührte, warf der Anführer Lydia einen langen Blick zu und zuckte mit den Schultern. „Langweilig hier, oder?" Und dann zogen sie davon, wie ein Rudel Kinder, die eigentlich zu Hause sein und Playstation spielen sollten.

Lydia sah ihnen nach, bis sie in den Bäumen verschwanden und einen der Trampelpfade nahmen. Es bestand die Möglichkeit, dass sie für einen erneuten Angriff umkehren würden, und ob Kinder oder nicht, die Sache könnte schwierig werden. Vor allem, wenn sie Messer bei sich hatten. Lydia packte Ashs Arm. „Komm", sagte sie und führte ihn den Weg zurück, den sie gekommen war.

„Ich muss dir zeigen ...", begann Ash.

„Halt die Klappe", entgegnete Lydia.

Er sprach erst wieder, als sie den Wald verließen und die Straße erreichten. „Du kannst meinen Arm jetzt loslassen."

„Ach ja?", fragte Lydia, aber sie ließ ihren Griff los und stellte sich mit verschränkten Armen vor ihn.

„Du bist wütend", sagte Ash.

„Du bist ein Dummkopf."

„Ich habe dich nicht gebeten, mich zu retten", entgegnete Ash. „Mir wäre es recht gewesen."

„Du hast mich angerufen", sagte Lydia.

„Oh, richtig", Ash fuhr sich mit der Hand über das Gesicht. Er sah müde aus. Die Haut war von der Straßenlaterne gelblich gefärbt, dunkle Schatten lagen unter seinen Augen und Wangenknochen. „Ich wollte dir zeigen, was ich gefunden habe. Eine Tür. Ich glaube, das ist der Weg."

Lydia war sich ziemlich sicher, dass sich der Eingang zum Palast des Pearlkönigs in den Highgate Woods befand, aber auch, dass sie ihn nicht finden würden. Fleet und sein Team hatten nichts gesehen, als sie Anfang des Jahres die Gegend nach Lucy Bunyan durchkämmt hatten, und Lydia hatte das Gefühl, dass sie es mit sehr alter, sehr starker Magie zu tun hatte. Das klang lächerlich und sie wollte es ungern so nennen, aber es gab kein anderes Wort dafür. Die Pearls wirkten nach außen hin ausgedünnt und schwach, ihre Familienmitglieder waren über ganz London verstreut, betrieben Läden und Stände und arbeiteten als Hotelrezeptionisten oder Buchhalterinnen. Ihre Kraft war nur noch ein Schatten dessen, was sie einmal gewesen war. Doch Lydia hatte vor kurzem erfahren, dass es einen äußerst mächtigen Kern der Familie gab. Sie sahen jung und attraktiv aus, aber Lydia hatte einen Blick auf ihr wahres Gesicht geworfen und gesehen, dass sie in Wirklichkeit sehr alt waren. Möglicherweise handelte es sich sogar um die ursprünglichen Pearls. Plötzlich erschienen die Geschichten über die Entstehung der Pearls völlig plausibel. *Es war einmal eine Elfe, die einem Sterblichen ein kleines Mädchen gebar ...* „Hör zu." Lydia zwang sich, sanft zu sprechen. „Du darfst nicht weiter nach ihnen suchen." Sie deutete auf den verlassenen Pfad und den Wald dahinter. „Es ist mitten in der Nacht und du bist ganz allein unterwegs. Und was hast du eigentlich vor, wenn sie auf einer Lichtung auftauchen, um zu plaudern?"

Ash zog ein Messer aus der Innenseite seiner schwarzen Bomberjacke. Es glänzte und hatte einen kunstvoll verzierten Griff. „Es ist aus Eisen", sagte er. „Ich habe in den Überlieferungen nachgelesen. Sie mögen kein Eisen."

Als sie die Klinge betrachtete, beschloss Lydia, dass sie auch kein großer Fan davon war. Ihr gingen mehrere mögliche Reaktionen durch den Kopf, doch sie entschied sich für die mildeste von ihnen. „Leg das weg, bevor du dir noch wehtust."

Ashs Miene verhärtete sich, aber er gehorchte. „Das ist kein Spiel für mich", sagte er. „Sie haben mir mein Leben gestohlen. Sie könnten es wieder getan haben. Sie könnten dort unten eine neue Geisel haben. Ich kann nicht mein Leben weiterleben und vergessen, dass es passiert ist."

„Lass uns frühstücken gehen", sagte Lydia. „Ich lade dich ein."

ALS SIE DEN FLUSS ÜBERQUERTEN, gähnte Ash so breit, dass sein Kiefer knackte. „Soll ich dich stattdessen nach Hause bringen?"

„Es fühlt sich nicht wie zu Hause an."

Lydia verstand das als Nein.

„Willst du nicht wissen, was ich gefunden habe?", fragte Ash und wandte sein Gesicht der Windschutzscheibe.

„Ich kann es mir denken", sagte Lydia. „Einen Ort im Wald, der sich seltsam anfühlt. Es wurde ganz still und die Luft fühlte sich aufgeladen an, elektrisch, als würde gleich ein Sturm aufziehen. Vielleicht hast du gesehen, wie sich die Bäume bewegen, als würden sie wachsen." Sie wandte ihren Blick nicht von der Straße ab, aber sie spürte, dass Ash sie anstarrte.

„Woher weißt du das?"

„Den Eingang zu finden, ist nicht das Problem", sagte Lydia. „Es geht darum, ohne Einladung hineinzukommen. Und lebendig wieder herauszukommen", fügte sie leise hinzu.

Es war fast fünf, als sie das Fork erreichten, und der Himmel erhellte sich. Lydia ließ Ash im Café zurück, wo er sich die gerahmten Bilder an den Wänden ansah, und ging in die Küche, um ein Frühstück herzurichten. Angel würde nicht begeistert sein, aber nichts sagen. Nicht mehr. Lydia schlug Eier in eine Pfanne und schob Brot in den Toaster. Das Kochen gab ihr ein wenig Zeit zum Nachdenken. Es stimmte, dass sie Ashs Fall vernachlässigt hatte. Sie könnte einwenden, dass sie beschäftigt war, und das würde auch stimmen, aber das war immer noch keine zufriedenstellende Entschuldigung. Lydia hatte Ash ihre Hilfe angeboten, weil sie ihn zuvor im Stich gelassen und seinen Fall nicht schnell genug untersucht hatte. Sie hatte geglaubt, dass seine Sorgen auf eine schlechte psychische Verfassung zurückzuführen waren. Es schien, als würde sie ihren Fehler aus der Vergangenheit wiederholen, anstatt ihn zu sühnen.

Sie packte alles auf ein Tablett und trug es hinaus. Ash saß an einem der mittleren Tische und reihte die kleinen Zuckertütchen auf. Er drückte sie in der Hand zusammen, als er Lydia sah.

„Iss", sagte sie, stellte das Tablett auf den Nachbartisch

und lud es ab. Sie stellte einen Teller mit Spiegeleiern, Speck und gebuttertem Toast sowie eine Tasse Tee vor ihn. Es entsprach zwar nicht Angels Niveau, aber Lydia verschlang ihre Portion und bemerkte dabei, dass sie am Abend zuvor auf das Essen vergessen hatte. Darauf würde sie in Zukunft besser achten müssen. Sie hatte ihren Whiskykonsum reduziert, nachdem sie festgestellt hatte, dass ihre Kräfte viel stärker waren, wenn sie nicht täglich eine Flasche leerte, aber die unsteten Arbeitszeiten einer Privatdetektivin waren nicht unbedingt förderlich für einen gesunden Lebensstil.

„Warum hast du dich als Polizistin ausgegeben?", fragte Ash, nachdem er ein paar Minuten lang in seinem Essen herumgestochert hatte. „Du hättest ihnen deinen Namen sagen können, dann wären sie sofort weggelaufen."

Lydia war froh, dass er das glaubte. „Das wäre so, als würde man eine Machete zum Haareschneiden benutzen." Außerdem wollte sie ihre Anwesenheit auf Pearl-Gebiet nicht an die große Glocke hängen. Sie schienen mit Vorliebe Kinder als Spitzel einzusetzen und es bestand eine winzige Chance, dass es sich ohnehin bereits herumgesprochen hatte. Lydia dachte an ihr eigenes Netzwerk von Informanten in der Stadt. Es war noch ziemlich klein, wuchs jedoch stetig. Eines Tages würde sie wie ihre frühere Chefin sein und mit einem gut platzierten Telefonanruf oder ein paar Zwanzigern in der Tasche alles herausfinden können. „Du darfst dich nicht derart in Gefahr bringen", sagte Lydia. „Es tut mir leid, dass es nur langsam vorangeht."

Ash öffnete den Mund, um etwas zu sagen, und Lydia hob ihre Hand. „Du hast jedes Recht, ungeduldig zu sein. Ich habe mich ablenken lassen. Ich habe der Sache nicht meine volle Aufmerksamkeit geschenkt und das tut mir leid. Das wird sich ab sofort ändern. Aber du musst mir versprechen, dass du aufhörst, die Pearls auf eigene Faust zu jagen. Ich kann meine Arbeit nicht machen, wenn ich dich gleichzeitig babysitten muss."

„Ich will dir helfen. Ich muss ständig daran denken und ich will dabei sein, wenn du nach ihnen suchst. Ich kann nicht einfach ..."

„Das wirst du auch. Aber wir arbeiten zusammen. Nach einem Plan."

Schließlich nickte Ash.

Lydia tunkte den letzten Rest Ei mit etwas Toast auf und lächelte ihn an. „Vertrau mir."

KAPITEL SECHS

„Hirnaneurysma", erklärte Fleet.

„Guten Morgen", antwortete Lydia. Sie wischte sich den Sabber aus dem Gesicht und lehnte sich in ihrem Stuhl zurück. Ihre Wirbelsäule knackte dabei fürchterlich. Es war fast zehn und die Sonne schien durch das Fenster. Sie hatte Ash um kurz nach sechs nach Hause gefahren und vorgehabt, Aidens Notizen durchzuarbeiten. Stattdessen musste sie auf der Stelle eingeschlafen sein. Wenigstens war es ein traumloser Schlaf gewesen.

„Lydia?"

„Ja. Ich höre dir zu. Ich verarbeite die Information."

„Der Tod wird als natürlich eingestuft. Es werden keine strafrechtlichen Ermittlungen eingeleitet."

Beim Höllenfalken. Das war schlecht.

Fleet klang erleichtert. „Es war kein Mord, das heißt, niemand ist daran schuld."

Lydia hatte den Subtext gehört. *Natürliche Todesursache bedeutet, dass Maria dir keine Schuld daran geben kann.* Schade nur, dass er sich irrte. „Wurde Maria schon informiert?"

„Die Kollegen sind auf dem Weg zu ihr. Man hält es für besser, wenn sie es persönlich erfährt. Die hohen Tiere wollen, dass die Sache mit äußerster Sensibilität behandelt wird. Immerhin war er ein Abgeordneter. Und das andere."

Ja, das andere. Alejandro Silver hatte bis vor kurzem die erfolgreichste Anwaltskanzlei der Stadt geleitet. Außerdem gab es in London immer noch Menschen, die an die alten Geschichten über die magischen Familien glaubten und dem Oberhaupt der Silvers eine kleine Extraportion Respekt entgegenbrachten. „Das ergibt aber keinen Sinn", sagte Lydia. „Er war körperlich fit."

„Offensichtlich nicht. Oder er hatte Pech." Fleet hielt inne. „Wenigstens ging es schnell."

„Ich dachte, er starb im Krankenwagen?"

„Ziemlich schnell", korrigierte Fleet sich. „Der Arzt sagte, er hätte es nicht mitbekommen, sondern wäre bewusstlos gewesen."

„Maria wird nicht an einen unglücklichen Zufall glauben. Und sie wird sich bestimmt nicht damit zufriedengeben, dass es keine Ermittlungen gibt." Lydia verspürte ein wenig Mitgefühl für Maria. Unter diesen Umständen würde sie genauso handeln. Hirnaneurysma hin oder her, sollte die Polizei nicht in dem Todesfall ermitteln, würde sich das wie ein Schlag ins Gesicht anfühlen. Eine Respektlosigkeit gegenüber ihrem Vater und ihrer ganzen Familie.

Eine Pause. Dann Fleets Stimme, die bemüht beruhigend klang. „Das weißt du nicht."

Irgendetwas beunruhigte Lydia, aber sie war sich nicht sicher, wie sie es von all den anderen Dingen, die ihr Sorgen bereiteten, unterscheiden sollte. „Du hast doch die Autopsie mitangesehen, oder?"

„Einiges davon", sagte Fleet. „Warum?"

„Ich weiß es nicht. Wahrscheinlich nichts."

„Sehen wir uns später?"

„Das hoffe ich", sagte sie. „Gibst du mir Bescheid, wenn du noch etwas hörst?"

„Natürlich. Wirst du dich von Maria Silver fernhalten?"

Lydia konnte das nicht versprechen, also antwortete sie nicht darauf. „Hab einen schönen Tag. Wir sehen uns später.“

AIDEN HATTE LYDIA GESAGT, dass sie zugänglicher für die Probleme der Nachbarschaft sein müsse, und ihre Lösung für das Problem war, jeden Dienstag eine Art offene Sprechstunde im Fork abzuhalten. Sie hatte geglaubt, dass sie damit die Familienangelegenheiten in den Griff bekommen könnte und über den Rest ihrer Zeit frei verfügen könnte. Natürlich passte Ermittlungsarbeit zu keinem regelmäßigen Zeitplan und das Timing war immer ungünstig. Heute war es wieder so weit und nachdem sie bereits die letzten beiden Termine hatte ausfallen lassen, duschte sie eilig und schleppte sich die Treppe hinunter. Auf dem Weg aus der Wohnung steckte sie ihren Kopf in Jasons Schlafzimmer.

Er blickte von dem großen Block Papier auf, den er auf seinen Knien abgestützt hatte. „Willst du deine Weisheit verkünden? Stehen die Leute Schlange, um deinen Ring zu küssen?“

„Was?“

„Der Pate, du weißt schon. Marlon Brando.“

„Nie gesehen“, sagte Lydia. Sie verkniff sich die Bemerkung, dass das vor ihrer Zeit gewesen war. Sie wollte ein besserer Mensch werden und dazu gehörte auch, Jason nicht daran zu erinnern, dass er ein Geist war, der Mitte der Achtziger gestorben war und nun außerhalb seiner natürlichen Zeitlinie lebte.

„Das ist ein Klassiker. Wir sollten ihn uns gemeinsam ansehen.“

. . .

UNTEN IM CAFÉ stand Angel hinter dem Tresen. Sie nickte Lydia zu und drehte sich um, um ihr unaufgefordert einen Kaffee einzuschenken.

Einige Gäste frühstückten an den Tischen, aber Lydias Blick fiel auf einen Mann, der allein mit einer Tasse Tee dasaß und besorgt wirkte. Sie nahm ihren Lieblingsplatz im hinteren Teil des Raumes ein und wartete. Als Angel ihr den Kaffee gebracht hatte, stand der Mann auf und trat nervös an ihren Tisch.

„Ms. Crow?"

„Lydia, bitte", antwortete sie. „Setzen Sie sich." Sie deutete auf den Stuhl ihr gegenüber und der Mann setzte sich. Er war in den Fünfzigern, hatte einen grauen Bart und eine Halbglatze. „Was kann ich für Sie tun?"

„Ich habe ein Problem." Lydia grub ihre Fingernägel in ihre Handfläche, um nicht zu seufzen. Nie kam jemand mit guten Nachrichten zu ihr. Die Leute kamen nie, um ihr einen Witz zu erzählen oder freundlich zu plaudern. Wenn alles in Ordnung war, könnte sie genauso gut unsichtbar sein. Blitzartig empfand sie Mitgefühl für Charlie. Damit hatte er sein ganzes Leben lang zu tun gehabt. Jahrzehnte lang.

Lydia klappte ihr Notizbuch auf. „Name?"

„Mark Kendal. Entschuldigung, aber warum schreiben Sie das auf?"

Lydia sah ihn einen Moment lang an, bevor sie antwortete: „Ich mache mir zu jedem Fall Notizen."

„Aber wäre das nicht ein ... ich weiß nicht. Beweis? Charlie hat nie etwas aufgeschrieben."

Mark Kendals Gesichtsausdruck wechselte von nervös zu entsetzt. Lydia schloss das Notizbuch. „Sagen Sie mir, was Sie auf dem Herzen haben, Mark."

„Ich betreibe den Handyladen am Southampton Way, neben dem Friseur."

Lydia kannte ihn nicht, nickte aber wissend.

„Ich habe gehört, dass das Nagelstudio auf der anderen Straßenseite jetzt auch Handyhüllen verkaufen will." Die Empörung verdrängte die Angst aus Marks Stimme. „Ich verkaufe Handyhüllen. Sie machen die Hälfte meines Umsatzes aus."

„Ich verstehe", sagte Lydia. „Das ist ungünstig."

Er breitete seine Hände aus. „Das ist mein Lebensunterhalt. Ich kann im Moment keinen Umsatz verlieren. Mein Ältester ist an der Universität, das ist teuer. Können Sie etwas dagegen tun? Können Sie mit denen reden?"

Lydia hielt inne. Könnte sie das? Sollte sie das? War ein freier Markt nicht gut für die Verbraucher? Wettbewerb schaffte Auswahl und verhinderte Preisabsprachen. Aber hatte Charlie die Kontrolle darüber, wer was in Camberwell verkaufte? War das Teil der Dienstleistung? Lydia wünschte, er hätte ein Handbuch hinterlassen. Oder dass sie sich die Mühe gemacht hätte, das Geschäft zu lernen, bevor er verhaftet worden war. Sie könnte Aiden fragen, aber sie wollte nicht alles mit ihm besprechen. Das sah schwach aus. Außerdem war sie der neue Charlie. Also konnte sie die Dinge auf ihre Art erledigen. Was in diesem Fall bedeutete, dass sie ihn hinhalten musste. Sie blieb ruhig und versicherte ihm, dass sie sich die Sache ansehen würde.

Die Dankbarkeit war ihr peinlich. Mark Kendal ergriff ihre Hand und schien sie küssen zu wollen, bevor Lydia sie zurückzog. Vielleicht sollte sie sich den Paten lieber früher als später reinziehen. Womöglich könnte sie von ihm ein paar Tricks lernen.

NACHDEM MARK GEGANGEN WAR, bedeutete Lydia Angel, ihr frischen Kaffee zu bringen. Eine Frau mit Kopftuch umklammerte ihre Handtasche und sah aus, als würde sie den Mut sammeln, sie anzusprechen, und Lydia brauchte erst noch einen Schuss Koffein.

Lydia hatte mit ihrem Vater über das Fork gesprochen. Sie hielt sich von ihm fern, aber sie hatten ein paar Mal miteinander telefoniert und Lydia hatte die Gelegenheit nicht mit Smalltalk vergeudet. Henry hatte ihr erzählt, dass das Café zu seiner Zeit ein neutraler Ort gewesen war. Ein Ort, an dem Menschen ihre Differenzen gewaltfrei austragen konnten. Nachdem Charlie das Familienoberhaupt geworden war, hatte er die Tradition ein wenig verändert. Das Fork war von nun an kein Ort der Streitschlichtung mehr gewesen, sondern einer, an den er Unruhestifter brachte und sie vor eine Wahl stellte. „Du stehst an einer Weggabelung, mein Freund", hatte er zu ihnen gesagt. Und dann hatte er ihnen die Möglichkeiten aufgezeigt. „Er hat nie jemanden zu etwas gezwungen", hatte Henry erklärt, doch am Ende taten sie immer das, was Charlie wollte. „Na ja, fast immer." Seine Stimme war ganz leise geworden.

Die Frau mit dem Kopftuch kam auf sie zu. Sie kam Lydia vage bekannt vor, aber sie konnte sie nicht einordnen. Sie trug eine teuer aussehende Yogahose und ein dunkles graues Oberteil mit Fledermausärmeln. Ihr Gesicht war ungeschminkt, ihre Augenbrauen waren makellos gezupft und ihr Make-up war perfekt aufgetragen. Da fiel Lydia ihr Name ein. Sie hatten sich bei einer von Charlies Touren durch die Gemeinde kennengelernt, als er Lydia zeigen wollte, was für ein großer Mann er in der Stadt war. Verzeihung, als er Lydia in das Geschäft der Crows eingewiesen hatte. „Chunni", sagte sie. „Was kann ich für Sie tun?"

Chunni senkte ihr Kinn und errötete.

Mehr Details fielen Lydia ein. Chunni betrieb ein Pilates-Studio. Es war ein exklusives kleines Studio in einem renovierten Haus in der Nähe der Bibliothek, ausgestattet mit diesen seltsamen Geräten, die wie mittelalterliche Foltergestelle aussahen. Chunni hatte gesagt, dass sie immer nur drei Kunden auf einmal nahm, und Lydia hatte sich gefragt, wie viel sie für eine Stunde verlangte, um das Studio finanzieren zu können.

„Ich bin mir nicht sicher, ob ich hier richtig bin", begann Chunni. Sie blickte in Richtung der Tür, die sowohl zu den Kundentoiletten als auch zur Treppe zu Lydias Wohnung führte. „Machen Sie immer noch diese Arbeit?"

„Ich bin nach wie vor Privatermittlerin", sagte Lydia. „Im Moment nehme ich nur wenige Klienten an, aber ich kümmere mich vorrangig um Nachbarn." Von Chunni ging eine verletzliche Ausstrahlung aus, die Lydia bei ihrem letzten Treffen definitiv nicht gespürt hatte. Eine Vorahnung kribbelte unter ihrer Haut. Irgendetwas stimmte nicht. „Sollen wir nach oben gehen? Unter vier Augen reden?" Über Chunnis Schulter konnte Lydia sehen, dass noch mehr Leute darauf warteten, mit ihr zu sprechen. Sich vorzeitig aus dem Staub zu machen, würde keinen guten Eindruck hinterlassen. „Einen Moment", sagte sie und rief Aiden an. „Ich brauche dich im Café."

NACHDEM SIE ANGEL GEBETEN HATTE, den Leuten zu sagen, dass Aiden Crow auf dem Weg war und für Lydia Notizen machen würde, brachte sie Chunni nach oben. Es fühlte sich wie eine Flucht an, was für ihre Zukunft als neuer Charlie nichts Gutes verhieß. Sie musste sich ein Führungssystem überlegen, denn Ausweichen würde auf Dauer nicht funktionieren. Noch waren der Respekt und die Angst groß genug, um die Dinge für eine Weile am Laufen zu halten, aber das würde sich bald ändern. Das Gedächtnis der Menschen war irritierend kurz.

Lydia schloss die Wohnungstür unverhältnismäßig geräuschvoll auf und bat Chunni lautstark herein, nur für den Fall, dass Jason sein Zimmer verlassen hatte und Zeit brauchte, um seinen Laptop aus dem Wohnzimmer zu tragen. Chunni konnte ihn natürlich nicht sehen, aber ein schwebender Computer könnte durchaus irritierend sein.

Die Luft war rein. Lydia wies Chunni den Klientensessel zu und setzte sich ihr gegenüber. Sie nahm einen Kugelschreiber aus dem Köcher auf ihrem Schreibtisch und machte sich bereit, Notizen zu machen. „Schießen Sie los."

Chunni hatte ihre Handtasche im Schoß fest umklammert, jetzt legte sie sie aber auf den Tisch. Etwas an dieser Geste, die Art, wie die Tasche dalag, erregte Lydias Aufmerksamkeit. Die Bewegung hatte irgendwie unnatürlich gewirkt.

„Ich werde verklagt", erklärte Chunni. „Zumindest glaube ich das. Ich habe keinen offiziellen Brief oder Ähnliches erhalten, kein Schreiben von einem Anwalt. Er droht aber damit, dass er es tun wird, und ich mache mir Sorgen."

„Wer will Sie verklagen?"

„Dieser Mann. Sean Ryan. Er behauptet, er habe sich die Schulter verletzt, weil das Gerät nicht richtig eingestellt war. Er sagt, er habe ständig Schmerzen und könne seiner Arbeit nicht mehr nachgehen, also klagt er auf Verdienstausfall und Stress."

Diese Angelegenheit passte nicht wirklich zur Bitte um mehr Privatsphäre, aber vielleicht wollte Chunni nicht, dass sich herumsprach, dass sie einen Kunden verletzt hatte. Das wäre vermutlich schlecht fürs Geschäft. „Hat er Sie persönlich darauf angesprochen?"

„Nur am Telefon", sagte sie. „Und er hat mir eine E-Mail geschickt."

„Darf ich sie mal sehen?"

„Ich werde sie Ihnen weiterleiten." Chunni wurde plötzlich zurückhaltend. „Ich habe mein Handy nicht dabei."

Unwahrscheinlich, dachte Lydia. Das war seltsam. Das Gefühl, dass etwas nicht stimmte, wurde immer stärker. Sie wäre versucht gewesen, es als gewöhnliche Paranoia abzutun, doch angesichts der jüngsten Ereignisse fand Lydia, dass sie auf der Hut sein sollte. „Das klingt nach einem Problem für einen Anwalt."

„Aber ich habe ihn nicht verletzt. Ich hatte gehofft, Sie könnten das für mich beweisen. Ihn dazu bringen, dass er die Sache gut sein lässt. Vielleicht können Sie ihm folgen und ihn filmen oder ..." Chunni brach ab.

„Sie wollen, dass ich ihn verunsichere?"

Chunni zuckte mit den Schultern. „Wenn er versteht, dass ich kein leichtes Opfer bin ..."

Das barg eine gewisse Logik. Und es war die Art von Fall, die sie normalerweise annehmen würde. Wäre da nicht dieses nagende Gefühl von *falsch*. Und die knifflige Frage der Bezahlung. „Bitten Sie mich um einen Gefallen oder beauftragen Sie mich als Ermittlerin? Wenn Letzteres der Fall ist, sind das meine Gebühren. Bevor ich loslege, benötige ich eine Anzahlung von Ihnen." Sie kritzelte ein paar Zahlen auf ein Blatt Papier und schob es über den Schreibtisch.

„Das ist in Ordnung", sagte Chunni. „Ich weiß nicht, welchen Gefallen ich Ihnen im Gegenzug anbieten könnte."

„Okay." Lydia erwartete, dass Chunni den Zettel nehmen und gehen würde. Stattdessen starrte sie Lydia an, als würde sie auf etwas anderes warten.

„Stimmt es, dass Mr. Crow nicht zurückkommt?"

„Ja", sagte Lydia und hoffte, dass sie recht hatte.

NACHDEM CHUNNI GEGANGEN WAR, suchte Lydia nach Jason. Er lag auf seinem Bett, die Arme hinter dem Kopf verschränkt und die Augen geschlossen. „Ich glaube, meine neueste Klientin hat soeben unser erstes Gespräch aufgezeichnet."

„Das ist komisch." Er öffnete die Augen und blinzelte ein paar Mal, als würde er gerade aufwachen.

„Alles okay?"

„Ich ruhe mich nur aus“, sagte Jason. „Und denke nach.“

„Kann ich dir irgendwie helfen?“

Jason warf ihr einen amüsierten Blick zu. „Ich habe über Primzahlzwillinge nachgedacht.“

Die unheimlichen Zwillingsmädchen aus *Shining* schossen Lydia durch den Kopf, aber dann erinnerte sie sich daran, mit wem sie sprach. „Mathe?“

„Mathe“, bestätigte Jason. „Bist du sicher? Wegen der Aufnahme, meine ich?“

„Nein.“ Lydia schüttelte den Kopf. „Es ist nur eine Vermutung.“

LYDIA WUSSTE, dass sie Maria noch einen Besuch abstatten musste. Da es ihr nicht gelungen war, sie vor dem Gerichtsgebäude anzusprechen, musste sie wohl den gefährlicheren Schritt wagen und ihr Büro oder ihr Haus aufsuchen. Als Oberhaupt der Crows und aus Respekt vor ihrer langjährigen Allianz gebührte es der Anstand. Es bestand natürlich das klitzekleine Risiko, dass Maria versuchen würde, sie zu töten, aber diese negativen Gefühle hatten sich hoffentlich gelegt. Oder zumindest würde Maria vernünftig bleiben. Lydia war jetzt die Anführerin der Crows. Und Maria die der Silvers. Sie mussten sich beide entsprechend verhalten.

Am liebsten würde Lydia ihren Dad sehen. Das Wissen, dass Alejandro in der kühlen Leichenhalle lag, hatte sie über das erwartbare Maß hinaus erschüttert und sie sehnte sich nach dem Trost ihres lebenden, atmenden Vaters.

Doch Lydia rationierte den Kontakt zu Henry. Mr. Smith hatte ihn geheilt und seinen Geist vor der drohenden Zerstörung gerettet. Womöglich war sein Zustand jedoch auf keine gewöhnliche Alzheimer-Krankheit zurückzuführen gewesen. Ihre Anwesenheit hatte seine Verfassung stets verschlechtert und gemeinsam mit Jason hatte sie eine Theorie entwickelt. Ihre Kraft wirkte wie eine Batterie, die

die Menschen auflud. Jeder, der auch nur ein bisschen magische Energie in sich trug, fühlte sich in Lydias Nähe noch stärker. Das war der Grund, weshalb Jason in ihrer Gegenwart körperlich geworden war und warum ihr Vater, der seine Crow-Magie unterdrückt und verleugnet hatte, um seiner Tochter ein normales Leben zu ermöglichen, an dieser Anstrengung fast zerbrochen wäre. Lydia hatte ihm geschrieben und ihm ihre Theorie dargelegt. Sie hatte gehofft, dass er daraufhin nicht länger versuchen würde, seine Fähigkeiten zu unterdrücken. Sie war jetzt erwachsen. Und Teil der Familie. Er hatte zurückgeschrieben und ihr erklärt, dass er das Lydias Mutter nicht antun könne. Er hatte sich ihr zuliebe für ein normales Leben entschieden und dieses Versprechen wollte er nicht brechen. Und jetzt, da Lydia sich an Charlie gewandt hatte, gab es für sie kein Zurück mehr.

Entsprechend seiner Anweisung hatte Lydia seinen Brief verbrannt, aber sie konnte sich noch an die letzten Zeilen erinnern, Wort für Wort.

ICH BIN ein alter Mann und das nicht nur in Jahren gemessen. Meine Zeit ist abgelaufen und ich habe sie nicht mit Fliegen verbracht. Du bist jetzt das Oberhaupt der Familie. Es kann nur eines geben. Ich wäre eine Ablenkung, eine Ermutigung zum Widerspruch, eine Verwirrung. Bei einem Mord kann es nur einen Gewinner geben. Verbrenne das.

LYDIA WUSSTE NICHT, ob ihr Vater glaubte, dass sie seinen Bruder getötet hatte, oder ob er sich allgemein auf einen Schwarm Krähen bezog. Wie auch immer, die Botschaft war klar: „Du hast dir dein Bett gemacht, jetzt liegst du darin. Allein.“

Auf einmal wirkte die Wohnung bedrückend eng. Lydia

lief hinaus in den kühlen Abend und versuchte mit schnellen Schritten, ihre verworrenen, aufkeimenden Gefühle zu unterdrücken. Sie kam in den Burgess Park, ohne sich bewusst für ein Ziel entschieden zu haben, und lief ziellos über die geteerten Wege. Sie hatte gedacht, dass sie sich frei fühlen würde, sobald Charlie verschwunden war. Stattdessen war sie gefangener denn je. Ihre Flügel schlugen verzweifelt gegen die Gitterstäbe. Krallen kratzten auf dem Metallboden. Schon wieder saß sie in einem Käfig.

Ihre dunklen Gedanken rissen je ab, als sie bemerkte, dass sie verfolgt wurde.

KAPITEL SIEBEN

Einen Sekundenbruchteil später spürte Lydia die Anziehungskraft der Pearl-Magie. Als sie sich umdrehte, war sie daher nicht völlig überrascht, das Mädchen aus dem Palast des Pearlkönigs an einer Platane stehen zu sehen. Sie beschloss, in die Offensive zu gehen. „Hallo. Du schon wieder. Wie heißt du?"

Das Mädchen hatte immer noch schmutziges blondes Haar, trug zerrissene Jeans und hatte mehrere Halsketten um seinen vogelähnlichen Hals geschlungen, darunter die, die Lydia ihm bei ihrem letzten Treffen geschenkt hatte. Sie verspürte einen hauchdünnen Schimmer von Pearl an dem Mädchen. Er war winzig, kaum zu bemerken. Doch das Kind schwieg und starrte sie weiter mit diesen beunruhigend hellen Augen an. Nach etwa einer Minute wandte sich Lydia ab und setzte ihren Weg fort.

Das Mädchen blieb auf dem Rasen und hielt Abstand zu Lydia, folgte ihr aber eindeutig. Sie näherten sich dem früheren Kalkbrennofen. Ein weiteres Relikt aus der Zeit, als die Gegend eine Hochburg der Industrie gewesen war, die durch den Grand Surrey Canal gespeist wurde. Boote brachten Kalk aus anderen Teilen des Landes, der hier gebrannt und später in die Londoner Fabriken gebracht wurde. Nun war der Ofen nicht mehr als ein seltsam anmutendes, achteckiges Gebäude mit flacher Spitze in einem Meer aus städtischen Grünflächen. Lydia blieb stehen, als würde sie den Brennofen studieren. Sie sprach, ohne das Mädchen anzusehen. „Ich dachte, ihr hättet euch aus dem Staub gemacht?"

Immer noch keine Antwort.

„Es wäre besser für euch gewesen." Lydia sah sie eindringlich an. „Ich bin kein Fan von Entführung."

Das Mädchen lächelte. Ihm fehlte ein Vorderzahn und ein paar weitere standen schief. Als es sprach, ließ seine Stimme Lydia die Nackenhaare zu Berge stehen. „Du steckst in großen Schwierigkeiten."

Lydia neigte ihren Kopf. „Ach ja?"

Das Mädchen lächelte noch breiter, sagte jedoch nichts mehr.

Nach einer weiteren Minute Starren reichte es Lydia. Sie trat auf das Mädchen zu und griff nach seinem Arm. Ihre Hand legte sich um den schmalen Bizeps und das Mädchen blickte sie schockiert an. „Ich glaube, du solltest mit mir kommen", sagte Lydia. „Wir suchen dir einen sicheren und warmen Schlafplatz für heute Nacht. Und ich sorge dafür, dass du eine anständige Mahlzeit bekommst."

Das Mädchen wehrte sich wie ein wildes Tier, schlug um sich und kratzte. Lydia bekam ihre Arme von hinten um sie geschlungen und hob das Kind vom Boden. Es trat um sich und ein schmerzhafter Tritt landete auf Lydias Knie. „Genug", sagte sie und verlieh dem Wort mit etwas Crow-Magie Nachdruck.

Das Mädchen hörte auf zu treten und sackte zusammen. „Nimm mich nicht mit!", jammerte es kläglich. „Bitte."

Lydia ließ das Kind auf den Boden sinken, hielt es jedoch an einem Arm fest. „Warum folgst du mir?"

Das Mädchen starrte sie unter seinem zotteligen Haar hervor an. „Man hat es mir befohlen."

„Du beobachtest mich? An wen berichtest du? Den König?"

Das Mädchen zuckte mit den Schultern, als ob das auf der Hand liegen würde.

„Warum?"

Mit einem plötzlichen Ruck riss sich das Mädchen aus Lydias Griff. Es verschwand hinter dem Kalkofen und Lydia folgte ihm, ohne zu wissen, was sie tun sollte, wenn sie die Kleine einholte. Konnte sie sie wirklich zwingen, mit ins Fork zu kommen und dort etwas zu essen? Sollte sie das überhaupt tun? Sie spähte in die erste Öffnung des Ofens, in der Erwartung, das Mädchen in einer Ecke versteckt zu sehen, aber sie war leer. Das wiederholte sich bei den nächsten beiden Türen und schließlich war Lydia wieder an ihrem Ausgangspunkt. Sie schaute sich im Park um. Das Mädchen konnte unmöglich unbemerkt vom Brennofen weggelaufen sein, es gab zu wenig Deckung. Und doch war es verschwunden. Um die Tatsache zu unterstreichen, konnte Lydia nicht einmal den kleinsten Hauch von Pearl spüren. Das Mädchen war ganz sicher verschwunden.

Fleet rief an. „Ich habe uns die Überwachungsbänder vom Westminster Pier organisiert. Du besorgst das Popcorn."

Lydia war mit Fleet in eine gewisse Routine verfallen. An den Abenden, an denen sie nicht arbeiteten, kam sie in seine übertrieben saubere Wohnung. Fleet kochte dann oder sie holten sich Pad Thai vom Imbiss und sie hatten berauschenden Sex. Der sich allmählich entwickelnde Trott machte Lydia nichts aus.

Sie drückte auf die Klingel zu seiner Wohnung und wartete darauf, dass er sie hineinließ. „Du kannst deinen

Schlüssel benutzen, das weißt du. Dafür habe ich ihn dir ja gegeben."

Lydia machte sich nicht die Mühe zu erwidern, dass der Schlüssel nur für Notfälle gedacht war. Auf dieser Grundlage hatte sie ihn überhaupt erst angenommen. Sie lenkte ihn mit einem Kuss ab, stellte sich auf die Zehenspitzen, legte die Hände in seinen Nacken und an seinen Kopf und spürte die dichten Locken unter ihren Fingern, als sie ihn näher zu sich zog.

Fleet wirkte leicht benommen, was erfreulich war. Sein besonderer Glanz, der etwas Magisches hatte, doch zu keiner der vier Familien passte, leuchtete ein wenig heller. In den ersten Momenten mit Fleet fiel es ihr immer auf, aber sobald sie sich daran gewöhnt hatte, trat es in den Hintergrund. Es war nicht beunruhigend. Es gehörte einfach zu Fleet. So wie die Sonne, der salzige Geruch seiner Haut und sein umwerfendes Lächeln.

„Bist du hungrig?", fragte er. „Ich kann jederzeit die Nudeln aufsetzen."

Lydia bückte sich, um ihre Stiefel aufzuschnüren, und zog sie so schnell wie möglich aus. Dann zerrte sie Fleet ins Schlafzimmer. Die Nudeln konnten warten.

SPÄTER SERVIERTE FLEET Pasta Amatriciana und Lydia schenkte Rotwein ein. Sie setzten sich auf das Sofa und scrollten sich durch die Kameraaufnahmen. Die Straße wurde aus zwei Blickwinkeln gefilmt, sodass die Stelle, an der Alejandro zusammengebrochen war, gut zu sehen war. Der Bürgersteig war an diesem Teil des Embankments sehr breit und mit Stufen versehen, die zu einem anderen Weg direkt am Fluss hinunterführten. Mit den zahlreichen Bänken, den grünen Bäumen und dem Blick auf das London Eye war dies ein beliebter Rastplatz für Touristen und Büroangestellte, die im Sonnenschein ihre Mittagspause genossen. Lydia hatte ihr Notizbuch neben sich auf dem Sofa aufgeschlagen, um sich Fragen zu notieren. Die Erste lautete: *Warum war er zu Fuß unterwegs?* Es war zwar ein schöner Tag, aber Alejandro war ein viel beschäftigter Mann mit eigenem Chauffeur. War das seine Gewohnheit gewesen? Falls ja, könnte jemand seinen Tagesablauf ausspioniert haben, um ihn in einem günstigen Moment anzusprechen. Aber wenn dieser Jemand seine Gewohnheiten kannte, hätte er die Tat dann nicht an einem weniger öffentlichen Ort begehen können?

Sie kannten die Uhrzeit und mussten nicht lange warten, bis Alejandro im Bild erschien. Er trug einen Dreiteiler und hatte einen Spazierstock mit silbernem Aufsatz dabei. Jeder andere würde damit affig, übertrieben oder altmodisch aussehen. Alejandro hingegen sah bewaffnet aus. Er schritt zielstrebig und entschlossen voran, ohne einen Blick auf die Umgebung zu werfen oder im Sonnenschein zu schlendern. Vielleicht dachte er über die Abstimmung nach, die gleich stattfinden würde, oder über sein Tagesgeschäft. Vielleicht war er sich aber auch irgendwie bewusst, dass die letzten Minuten seines Lebens angebrochen waren.

Auf dem Bürgersteig herrschte reges Treiben und für ein paar Augenblicke wurde Alejandro von einer Gruppe Menschen verschluckt, die in die entgegengesetzte Richtung ging. Als er wieder auftauchte, war sein Kopf gesenkt und sein Gesicht verborgen. Lydia konnte nicht sehen, ob in dem Bruchteil der Sekunde, in dem es geschah, Schmerz oder Erkenntnis über sein Gesicht huschte. Es war, als hätte man ihn erschossen. Alejandro sackte zu Boden. Lydia spulte noch einmal zurück. Alejandro griff sich nicht an die Brust, den Arm oder ein anderes Körperteil. Er brach einfach zusammen. Als hätte sein Gehirn aufgehört, seinen Gliedmaßen die Botschaft zu senden, stark zu bleiben und sich weiter zu bewegen.

„Wenn ich wetten müsste, würde ich sagen, es war ein

Hirnaneurysma." Fleet deutete mit der Gabel auf den Bildschirm.

Er hatte nicht unrecht, aber Lydia konnte sich des Eindrucks nicht erwehren, dass sie genau das sahen, was sie sehen sollten. Sie spulte erneut zurück und sah sich den entscheidenden Moment noch einmal an. Und noch einmal. „Diese Gruppe. Die Menschen, die an ihm vorbeigingen. Wurden sie befragt?"

Fleet schüttelte den Kopf und schluckte die Nudeln hinunter, bevor er antwortete. „Das war nicht notwendig, nachdem der Tod als natürlich eingestuft wird."

„Könnte ihn jemand angegriffen haben? In dem Moment, in dem wir ihn nicht sehen können. Ich meine, kurz bevor er zusammenbricht, gehen Menschen eng an ihm vorbei. Ist das nicht verdächtig?"

„Ich hätte vor der Obduktion auf Vergiftung getippt", antwortete Fleet. „Aber dafür gibt es keine Beweise. Sämtliche Hinweise sprechen für ein ..."

„Aneurysma. Ich weiß."

Fleet stellte den leeren Teller auf den Couchtisch und nahm sein Glas. „Du wirkst verärgert."

„Wir sprechen von Alejandro Silver", sagte Lydia. „Der stirbt nicht so einfach. Nicht auf diese Weise. Nicht ohne Grund." Sie spürte einen Kloß im Hals und griff nach ihrem eigenen Glas. Sie trank den Wein so schnell, dass er in der Kehle brannte.

„Manchmal sterben Menschen", sagte Fleet sanft. „Er war auch nicht mehr der Jüngste. Das kommt vor. Ich mache mir mehr Sorgen um dich."

„Mir geht es gut", erwiderte Lydia automatisch. „Wie viel haben wir noch?"

Fleet warf ihr einen letzten, besorgten Blick zu, dann drehte er sich zum Bildschirm und drückte auf *Play*. Menschen strömten an dem auf dem Boden liegenden Alejandro vorbei, schließlich blieben zwei Frauen mit Kopftüchern stehen. Eine von ihnen hockte sich neben Alejandro und Lydia konnte sehen, dass sie mit ihm sprach und ihm die Hand auf die Schulter legte. Dann wurde der Blick von einem Reisebus verdeckt und als dieser vorbeigefahren war, stand eine weitere Gruppe Gaffer auf der Straße.

„Wer hat den Krankenwagen gerufen?"

„Ich wusste, dass du danach fragen würdest, und habe mich umgehört. Es gibt keine offizielle Aussage, aber der Anruf wurde aufgezeichnet." Er holte sein Handy hervor und scrollte einen Moment lang. „Es war eine Frau. Aysha Hussain. Der Disponent hat Wiederbelebungsmaßnahmen per Telefon angeleitet, während sie auf den Krankenwagen gewartet hat. Ich habe die Audiodatei angefordert."

„Sehen wir sie hier nicht?" Lydia klickte, um das Video erneut abzuspielen.

„Ich glaube nicht. Diese Gruppe verdeckt sie und bewegt sich nicht vom Fleck."

Lydia warf ihm einen Blick zu. „Du hast es schon gesehen?"

„Ich habe nur kurz durchgescrollt. Ich wollte sichergehen, dass es die richtige Datei ist und wir unsere Zeit nicht verschwenden."

„Ich bin dir dankbar, dass du es für mich besorgt hast."

„So förmlich", sagte Fleet und verzog den Mund zu einem Lächeln. „Ist das ein offizielles Dankeschön vom Oberhaupt der Crows?"

Lydia spürte das Gewicht seiner Worte, als hätte er einen Fluch ausgesprochen. Sie richtete sich auf und sah ihm direkt in die Augen. „Ist es das, was du willst?"

Fleets Lächeln verschwand augenblicklich. „Mein Gott, Lydia. Das war ein Scherz."

Lydia zwang ihre Muskeln, sich zu entspannen, stand auf, trug ihren Teller in die Küche und stellte ihn auf der Arbeitsfläche ab. Sie schaute in den Kühlschrank, mehr um etwas zu tun, als etwas zu suchen. Dort standen ein Käsekuchen und ein Schälchen Erdbeeren. Sie spürte, wie sich ihr Magen bei dem Gedanken an weiteres Essen umdrehte.

„Komm und setz dich", sagte Fleet.

„Ich werde nach Hause gehen", antwortete Lydia. „Ein bisschen arbeiten."

„Geh nicht", bat Fleet und stand auf. „Lass uns darüber reden. Es tut mir leid, dass ich einen Witz über deine Familie gemacht habe."

Er war sichtlich verwirrt über ihre Reaktion. Lydia reagierte vermutlich über, aber ihr war nicht klar gewesen, wie sehr sie die beiden Welten voneinander getrennt halten musste. Sie konnte nicht das Oberhaupt der Crows sein, wenn sie mit Fleet im Bett lag oder die Pasta *danach* genoss. Das konnte sie einfach nicht.

„Schon gut." Sie stellte sich auf die Zehenspitzen, um ihn zu küssen. „Ich will nur über all das nachdenken", sagte sie und deutete auf den Bildschirm.

Fleet packte ihr Nachtisch ein, während Lydia ihre Stiefel schnürte, und reichte ihn ihr an der Tür, mit einem innigen Abschiedskuss, der sie an ihrem Verstand zweifeln ließ.

„Du hast doch nicht vor, mit Maria zu sprechen?"

„Nein", log Lydia und beschäftigte sich mit dem Käsekuchen, um ihm nicht in die Augen schauen zu müssen. Es hatte keinen Sinn, Fleet noch mehr zu beunruhigen.

„Du musst vorsichtig sein."

„Das bin ich immer."

KAPITEL ACHT

Am nächsten Tag zur Mittagszeit saß Lydia an ihrem Tisch im Fork und vertilgte Angels hervorragende Lasagne, als Aiden mit besorgtem Blick hereinkam. „Ich muss mit dir sprechen."

Mit etwas Bedauern legte sie seufzend ihre Gabel beiseite. „Natürlich. Was ist los?"

„Mr. Kendal ist unglücklich. Er sagt, er sei wegen einer geschäftlichen Angelegenheit zu dir gekommen und du hättest dich nicht darum gekümmert."

„Der Typ mit den Handyhüllen? Wir leben in einer freien Welt."

Aiden zuckte zusammen. „Er bezahlt uns dafür, dass wir auf ihn aufpassen."

Lydia bedeutete Aiden, sich auf den Stuhl ihr gegenüberzusetzen. Seine schlaksige Gestalt sollte nicht weiter über ihr thronen und den Sonnenschein, der durch die Fenster des Cafés fiel, verdecken. „Was meinst du damit, dass er uns bezahlt? Ich dachte, das machen wir nicht mehr." Sie senkte ihre Stimme. „Das Schutzzeug."

„Nein, nein, natürlich nicht. So etwas tun wir nicht", sagte Aiden. Er war ungefähr so überzeugend wie eine

Nonne in einem Stripclub. „Aber wir pflegen ein paar besondere Beziehungen.“

Lydia schob ihren Teller beiseite. „Was für Beziehungen?“

„Man bezahlt uns, damit wir unseren Freunden helfen, der Konkurrenz voraus zu sein.“

„Was genau soll das bedeuten?“

Aiden zögerte. „Der letzte Laden, der in der Nähe Handyzubehör verkauft hat, wurde nach zwei Wochen geschlossen.“

Lydia hielt ihre Hand hoch, um ihn zu unterbrechen. „Das reicht.“

„Wir haben ihn geschlossen.“

„Das habe ich verstanden“, sagte Lydia. Sie sah sich in dem halbvollen Café um. „Lass uns spazieren gehen.“

Draußen, in einer ruhigen Seitenstraße, nahm Lydia das Gespräch wieder auf. „Warum kümmern wir uns um Mark Kendal und seinen dummen kleinen Handyladen?“

Aiden warf ihr einen vorsichtigen Blick zu. „Er verkauft Wegwerfhandys.“

„Okay“, sagte Lydia. „Weshalb noch?“

„Das ist doch was“, entgegnete er. „Wenn du ein Handy von Mark bekommst, weißt du, dass du nicht von irgendeinem Idioten dabei gefilmt wurdest, und dass es keine Quittung in der Kasse zu finden gibt, die beweist, wann du es gekauft hast.“

„Ich bin Privatdetektivin“, sagte Lydia. „Ich weiß, warum das wichtig ist. Was noch?“

„Willst du das wirklich wissen?“

Lydia widerstand dem Drang, stehen zu bleiben und Aiden zu treten. Stattdessen nickte sie. „Erzähl es mir.“

Er strich sich mit einer Hand über die Bartstoppeln an seinem Kinn und starrte auf das Pflaster, als ob es das Geheimnis des Lebens enthielt. Als er aufblickte, war sein

Blick eine Mischung aus Angst und Trotz. „Es ist eines unserer legalen Geschäfte."

Lydia blieb stehen und starrte ihn an.

Aiden zuckte mit den Schultern, ohne ihr in die Augen zu sehen.

„Erklär es mir", sagte Lydia schließlich.

„Wir brauchen Läden, in denen wir Schwarzgeld waschen können. Also sind wir mit einigen Unternehmern in Camberwell gut befreundet. Sie nehmen das schmutzige Geld, wir kümmern uns um sie, tun ihnen Gefallen und im Gegenzug dafür bekommen wir schönes, sauberes Geld."

Das war zwar nicht der wichtigste Teil der Geschichte, aber Lydia merkte, dass sie sich an dem Punkt mit dem Geld aufhängte. „Ich dachte, jetzt läuft alles digital. Kreditkarten, Onlinebanking und so weiter."

Aiden zuckte mit den Schultern. „Charlie war altmodisch."

„Weißt du, wer noch Bargeld mag? Dealer."

Aiden schüttelte den Kopf. „Keine Drogen. Dafür hat Charlie gesorgt."

„Ich weiß, dass er kein Fan davon war", sagte Lydia. Während sie sprach, fiel ihr ein, dass er Drogenbanden aus Peckham und Brixton davon abgehalten hatte, nach Camberwell zu expandieren. Das bedeutete aber nicht, dass er keine eigenen Geschäfte machte. Zu diesem Zeitpunkt würde sie nichts mehr überraschen.

Sie setzten ihren Weg fort. „Sag mir, wer noch für uns wäscht."

Nachdem Aiden die Unternehmen aufgezählt und Lydia weitere Fragen gestellt hatte, drehten sie eine Runde und machten sich auf den Weg zurück zum Fork.

„Ich dachte, wir würden irgendwo hingehen", sagte Aiden, als sie in die Camberwell Grove kamen.

„Ich wollte mich einfach an der frischen Luft unterhalten", antwortete Lydia. „Da ist die Gefahr geringer, dass wir aufgenommen oder belauscht werden."

Aiden runzelte die Stirn. „Glaubst du nicht, dass das Fork sicher ist? Niemand würde es wagen ..."

„Ich traue nichts und niemandem mehr", sagte Lydia. „Und das solltest du auch nicht."

CHARLIE CROW WAR SEHR VORSICHTIG in Bezug auf sein Geschäft gewesen. Er hatte selten am Telefon darüber gesprochen und Lydia hatte ihn nie etwas aufschreiben oder einen Computer benutzen sehen. Jetzt, wo er von der Bildfläche verschwunden war und in den dunklen Kammern einer Regierungsbehörde einsaß, durchsuchte Lydia das Haus, um sicherzustellen, dass es keine bösen Überraschungen gab und nichts die Familie belasten könnte, falls die Polizei anklopfte. Nach Aidens Erklärung und der Erkenntnis, dass die Crows sehr wohl auch kriminelle Geschäfte führten, betrachtete Lydia das Haus mit frischem Blick. Diesmal wollte sie gründlicher sein. Wieder einmal drang sie tief in die Privatsphäre einer Person ein, aber sie hatte schon viel Schlimmeres getan.

Sie arbeitete sich systematisch vor, Raum für Raum, und nutzte das Training ihrer Ermittlermentorin und die Erfahrung, die sie über die Jahre aufgebaut hatte. Sie hatte ein Brecheisen und einen Meißel dabei und hebelte jede Sockelleiste von den Wänden. Die Suche war deutlich einfacher, wenn man nicht darauf achten musste, keine Spuren zurückzulassen. Sie räumte alle Schubladen und Küchenschränke aus und untersuchte die Rückseiten und den Boden.

Der Kamin im Wohnzimmer war sauber gemacht, die Überreste des Weihnachtsbaums und seine Asche nach den Weihnachtsferien ordentlich weggeräumt worden. Das Feuer war wichtig. Es musste für zwölf Tage brennen, sonst brachte es Unglück. Man verbrannte das alte Jahr, um Platz für das neue zu machen, und spendete Licht in der dunkelsten Zeit. Lydia blieb an dem riesigen Kaminsims stehen und erinnerte sich an ihren Onkel, wie er dort lehnte und sein Reich überblickte. Sie konnte immer noch die Holznote in der abgestandenen Luft des unbenutzten Raumes riechen. Charlie hatte sich an die Traditionen gehalten, aber das hatte ihn nicht vor Mr. Smith und seiner geheimen Abteilung der britischen Regierung beschützt. Lydia verbrachte ihre wachen Stunden damit, nicht an ihren Onkel und das, was er jetzt erlebte, zu denken. Die Schuldgefühle waren zu groß. Er hatte zwar versucht, sie zu töten, trotzdem: Familie war Familie.

Ehrlich gesagt hatte Lydia stärkeren Widerstand von den Crows erwartet. Auf jeden Fall aber mehr Fragen. Offenbar hatte Charlie ihnen beigebracht, nicht neugierig zu sein und dem Familienoberhaupt zu vertrauen. Sie war die rechtmäßige Anführerin, die direkte Nachfahrin von Henry Crow, und die Familie schien dies zu akzeptieren. Natürlich könnte das alles eine Finte sein. Jeder ihrer Verwandten könnte seine Zeit abwarten, sie in falscher Sicherheit wiegen und schließlich einen Putsch starten.

Lydia fuhr mit ihren Händen über den Kaminsims und suchte nach Schaltern. Es war zwar unwahrscheinlich, dass es im Haus ein Geheimfach oder eine Wand gab, die sich herausschwingen ließ und in ein verborgenes Zimmer führte - immerhin waren sie in London, hier gab es nicht den nötigen Platz dafür -, unmöglich wäre es jedoch nicht. Oben angekommen, zögerte Lydia vor Charlies Schlafzimmertür. Aber nur einen Moment. Drinnen war es ordentlich, mit sauberer weißer Bettwäsche wie in einem Hotel und Jalousien am Fenster. In der Mitte der Decke schwebte eine riesige Kunstleuchte, ein außerirdisches Raumschiff, das den Planeten Erde besuchte. Die Schlafzimmermöbel waren aus dunklem, poliertem Holz und Lydia überprüfte die Nachttische. Bücher, Taschentücher, eine Lesebrille, die sie Charlie nie hatte tragen sehen, und ein kleiner Stapel Fotos. Lydia breitete sie auf dem Bett aus. Da war ihr Vater, der seinen Arm um die Schultern eines anderen jungen Mannes gelegt hatte. Er lächelte in die Kamera, gutaussehend und mit einem Grinsen, das Abenteuer versprach. Der andere Kerl, von dem Lydia annahm, dass es Charlie war, sah zur Seite, als ob seine Aufmerksamkeit gerade von etwas außerhalb des Bildes erregt worden war. Lydia studierte das eine sichtbare Auge und die Braue, den Rand seines Mundes. Ja. Das könnte ein junger Charlie sein. Das Auge hatte etwas Entschlossenes und Kaltes an sich. Oder sie bildete sich das nur ein.

Der Mann auf dem nächsten Foto war eindeutig Charlie. Er war ein paar Jahre älter und fülliger geworden. Der massive Muskelberg trug ein eng anliegendes weißes T-Shirt und Jeans und hatte einen unleserlichen Ausdruck in den Haifischaugen, die Lydia nur zu gut kannte. Eine Frau mit schwarzen Haaren und blasser Haut hatte beide Arme um seine schmale Taille geschlungen und strahlte, als hätte sie gerade im Lotto gewonnen. Sie kam ihr bekannt vor, aber Lydia wusste nicht, woher. Sie hatte ihren Onkel nie mit einer Frau gesehen. Er war mit seinem Job verheiratet gewesen. Er verkörperte den Weg, den ihr Vater nicht gegangen war.

Lydia sah unter das Bett, fuhr mit den Händen unter die Matratze und zog die Schubladen aus den Nachttischen heraus, um die Rückwände und die Unterseiten zu überprüfen. Dann durchsuchte sie die Ablage im Ankleidezimmer und durchwühlte Charlies ordentlich gefaltete Kleidung. Wenn er einen Laptop oder ein Notebook gehabt hatte, musste es irgendwo griffbereit liegen. Sie war sich sicher, dass sie es hier, in seinem Allerheiligsten, finden würde. Die Durchsuchung des Badezimmers brachte keine Ergebnisse, nur die Erkenntnis, dass Charlie Zahnpasta benutzte, die nach Lakritze roch.

Als Lydia durch den Raum ging, knarrten plötzlich die Dielen. Sie kehrte zurück an die Stelle, über der ein roter Perserteppich lag, machte vorsichtige Schritte und verlagerte ihr Gewicht, bis das Knarren wieder zu hören war. Es war sehr leise, doch es unterschied sich von den Geräuschen des übrigen Bodens. Lydia rollte den Teppich beiseite und musterte die polierten Bretter. Sie sahen sauber verlegt aus, aber sie zog ein Taschenmesser aus ihrer Tasche und überprüfte die Fugen. Ein Brett kam hoch. Darunter befand sich ein Hohlraum. Als sie hineingriff, berührten ihre Finger etwas Weiches. Einen Stoffbeutel. Sie zog ihn heraus und fand darin ein kleines Notizbuch sowie eine rechteckige Metalldose. Darin lagen Geldbündel. Ein paar Rollen Fünfziger und eine Rolle Zehn-Shilling-Scheine. Lydia rollte einen Schein auf und studierte die Vorder- und Rückseite mehrmals, um sicherzugehen, dass sie nicht den Verstand verloren hatte. Soweit sie es erkennen konnte, handelte es sich um einen echten, gebrauchten Zehn-Shilling-Schein aus den fünfziger Jahren.

Das Notizbuch war etwa so groß wie ihre Hand, mit einem festen Einband und einem schwarzen Gummiband darum. Darin befanden sich Zahlenkolonnen und Notizen, die sie nicht identifizieren konnte. Kurzschrift vielleicht, aber eine kurze Internetrecherche zeigte ihr, dass es zumindest nicht die offizielle Version war. Ein Code, den sich Charlie selbst ausgedacht hatte?

Lydia setzte sich und blätterte die Seiten sorgfältig durch, um etwas zu finden, was auf bekannte Namen oder Unternehmen in Camberwell hinwies. Ein Eintrag mit der Aufschrift MKM enthielt eine Reihe von Zahlen, geschrieben mit unterschiedlichen Stiften und somit vermutlich zu unterschiedlichen Zeiten. MKM könnte

Mark Kendal Mobiles sein. Aber es könnte auch tausend andere Dinge bedeuten.

Lydia packte alles in den Stoffbeutel, um es leichter transportieren zu können, und legte die Bodendiele zurück an ihren Platz. Sie schloss das Haus sorgfältig ab und fragte sich, welche Überraschungen es noch enthielt.

LYDIA WUSSTE NICHT, ob es an den alten Fotos von Charlie und ihrem Vater lag, aber sie sagte Aiden, dass sie am nächsten Tag keine Zeit habe, und rief Emma an, um sich mit ihr zu verabreden. Zum Glück hatte Emma vorgehabt, in die National Gallery zu gehen, und wollte sich danach mit Lydia zu einem Spaziergang am Flussufer treffen.

Am nächsten Nachmittag war der Himmel blassblau und die Frühlingssonne glitzerte auf der Wasseroberfläche. Das Licht reflektierte in Emmas Sonnenbrille und der Dose Bier, die jemand auf einer niedrigen Mauer abgestellt hatte, und zeichnete schillernde Muster auf dem Boden unter den Bäumen, die die Uferböschung säumten.

Sie hatten sich über die wichtigsten Dinge des Lebens ausgetauscht und Lydia erfuhr, dass es Archie und Maisie gut ging und sich der Gesundheitszustand von Tom, Emmas Ehemann, gebessert hatte. Im Gegenzug hatte sie Emma in groben Zügen die letzten Monate zusammengefasst.

„Wenn du sagst, dass Charlie ‚gegangen‘ ist, ist das dann ein Euphemismus?"

„Nein." Lydia holte tief Luft. „Zumindest glaube ich das nicht. Soweit ich weiß, ist er noch am Leben."

„Und du hast seinen Job übernommen?"

„Ja, irgendwie schon. Ich habe das meiste an andere Familienmitglieder delegiert. Aber ich habe das letzte Wort. Theoretisch zumindest."

„Wow", meinte Emma. „Das ist eine große Sache."

„Es tut mir leid, dass ich mich nicht gemeldet habe."

Lydia fragte sich, wie oft sie noch genau dieselben Worte zu Emma sagen und diese ihr verzeihen würde, bevor ihre älteste Freundin einen Schlussstrich zog.

„Ich brauche was zu trinken", sagte Emma.

„Wein?" Lydia wurde hellhörig.

„Kaffee." Emma machte sich auf den Weg zu einem Stand in der Nähe. Vor dem Lava Java warf sie einen Blick auf die Speisekarte. „Maisie wacht schon die ganze Woche über nachts auf. Nichts Ernstes, nur der Nachtschreck, aber ich bin total fertig."

Nachtschreck klang sehr ernst. Lydia war wieder einmal beeindruckt von Emmas Gelassenheit im Angesicht des Grauens. Welche Gefahren und Risiken Lydias Job auch mit sich brachte, die Schwierigkeit und die Verantwortung der Elternschaft beeindruckten und beunruhigten sie immer wieder.

Mit großen Kaffeebechern in der Hand setzten sie ihren Spaziergang fort. „Wie ist es denn so?"

„Was?"

„Die Verantwortung zu tragen."

„Anstrengend", sagte Lydia. „Und beängstigend. Ich habe keine Ahnung, was ich tue."

Emma sah sie mitfühlend an. „Ich schätze, er hat dir kein Handbuch hinterlassen?"

Lydia schüttelte den Kopf. „Außerdem will ich nicht so weitermachen, wie er es getan hat. Zumindest nicht alles. Er war ..." Sie öffnete den Deckel ihres Bechers und pustete hinein.

„Ich habe die Gerüchte gehört", meinte Emma.

„Genau."

„Es stört mich nicht, dass du beschäftigt bist", sagte Emma. „Ich verstehe das. Ich weiß, dass deine Arbeitszeiten seltsam und lang sind und du manchmal untertauchen musst, wenn du an einem Fall arbeitest. Das ist mir alles bewusst."

„Ich weiß, aber es ist trotzdem blöd für dich. Ich will dir eine bessere Freundin sein. Eine beständigere. Du verdienst eine bessere Freundin."

Emma verzog das Gesicht. „Ich habe viele Freunde. Ich sitze nicht den ganzen Tag neben dem Telefon und warte darauf, dass du anrufst."

„So habe ich das nicht gemeint", sagte Lydia. „Das weiß ich doch. Ich habe nur ein schlechtes Gewissen."

„Das musst du nicht", entgegnete Emma. „Ich habe es dir schon eine Million Mal gesagt. Mach dir keine Sorgen um mich."

Lydia probierte ihren Kaffee. Immer noch zu heiß.

„Ich glaube, es ist mehr als nur Stress." Emma beobachtete sie mit einem wachsamen Blick.

„Was?"

„Ich glaube, dass du dich manchmal absichtlich von mir fernhältst. So wie in letzter Zeit. Dein Onkel ist fort und ich weiß, dass ihr beide euch nahe standet. Du kannst mit mir reden, weißt du. Du musst mich nicht auf Abstand halten."

Emma hatte recht, sie war Charlie Crow sehr nahegestanden, und seine Abwesenheit löste bei ihr ein Gefühlschaos aus. Aber sie hatte es nicht verdient, dass man sich um sie kümmerte und ihr Mitgefühl und Verständnis entgegenbrachte, so wie Emma es zwangsläufig tun würde. Sie fühlte sich schuldig und das war auch richtig so. Sie hatte Charlie verraten. Mehr noch, sie hatte das Schlimmste getan, was sie einem Crow antun konnte. Schlimmer noch als ihn zu töten. Sie hatte ihn in einen Käfig gesperrt.

„Willst du jetzt darüber reden?"

„Schon gut", sagte Lydia. „Es ist alles okay. Und es tut mir leid, dass ich so distanziert war. Du hast recht, teilweise war es Absicht. Ich wollte abwarten, wie sich die Dinge entwickeln. Damit du nicht in irgendetwas hineingerätst ..." Lydia hielt Emma von den Crows fern, aber man musste kein Genie sein, um herauszufinden, dass sie immer noch mit ihrer Schulfreundin in Kontakt stand. Ein einziges unbedachtes Gespräch mit ihrer Mutter würde genügen. Und wenn jemand auf der Suche nach einem Druckmittel oder Vergeltung war ... Daran war nicht zu denken.

„Du ziehst dein übliches Ding durch", sagte Emma sichtlich verärgert.

„Welches Ding?"

„Du stößt alle um dich herum weg. Ich weiß nicht, warum du denkst, du müsstest alles allein schaffen. Es ist keine Schwäche, andere Menschen zu brauchen."

Nun, das war eine eklatante Lüge. Und nicht der Punkt. „Ich muss dich beschützen." *Und deine Kinder*, hätte sie hinzufügen wollen, aber sie schaffte es nicht, die Worte laut auszusprechen. Der Gedanke, dass ihretwegen Maisie oder Archie etwas zustoßen könnte, war im wahrsten Sinne des Wortes unaussprechlich.

Emma betrachtete Lydia über ihren Kaffeebecher hinweg. „Das musst du nicht. Ich bin eine erwachsene Frau. Ich treffe meine eigenen Entscheidungen."

Lydia wollte ihr erklären, dass es nicht um Entscheidungen oder Erwachsensein ging, sondern um Leben und Tod. Sie hatte in ihrem Job mit einigen sehr bösen Menschen zu tun und jetzt lief sie mit einer Zielscheibe auf dem Rücken herum. Emma war jedoch noch nicht fertig.

„Und du scheinst die Ironie nicht zu erkennen. Je weiter du alle von dir stößt, je mehr Geheimnisse du hast und Halbwahrheiten du erzählst, desto schlechter geht es uns allen. Ich erwarte nicht, dass du ständig Zeit zum Kaffeetrinken hast, aber du musst aufhören, dich zu verstecken."

„Es tut mir leid", antwortete Lydia. Sie wollte Emma sagen, dass es zu ihrem eigenen Schutz war, aber ihre Freundin auch nicht erschrecken. Außerdem hatte sie Angst, dass es wie eine blöde Ausrede klingen würde.

„Es muss dir nicht leidtun." Emma berührte ihren Arm. „Rede einfach mit mir."

„Ich werde es versuchen." Lydia zwang sich zu einem kleinen Lächeln. „Alte Gewohnheiten."

Emma nickte. „Gut. Ich muss jetzt los." Sie sah auf ihr Handy. „Die Schule ist bald aus."

Nachdem sie ihre Freundin zum Abschied umarmt hatte, hielt Lydia bei den Ständen am Westminster Pier. Sie erkannte den Mann mit den blonden Haaren, mit dem sie vor ein paar Tagen gesprochen hatte, und wartete, bis alle Kunden bedient waren, bevor sie ihn ansprach. „Erinnern Sie sich an mich?"

Er nickte. „Ich wollte Sie anrufen."

Lydia hatte nur vorbeigeschaut, um sich im Gedächtnis des Mannes zu halten. Sie hatte keine konkreten Informationen erwartet. So war das nun mal mit der Ermittlungsarbeit. Man schüttelte viele Bäume, bevor einem ein Apfel auf den Kopf knallte. „Weshalb wollten Sie mich anrufen? Was ist passiert?"

„Da war eine Frau, die sich nach diesem Tag erkundigt hat. So wie Sie."

„Eine Frau hat Sie über den Tag ausgefragt, an dem Alejandro Silver dort drüben zusammengebrochen ist?" Lydia zeigte auf die Stelle. Eine weitere Sache, die sie mit der Zeit gelernt hatte: Sei eindeutig, wenn du eine Quelle befragst.

Er nickte eifrig. „Ja, ja. Sie wollte alles über ihn wissen. Wie er aussah. Wer bei ihm war. Alles."

Wie hat sie ausgesehen?

„Ich weiß nicht. Dunkle Haare?"

„Wann war das?"

„Montag. Ich hatte gestern frei."

„Erinnern Sie sich noch an irgendetwas anderes? Wie war sie gekleidet?"

„Smart. Schwarz."

„Sie war schwarz?"

„Nein. Eindeutig weiß. Sie trug einen schwarzen Anzug.

Sah wichtig aus. Aber nett." Er grinste ein wenig, als er sich an die Frau erinnerte. Er war die Art von Mann, der jeden einzelnen Gedanken auf seinem Gesicht zeigte. Seine Augen nahmen wahrscheinlich die Form von Hühnerkeulen an, wenn er hungrig war.

„Und sie sprach vornehm."

„Verstanden." Sie gab dem Mann einen weiteren Zwanziger. „Das nächste Mal rufen Sie mich sofort an, okay?"

KAPITEL NEUN

Auf dem Weg durch Camberwell wurde Lydia das Gefühl nicht los, dass sie verfolgt wurde. Sie gab vor, sich die Schaufenster anzusehen, während sie die Fußgänger und den Verkehr in den Spiegelungen beobachtete, betrat einen Feinkostladen und verließ ihn kurz darauf wieder und durchquerte ein Café, von dem sie wusste, dass es über zwei Eingänge verfügte. Sie sah keinen Verfolger, aber sie wich dennoch von ihrer üblichen Route ab und sah sich regelmäßig um, in der Hoffnung, entweder jemanden zu entdecken oder denjenigen zum Anhalten zu zwingen. Sie erwartete, das Pearl-Mädchen oder einen von Mr. Smiths Männern zu sehen. Lydia war nicht so naiv zu glauben, dass er es einfach so akzeptierte, dass sie ihre Zusammenarbeit beendet hatte. Schließlich näherte sie sich dem Fork und als sie an ihrem dunkelgrauen Audi vorbeikam, überlegte sie, einzusteigen und eine Runde zu drehen. Das Gefühl, beobachtet zu werden, war jedoch verschwunden und sie hatte nichts Verdächtiges entdeckt. Sie war paranoid.

Sie könnte jetzt nach Hause gehen, dennoch lief sie weiter, drehte eine Runde um Camberwell, wie ein Tier im

Käfig, das die Grenzen seiner Umgebung abtastete. Ohne Charlie war alles anders. Die Menschen sprachen anders mit ihr, sie sahen Lydia anders an und alles war plötzlich *ihr* Problem. Als Ermittlerin genoss sie es, über Informationen aus erster Hand zu verfügen und hinter die Kulissen zu blicken. Aber gleichzeitig hatte sie das Gefühl, dass ihr Korsett viel zu eng geschnürt war und sie nicht mehr richtig atmen konnte.

Ohne es zu bemerken, hatte Lydia eine Runde gedreht und kam nun an der St. Giles Church an der Hauptstraße vorbei. Einem Instinkt folgend trat sie durch das Tor und ging in den ruhigen Garten hinter dem Gotteshaus. Lydia war nicht religiös, aber sie hatte eine Schwäche für diese Kirche und mochte den Heiligen, nach dem sie benannt war: den Hl. Ägidius, dem Schutzpatron der Armen, Mittellosen und Krüppel. Außerdem gab es in der Krypta einen Jazzclub mit wöchentlicher Live-Musik und einer Bar mit Schanklizenz. Das war die Art kirchlicher Aktivitäten, die Lydia gefiel.

Die Grabsteine lagen an den Backsteinmauern, die den Garten umgaben, und Lydia ertappte sich dabei, wie sie langsam an jedem Einzelnen vorbeiging und versuchte, die verwitterten Inschriften zu lesen, als wäre es eine Pilgerreise in die Vergangenheit. Dies war kein wichtiger Ort für die Crows. Das wusste sie, trotzdem spürte sie etwas. Es zerrte an ihren Sinnen und zog sie durch den öffentlichen Garten und entlang der Mauer der Gedenkstätten, auf der Suche nach einem unbekannten Ziel.

Die meisten Gräber waren auf den Camberwell-Friedhof verlegt und die verbleibende Fläche in einen Garten mit Bäumen und Bänken umgewandelt worden, aber eine Handvoll Gedenksteine an der Begrenzungsmauer und das eine oder andere Grab auf dem Rasen waren geblieben. Zwei Kinder, etwa im Alter von Archie und Maisie, spielten auf einem der Steine. „Ich bin der Herr über diese Burg", rief eines von ihnen. Das war eine gelungene Mischung, fand Lydia: die Erinnerung an den Tod inmitten des Lebens.

Und bei diesem Gedanken stellten sich Lydias Nackenhaare auf und sie hatte das untrügliche Gefühl, beobachtet zu werden. Langsam drehte sie sich und schaute sich lässig um. Der junge Vater mit den beiden kleinen Kindern blickte nicht in ihre Richtung. Er stand mit einer Hand in der Jeanstasche da, den Kopf hatte er über sein Telefon gebeugt. Ansonsten war niemand zu sehen.

Lydia drehte sich um und tat so, als würde sie sich auf die Grabsteine konzentrieren. Sie las die Worte, ohne es wirklich zu wollen, als ihr ein Satz ins Auge sprang: *In Gedenken an Alice Elizabeth, Frau von John Crow aus dieser Gemeinde, aus dem Leben geschieden am 14. April 1846.* Sie fragte sich, warum dieses Grab bei der Massenumsiedelung ausgelassen worden war. Hatte diese Alice Crow etwas getan, das dem Rest der Familie missfallen hatte? Es musste etwas Schwerwiegendes gewesen sein, wenn man sie bis in alle Ewigkeit von der Ruhestätte der Familie ausgeschlossen hatte. Oder war es nur ein Zeichen dafür, wie wenig die Crows auf Kirchen und Gräber gaben? Egal wo die sterblichen Überreste der Crows lagen, ihre Seelen wären hoch oben am Himmel. Lydia schloss ihre Augen und griff nach ihrer Münze. Die Krähen erschienen und Lydia spürte, wie die Luft durch ihre Federn strömte.

Pearl. Nur ein Hauch, aber Lydia nahm ihn war und er zog sie aus der Freiheit des Himmels zurück auf die Erde. Sie drehte sich um und sah Ash hinter einem Baum in der Nähe hervortreten. „Beim Gefieder!", sagte sie. „Du hast mich erschreckt."

Sein Gesichtsausdruck änderte sich zunächst nicht und die Leere darin erinnerte sie an das Pearl-Mädchen, das ihr im Burgess Park gefolgt war. Sie sollte etwas vorsichtiger sein. Sie war eindeutig zu einfach zu finden. Lydia verwarf den Gedanken sofort wieder. Sie wollte sich durch nichts die Freude an ihrer Stadt verderben lassen. Und falls jemand einen Anschlag auf sie plante, würde es ihr auch nichts nützen, den Park zu meiden. Derjenige könnte überall zuschlagen. Oder, wie ihr jemand einmal gesagt hatte, einfach ihr Essen vergiften. „Was ist los?“

„Ich habe etwas gefunden“, sagte Ash und wurde lebhaft.

„Was?“

„Sie haben es schon einmal getan.“

Lydia wusste, dass die Pearls, oder besser gesagt der Kern der Familie, der Hofstaat des Königs, ein Mädchen entführt hatte. Ihr Name war Lucy Bunyan und einer ihrer Vorfahren hatte einen Vertrag unterzeichnet, der einer Firma das Recht auf eine erstgeborene Tochter zusicherte. Das war gruselig und definitiv sittenwidrig, aber das hatte den Pearlkönig nicht davon abgehalten, die Sechzehnjährige aus den Highgate Woods zu entführen und sie gefangen zu halten. Bis Lydia die Party gestört hatte. Kurz zuvor war Ash, ohne dass Lydia es damals gewusst hatte, von den Pearls freigelassen worden, nachdem er zwanzig Jahre bei ihnen verbracht hatte. Ash wusste eigentlich von Lucy, aber sie erinnerte ihn daran.

„Nein, nicht nur sie.“ Ash schüttelte den Kopf und wippte auf seinen Fußballen. Er war immer noch genauso dünn wie damals, als er wieder zurück in die Oberwelt gekommen war, und die kantigen Züge seines Gesichts zeigten, dass er zu wenig aß. Oder dass die Auswirkungen von zwanzig Jahren, in denen er nicht genug gegessen hatte, in ein paar Monaten nur schwer zu beseitigen waren. Lydia verspürte Wut auf die Pearls und war erleichtert, dass sie immer noch empfindsam gegenüber anderen war. Seit sie ihren Onkel an Mr. Smith verkauft hatte, kämpfte sie mit einer zunehmenden Gefühllosigkeit.

„Lass uns gehen.“ Lydia wollte keine unnötige Aufmerksamkeit erregen und die Bewegung würde vermutlich Ash beruhigen. Doch stattdessen lief er vor den Grabsteinen auf und ab und fuchtelte mit den Armen. „Ich habe es gefunden. Ich habe das Muster gefunden."

„Welches Muster?"

„Das geht schon seit einer Ewigkeit so. Ich habe mir das Zeitungsarchiv in der British Library angesehen. Es sollte eigentlich alles online sein, doch ich wollte sichergehen und habe etwas gefunden. Viele Jugendliche sind verschwunden. Ich habe nur nach Sechzehnjährigen gesucht, aber vielleicht sind das nicht die Einzigen."

„Wie kommst du darauf, dass es die Pearls waren?"

„Alle zwanzig Jahre verschwindet ein sechzehnjähriger Teenager aus den Highgate Woods."

Lydia hielt inne. „Alle am selben Ort?"

Ash nickte. „Es gab einen Bericht über ein Verschwinden in Hampstead Heath im Jahr 1921 und einen weiteren, bei dem nicht klar ist, wo sich der Jugendliche zuletzt aufgehalten hat. Aber das Alter und der Zeitpunkt stimmten. Und sie wurden nie gefunden. Niemand wurde je gefunden. Abgesehen von Lucy."

„Und dir", sagte Lydia. „Du musst dich von Highgate fernhalten."

„Ich habe dir doch gesagt, dass ich in der Bibliothek war."

Lydia dachte über das Mädchen nach. „Hast du auf dem Weg hierher Pearls gesehen? Sie benutzen Kinder als Spione. Wurdest du verfolgt?"

Ash sah Lydia mit einer Mischung aus Verwirrung und Wut an. „Hältst du mich für dumm? Denkst du, ich würde es nicht merken, wenn ich einen von ihnen sehe?"

„Ich halte dich nicht für dumm", beschwichtigte Lydia ihn. Sie konnte ihm wohl kaum sagen, dass er traumatisiert war und nicht klar denken oder auf sich aufpassen konnte. Also sagte sie: „Ich mache mir nur Sorgen um dich. Ich will nicht, dass dir etwas passiert."

„Ich bin vorsichtig", sagte Ash. „Aber ich werde nicht aufhören. Ich kann nicht."

ZURÜCK IM FORK holte sich Lydia einen Kaffee bei Angel und ging nach oben, um zu arbeiten. Sie fand Jason, der nachdenklich heiße Schokolade zubereitete. Er hatte sich von Müsli und Tee verabschiedet und Lydia bedauerte das nicht. Sie öffnete den Kühlschrank und reichte ihm die Sprühsahne. Die Dose fühlte sich leer an, aber auf dem Regal standen drei weitere und auf der Arbeitsplatte eine Großhandelspackung mit Marshmallows, die sie aus dem Café geholt hatte. In ihrem Bestreben, weniger harten Alkohol zu trinken, war heiße Schokolade mit allem Drum und Dran eine adäquate Alternative.

Sie erzählte ihm von der geheimnisvollen Frau, die sich am Westminster Pier nach Alejandro erkundigt hatte.

„Maria?", fragte er.

„Klingt so", sagte Lydia. „Und mir ist heute Nachmittag etwas eingefallen."

„Was denn?" Jason schüttelte die Dose und sprühte eine riesige Sahnehaube auf den Becher.

„Maria hat ein starkes Motiv, Alejandro loszuwerden. Er hat sie zwar zum Familienoberhaupt gemacht, aber es ist möglich, dass sie von ihren eigenen Leuten nicht als die neue Chefin akzeptiert wurde. Vielleicht dachte sie, dass er erst von der Bildfläche verschwinden muss, damit ihre Macht anerkannt wird. Und ich nehme an, sie erbt sein gesamtes Vermögen."

Jason zog eine Augenbraue hoch. „Du glaubst, sie würde ihr eigen Fleisch und Blut töten?"

„Ich habe Schlimmeres getan."

Jason schwieg, während er Mini-Marshmallows in die Sahne fallen ließ. Lydia nahm es ihm nicht übel, es gab nichts dazu zu sagen. Sie hatte den kleinen Bruder ihres Vaters zu einem Schicksal verurteilt, das schlimmer war als der Tod. Eingesperrt. An ihm wurde herumexperimentiert.

Vielleicht wurde er sogar gefoltert. Wer wusste schon, welche Schrecken er erlitt? Jason öffnete eine Schublade, nahm eine Packung Schokoladenflocken heraus und schüttete einige in den Schneeberg aus Sahne und Zucker. „Lass es dir schmecken", sagte er und schob die Tasse zu Lydia hinüber.

 mit einem Bleistift auf ihr Notizbuch und versuchte, ihre Gedanken zu ordnen. Die Frau, die am Westminster Pier Erkundigungen eingeholt hatte, hörte sich eindeutig nach Maria an. Die Frage war, ob es dadurch wahrscheinlicher oder unwahrscheinlicher wurde, dass sie Alejandro selbst umgebracht hatte.

Lydia versetzte sich in Marias Lage. Das war unangenehm und half nicht wirklich weiter. Maria würde Nachforschungen anstellen, wenn sie glaubte, dass jemand ihrem Vater etwas angetan hatte, aber sie würde auch Fragen stellen, wenn sie selbst die Tat begangen hatte. Entweder um sicherzugehen, dass sie ihre Spuren ausreichend verwischt hatte und keine lästigen Zeugen zum Schweigen gebracht werden mussten, oder um unschuldig und ahnungslos zu wirken. Lydia riss die Augen auf und musste über die Vorstellung einer unschuldigen Maria Silver lachen. Die Frau war mit einem verschrumpelten schwarzen Herzen geboren worden.

Jason war aufgetaucht, während sie die Augen geschlossen hatte. Er saß auf dem Sofa und tippte leise auf seinem Laptop herum. Jetzt sah er zu ihr. „Du hast gute Laune."

„Ich habe mich mit Emma getroffen." Lydia beschloss, ihre Versuche, in den Kopf von Maria Silver einzudringen, nicht zu erklären.

„Das ist schön. Du solltest dich nicht zu sehr isolieren. Es ist einsam an der Spitze."

„Das lerne ich gerade", antwortete Lydia.

Wenn Maria ihren eigenen Vater getötet hätte, hätte es auf jeden Fall wie ein natürlicher Tod aussehen müssen. Nicht nur, um sich selbst vor dem Gefängnis zu bewahren, sondern auch, um Vergeltungsschläge aus der Familie zu verhindern. Je mehr Lydia darüber nachdachte, desto überzeugter wurde sie. Maria hatte in der Vergangenheit mordlüsterne Tendenzen gezeigt und hatte versucht, Lydia zu entführen und wahrscheinlich zu töten. Sie hatte schon mehr als einmal damit gedroht, Lydia umzubringen. Sie war mehr als fähig dazu.

Lydia rief Fleet an und bat ihn, sie im Pub zu treffen. „Verrückter Tag", antwortete Fleet. „Ist sieben in Ordnung?"

Als er hereinkam, wartete Lydia an ihrem Lieblingstisch in der Ecke. Samt einem Pint von Fleets Lieblingsbier und einer Tüte gesalzener Erdnüsse.

„Oh, oh", sagte Fleet, nachdem er sie zur Begrüßung geküsst und sich gesetzt hatte.

„Was?"

Er deutete auf das Getränk und die Knabbereien. „Du willst etwas von mir."

„Ich will immer etwas von dir." Lydia versuchte zu kokettieren, aber Fleet schaute sie nur verwirrt an. So viel zu ihren weiblichen Reizen. „Wenn ich jemanden umbringen möchte und es natürlich aussehen soll, wäre ein Hirnaneurysma dann eine gute Tarnung?"

Fleet hatte sein Glas schon halb zum Mund geführt, hielt es ihr dann aber hin. „Da hätten wir es."

Lydia stieß mit ihm an, ließ sich aber nicht ablenken. „Gibt es ein Gift, das ein Aneurysma verursacht?"

„Ein nicht nachweisbares Gift?", fragte Fleet, nachdem er einen Schluck von seinem Bier getrunken hatte. „Nein. Jedenfalls nicht, dass ich wüsste. Daran haben wir übrigens gedacht, bevor wir den Tod als unverdächtig eingestuft haben. Bei der Metropolitan Police sind wir stolz auf unsere gewissenhafte Ermittlungsarbeit."

Lydia ignorierte den Sarkasmus. „Wie gut kennst du den Pathologen? Hätte man ihn dazu bringen können, einen falschen Bericht abzugeben?"

„Ich kenne ihn nicht wirklich, aber das wäre schwierig. Er ist nicht der Einzige, der zu dem Fall etwas sagt. Da sind auch die Labortechniker und Assistenten."

„Doch es ist nicht unmöglich?"

Fleet zuckte mit den Schultern. „Eine gesicherte Beweiskette ist nicht ohne Grund so wichtig. Fehler passieren, aber seltener, wenn jeder Schritt dokumentiert wird."

„Hypothetisch ist es jedoch möglich?"

„Sehr hypothetisch."

„Ich nehme an, man bräuchte Zugang zu den Beweismitteln. Oder müsste jemanden mit Zugang bestechen."

„Mindestens." Fleet stellte sein Glas auf den Tisch. „Ockhams Rasiermesser. Vielleicht ist die wahrscheinlichste Lösung die richtige. Alejandro starb vor seiner Zeit. Eine bisher nicht diagnostizierte Schwäche führte zu einem Aneurysma. Ich weiß, dass ihr alle glaubt, ihr hättet eine besondere Kraft, die euch schützt, aber sie hat ihre Grenzen."

„Scher mich nicht mit den Silvers über einen Kamm", entgegnete Lydia.

„Aber du verstehst mich", sagte Fleet.

Lydia leerte ihr halbes Glas in einem Zug, um nicht antworten zu müssen.

„Willst du mit dem Pathologen sprechen?"

„Ja, bitte. Mit einer offiziellen Vorstellung bin ich vermutlich erfolgreicher, als wenn ich einfach dort auftauche. Es tut mir leid, dass ich frage ..."

„Muss es nicht", sagte Fleet. „Ich weiß, du kannst es nicht mehr hören, aber ich bin auf deiner Seite. Was du auch brauchst, du kannst damit zu mir kommen."

„Ich kann das schon noch hören. Sehr gern sogar." Lydia beugte sich vor und küsste ihn. Zum Teil, weil sie es wollte, zum Teil, um das Gespräch nicht fortsetzen zu müssen. Sie war es nicht leid, dass Fleet ihr sagte, sie könne ihm vertrauen. Sie wünschte nur, sie könnte es glauben.

KAPITEL ZEHN

Um Alejandros Beerdigung zu organisieren, hatte es ein ganzes Team und tiefe Taschen gebraucht, aber so viel Planung und Geld man auch in die Veranstaltung gesteckt hatte, das Wetter hatte man nicht in den Griff bekommen. Statt den passenden dunklen Wolken und des Regens strahlte die Sonne am blauen Himmel und es war warm. Ein meteorologisches *Fuck you* sozusagen.

„Bist du dir sicher?" Fleet trug einen schwarzen Anzug und eine Krawatte und Lydia fiel auf, wie unanständig attraktiv er selbst in Trauerkleidung aussah. Das lenkte sie ab. Sie hatte das einfache schwarze Kleid angezogen, das unterhalb des Knies endete und das sie immer dann wählte, wenn sie sich als Büroangestellte oder Mitarbeiterin eines schicken Hotels ausgab. Sie besaß auch eine kürzere, weniger schlichte Variante für die Gelegenheiten, wenn sie jemanden abschleppen musste. Ihr letzter Fall als Treuetesterin war schon einige Zeit her, und sie war froh, dass sie das Kleid lange nicht mehr vom Bügel genommen hatte. Lydia fixierte ihr Haar zu einem Dutt im Nacken. Niemand sollte behaupten, die Crows würden dem Anlass nicht den gebührenden Respekt erweisen.

„Sie glaubt nicht an einen natürlichen Tod und somit wird sie meine Familie verdächtigen. Ein Grund mehr, der Tradition zu folgen. Ich darf die Silvers nicht brüskieren, indem ich der Beerdigung fernbleibe. Und ich muss mit Maria sprechen, ihr sagen, dass ich ermittle und dass ich ihre beste Chance auf Gerechtigkeit für ihren Vater bin. Dann wird sie mich vielleicht nicht umbringen." Lydia zupfte an ihrem Kleid und vergewisserte sich, dass sie angemessen bedeckt und sittsam aussah.

Fleet beobachtete sie im Spiegel. „Das habe ich nicht gemeint. Bist du dir damit sicher?" Er deutete auf sie beide.

Das langweilige Kleid war gut. Es könnte die Tatsache ausgleichen, dass sie am Arm von DCI Fleet auftauchte. Konnte sie das Risiko auf diese Weise verringern? „Ich bin mir sicher", antwortete sie. „Ich verstecke mich nicht."

„Und das ist in Ordnung", sagte er. „Ich stimme dir zu, das weißt du. Aber ist das die beste Gelegenheit, uns offiziell als Paar vorzustellen?"

„Als Paar vorzustellen?" Lydia hielt auf der Suche nach ihren schwarzen Schuhen inne. „Wie alt bist du noch mal?"

Sein Lächeln ließ ihren Magen tanzen. „Komm her und sag das nochmal."

„Nicht, wenn wir es rechtzeitig zur Beerdigung schaffen wollen", sagte Lydia mit Bedauern. „Das würde wahrscheinlich einen Krieg auslösen."

DER VERKEHR in der Chancery Lane wurde von in Leder gekleideten Motorradfahrern gestoppt, die quer über die belebte Fahrbahn geparkt hatten, die Arme verschränkten und die Kakophonie der Hupen ignorierten - ein schriller Ton, der abrupt abbrach, als die Leute den Trauerzug erblickten. Er wurde von einer glänzenden schwarzen Kutsche angeführt, deren Fenster mit silbernen Filigranen verziert waren und die von vier Rappen mit silbernem

Federschmuck gezogen wurde. Der Kutscher trug passende schwarz-silberne Kleidung sowie einen Zylinder. Das Dach des Gefährts war mit weißen Blumen geschmückt. Lydia war kein Freund von Prunk, aber sie musste zugeben, dass es ziemlich schön war.

Hinter der Kutsche folgten mehrere schwarze und graue Rolls-Royce-Limousinen, dahinter weitere auffällige Autos, darunter ein Maserati und zwei Bentleys. „Verdammte Scheiße", sagte Fleet und deutete auf einen der Wagen. „Der kostet eine Viertelmillion."

Die Prozession führte zu dem charakteristischen Rundbau der Temple Church, die eng mit der Anwaltschaft verbunden war. Sie war von den Tempelrittern, den ersten Bankiers, erbaut worden, aber im 16. Jahrhundert waren Advokatenstifte eingezogen und seither war die Kirche zentrale Anlaufstelle für Geburten, Todesfälle und Eheschließungen in Anwaltskreisen.

Lydia und Fleet konnten in die Seitenstraßen ausweichen und kamen so vor der Prozession an. Sobald sie den Trubel der Fleet Street hinter sich gelassen hatten, wurden sie von den Höfen und Kammern des Tempelbezirks verschluckt. Viele Menschen kamen zum Gottesdienst in die Kirche. Sie trugen elegante schwarze Kleidung und sahen entsprechend feierlich aus. Einige trugen die Roben eines Richters oder eines Anwalts, weil sie nach einem anstrengenden Arbeitstag die Messe besuchen wollten.

Fleet legte seinen Arm um Lydias Taille und warf ihr einen ernsten Blick zu. „Letzte Chance für einen Rückzieher. Du brauchst mir nichts mehr zu beweisen."

„Das weiß ich", sagte Lydia. Sie spürte einen Stich der Unsicherheit. „Wäre es dir lieber, wenn wir es für uns behalten? Machst du dir Sorgen, wer uns sehen könnte?"

„Nicht im Geringsten", sagte Fleet und nahm ihre Hand.

Lydia ließ los, als sie ein bekanntes Gesicht in der Menge vor der Kirche entdeckte. „Warte. Ist das ...?"

„Der Polizeipräsident? Ja."

„Beim Gefieder", flüsterte Lydia. Sie versuchte, ihre Hand aus Fleets zu lösen und einen Schritt zur Seite zu treten. Es war eine Sache, dass er mit ihr an die Öffentlichkeit ging, aber eine andere, dass sie ihn zwang, seine Beziehung mit dem Oberhaupt der Crows vor dem Oberboss zur Schau zu stellen.

Fleet drückte ihre Hand. „Ich verstecke mich nicht."

Sie gingen auf die Menge zu, vorbei an Anwälten in schwarzen Gerichtsroben mit strahlend weißen Kragen, die Aktentaschen und marineblaue Taschen mit aufgestickten Initialen trugen, die wie Turnbeutel aus der Grundschule aussahen. Fleet entdeckte einen Bekannten und sie unterhielten sich ein paar Minuten, bevor sie hineingingen. Er stellte Lydia mit ihrem Vornamen vor und seinen Gesprächspartner als „Nathan vom Futsal", als ob Lydia wissen müsste, wen er meinte. Sie nahm sich vor, Fleets Leben mehr Aufmerksamkeit zu schenken. Sie lebten jetzt in einer festen Beziehung und sie sollte sich ein bisschen mehr wie eine richtige Freundin verhalten. Vermutlich.

Schwarze Marmorsäulen, die bis zur gewölbten Decke reichten, hölzerne Kirchenbänke, die den Mittelgang säumten, und ein prächtiges Buntglasfenster über dem Altar. So weit, so kirchlich, aber die steinernen Bildnisse auf dem Boden des runden Teils der Kirche, die aussahen, als hätten die Ritter beschlossen, ein ewiges Nickerchen zu machen, verliehen dem Ganzen eine gruselige Note.

Ordentlich aufgereihte Chorsänger in weißen Gewändern warteten, während die Trauernden ihre Plätze einnahmen, bevor sie ihre Münder öffneten und diese Art von reinem Klang ausstießen, der jedes Haar auf dem Körper aufrichtete. Lydia verstand, warum die Kirche auf so etwas Wert legte. Es war fast magisch und in der Zeit vor dem Film, dem Internet oder elektronisch verstärkter Musik mussten diese klaren Stimmen, die in dem großen Gewölbe widerhallten, wie aus einer anderen Welt gewirkt haben.

Alejandros Sarg wurde auf den Schultern von Familienmitgliedern den Mittelgang hinuntergetragen. Lydia hatte sich darauf vorbereitet, so viele Silvers um sich zu haben, und atmete flach durch den Mund ein, wobei sie den sauberen Geschmack des Metalls in ihrer Kehle schmeckte. Maria wartete, bis der Sarg sein Ziel erreicht hatte, bevor sie ihren Auftritt hatte. Sie schritt allein den Gang hinunter und trug ein schwarzes Kleid mit Bleistiftrock und langen Ärmeln sowie hohe Absätze. Die riesige dunkle Sonnenbrille, die Lydia beim Aussteigen aus dem Auto gesehen hatte, hatte sie gegen einen altmodisch aussehenden schwarzen Spitzenschal getauscht, den sie nach traditioneller spanischer Art über den Kopf gelegt hatte.

Die Kirche war voll und viele Menschen standen im runden Teil des Gebäudes, weil sie keinen Sitzplatz finden konnten. Lydia musterte die Trauernden und hielt die Augen nach Gefahren und Überraschungen offen. Sie ertappte sich dabei, wie sie nach Charlie Ausschau hielt, als ob Mr. Smith und seine Abteilung ihn für diesen Anlass freigelassen hätten. Als der Gesang des Chors und das unterdrückte Schluchzen auf sie einwirkten, blinzelte Lydia ihre eigenen Tränen zurück. Sie würde nicht weinen. Die Tränen wären weder für Alejandro noch für seine Tochter, also wäre es respektlos, aber sie musste ihre Münze diskret in einer Faust zusammendrücken, während sie mit der anderen Hand Fleets Hand hielt.

Als sie in den Sonnenschein traten, fragte Fleet, ob sie zur Totenwache gehen würden. Sie fand in einem Hotel gleich hinter der Kirche statt und die Trauernden strömten durch die engen Straßen und Höfe, zweifellos in Erwartung eines belebenden Getränks und womöglich der Chance, ein paar Geschäfte zu machen und wichtige Beziehungen zu festigen. Ein Mann war tot, aber es brauchte mehr als das, um die geölten Apparate von Handel und Gesetz zum Stillstand zu bringen.

Lydia wusste, dass sie in dieser Hinsicht kein Recht auf moralische Überlegenheit hatte. Immerhin hatte auch sie ein Geschäft zu erledigen. Sie war aus Pflichtgefühl hier. Als Vertreterin der Crows musste sie der Familie die Ehre erweisen und, noch viel wichtiger, sie musste dabei gesehen werden. Das Hotelrestaurant war gut besucht und unzählige gut aussehende Servierkräfte schlängelten sich mit Tabletts voller Gläser und Kanapees durch die Menge. Es gab viel hellen Marmor, goldene Spiegel und glitzernde Kronleuchter sowie petrolfarbene Samtstühle. Wenn man von der düsteren Kleidung absähe, hätte es auch eine PR-Veranstaltung oder ein Hochzeitsempfang sein können. Eine Reihe Trauergäste wartete darauf, Maria ihre Aufwartung zu machen, die immer noch mit schwarzer Spitze verschleiert war und von Männern in Anzügen und Ohrhörern flankiert wurde. Eines musste Lydia ihr lassen: Maria wusste, wie sie ihre Rolle zu spielen hatte.

„Komm“, sagte sie zu Fleet, der zwei Gläser Whisky von einem Tablett nahm und ihr eines hinhielt. Sie kippte den Drink hinunter. „Ich glaube, wir haben unsere Pflicht getan.“

„Verzeihung.“ Ein Mann, der doppelt so breit wie Fleet war und aussah, als würde er seinen Anzug sprengen, versperrte ihr plötzlich den Weg. „Ms. Silver möchte mit Ihnen sprechen.“

Noch mehr Show. Lydia würde mitspielen. Sie stellte ihr Glas auf dem nächstgelegenen Tisch ab und überholte dann mit Fleet die Schlange von Beileidsbekundern.

„Wir bedauern Ihren Verlust“, sagte Fleet, als sie die Hinterbliebene erreichten.

Maria nickte und gab ihm die Hand. „DCI Fleet. Haben Sie schon die Kanapees probiert? Sie sind göttlich.“

Wie aufs Stichwort führte ein Bodyguard Fleet weg. Aus der Nähe betrachtet waren Marias Augen leer. Lydia verspürte einen Anflug von Mitleid, während sie die Sicherheitsleute im Auge behielt. Große Männer, die aussahen, als könnten sie ihren Drang kaum unterdrücken, Lydia wie eine Mücke zu erschlagen. Sie fragte sich, wo Maria sie angeheuert hatte. Für Gewalt konnte man leicht bezahlen, aber nicht für Gefühle. „Dein Verlust tut mir leid", sagte Lydia.

Maria neigte ihren Kopf. Es herrschte ein betretenes Schweigen, bevor sie fragte: „Tut es das?"

Die Frage klang aufrichtig und Lydia hielt inne, um darüber nachzudenken. „Es tut mir leid, dass dein Vater nicht mehr unter uns weilt. Ich hatte lieber mit ihm zu tun."

Marias Lächeln glich dem eines Totenkopfs. Nur Zähne. „So freimütig. Ist das dein neues Ding? Ich sollte dich zu Brei schlagen lassen."

Ihr Tonfall änderte sich für die Drohung nicht und das war umso erschreckender. Maria bluffte nicht. Lydia hielt ihrem Blick stand. „Ich bin hier, um dir im Namen der Familie Crow meinen Respekt zu erweisen. In Anerkennung des alten Bündnisses, das zwischen unseren Familien bestand. Und auf persönlicher Ebene für die Höflichkeit, die mir dein Vater stets entgegengebracht hat. Eine Höflichkeit, an der es dir heute zu mangeln scheint." Lydia hielt ihre Hände nach oben. „Das ist völlig verständlich, wenn man bedenkt, wie groß deine Trauer ist."

In diesem Moment sah Maria nicht traurig aus. Nur wütend. Was nicht bedeutete, dass sie nicht auf ihre eigene Art und Weise trauerte. Lydia konnte das nachvollziehen. Hätte sie ihren Vater verloren, würde sie vermutlich die ganze Welt niederbrennen wollen.

„Glaubst du, dass du dadurch Vertrauen erweckst? Denkst du, ich weiß nicht, dass du ein Komplott gegen mich und meine Familie geschmiedet hast?"

„Das stimmt nicht", sagte Lydia.

„Weißt du, wie mein Vater gestorben ist?"

Lydia nickte. „Es war ein Hirnaneurysma."

„Anscheinend."

„Du glaubst es nicht?"

Maria sah ihr in die Augen. „Du etwa?"

Lydia antwortete nicht. Sie konnte die Spannungsfalten um Marias Mund sehen und ein Anflug von Traurigkeit durchbrach die Wut in ihren Augen und ließ sie menschlicher erscheinen als sonst. Einer ihrer Sicherheitsmänner trat heran und flüsterte Maria etwas ins Ohr. Ihr Blick wanderte hinter Lydia und sie nickte. „Bring ihn als Nächsten."

Lydia war sich nicht sicher, ob sie entlassen war, denn Maria starrte immer noch über ihre Schulter.

„Sieh nur, wie sie alle Schlange stehen", sagte Maria schließlich. „Jeder will einen Gefallen von mir. Ich war seit Monaten ihre Anführerin und niemand hat auch nur ein Wort an mich gerichtet, aber jetzt ... jetzt wollen sie mich."

„Manche Veränderungen brauchen Zeit", sagte Lydia. „Und Menschen können sehr altmodisch sein."

„Das stimmt." Maria warf einen Blick auf Lydia und schien sich zu sammeln. „Die meisten dieser alten Männer dachten nicht, dass ich das Sagen habe. Jetzt haben sie keine Wahl mehr. Er ist fort."

Lydia nickte. Wieder überkam sie unerwartet Mitgefühl. Sie spürte, wie der Wind um ihr Gesicht peitschte, während sie auf The Shard kletterte und dumme Spiele spielte, um zu beweisen, dass sie eine würdige Nachfolgerin für Charlie war.

„Ich denke, unsere Familien sollten weiterhin kooperieren", sagte Maria. „Unabhängig von unseren persönlichen Differenzen muss ich anerkennen, dass die Beziehung in der Vergangenheit für beide Seiten von Vorteil war."

Maria war definitiv eine Anwältin. Fünfzig Worte, wenn fünf ausreichen würden. „Das freut mich zu hören", sagte

Lydia. „Ich für meinen Teil verspreche, dass ich die Wahrheit über den Tod deines Vaters herausfinden werde."

Marias Augen weiteten sich ein wenig.

„Ich werde dir beweisen, dass ich nichts damit zu tun habe. Dass kein Crow etwas damit zu tun hatte. Und wenn du möchtest, helfe ich dir, die Verantwortlichen zur Rechenschaft zu ziehen." Die Wortwahl war ansteckend. Lydia holte tief Luft und zwang sich, nicht weiterzusprechen.

Marias Augen hatten sich wieder verengt. Sie neigte ihren Kopf ein wenig. „Du wirst deine Ergebnisse zuerst mir vorlegen." Es war keine Frage.

„Wenn ich kann", sagte Lydia nach kurzem Zögern.

„Was ist mit deinem Schoßhündchen?" Maria deutete auf Fleet, der sie aufmerksam beobachtete und von noch mehr Sicherheitskräften flankiert wurde.

„Das hat nichts mit Fleet oder der Metropolitan Police zu tun", sagte Lydia. „Das ist eine Familienangelegenheit."

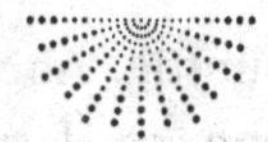

KAPITEL ELF

Der Tag nach der Beerdigung war ein Freitag und Fleet rief Lydia an. „Sollen wir essen gehen? Oder ich koche und du kommst zu mir."

„Nicht heute Abend", sagte sie. Sie wollte in Alejandros letzten Monaten nachforschen und sehen, ob Jason mit seinen Computerkenntnissen irgendwelche Geheimnisse entdecken konnte. „Du kannst später herkommen. Wenn du willst?"

„Klar." Fleet hielt inne. „Es wäre aber schön, mal wieder auszugehen."

„Wie ein richtiges Paar", sagte Lydia. „Du alter Romantiker."

„Nicht alt. Und es ist nichts falsch an einem Date. In Vauxhall gibt es ein karibisches Lokal, das gut sein soll."

„Nächste Woche vielleicht. Oder wenn sich der Stress gelegt hat."

Fleet hielt inne. „Ich verstehe dich, aber ich finde, wir sollten heute Abend oder am Wochenende ausgehen. Wenn wir warten, bis unser Leben geordneter ist, werden wir es nie tun."

Lydia fand eine Tasse heißer Schokolade auf dem Tresen,

die Schlagsahne war aufgebläht und auf der braunen Oberfläche erstarrt. Sie kippte sie in die Spüle. „Bist du verärgert?"

„Überhaupt nicht. Aber wir sollten besser akzeptieren, dass unser Leben ist, wie es ist, und einander jetzt Priorität einräumen, anstatt darauf zu warten, dass es einfacher wird."

Das klang alles vernünftig. Aber Lydia hatte nicht die beste Erfolgsbilanz, wenn es darum ging, Zeit für das normale Leben zu finden. „Du wusstest, worauf du dich einlässt", sagte sie betont entspannt. „Ich stehe mehr auf nächtliche Überwachungen, Essen vom Lieferdienst, Sex und eine ungesunde Work-Life-Balance."

„Ich weiß", antwortete Fleet und sie konnte das Lächeln in seiner Stimme hören. „Aber überleg es dir. Ich bitte dich ja nicht, mit mir in Urlaub zu fahren. Es ist nur ein Abend."

„Wenn ich Ja sage und du irgendwo reservierst, muss ich vielleicht in letzter Minute absagen."

„Das könnte mir auch passieren, aber das ist kein Grund, es nicht zu versuchen."

„Wenn du schon so vernünftig bist ..." Hoffentlich klang Lydia nicht so verärgert, wie sie es war. Sie wusste, dass sie kein Recht auf diese Emotion hatte, und diese Tatsache machte die Verärgerung nur schlimmer. Sie hatte das Gefühl, als würde jeder ständig an ihrer Zeit und Aufmerksamkeit zerren und jetzt wollte Fleet noch mehr.

„Warte nur, bis du den gesalzenen Fisch probierst, der soll mit der Curryziege fantastisch schmecken."

„Ich hoffe, du machst Witze." Lydia war eher ein Pizza-und-Bier-Typ, wie Fleet genau wusste.

„Feigling."

AN DIESEM ABEND kam Fleet mit einer dünn gebackenen, knusprigen Pizza und einer Flasche Rotwein und murrte nicht, als Lydia sagte, dass sie noch zu tun habe. Sie knabberte an einem Stück Margherita, während sie einen weiteren Artikel über das Wunderkind Alejandro Silver und seine erfolgreiche Karriere las. Fleet arbeitete auf der anderen Seite ihres Schreibtischs in dem Klientensessel. Zumindest nahm Lydia an, dass er arbeitete. Vielleicht spielte er auf seinem Handy auch Candy Crush. Sie hatte im Internet über Alejandro recherchiert, war die letzten Monate seines Lebens durchgegangen und hatte sich Notizen gemacht. Meistens waren es nur Fragen ohne passende Antworten dazu. Sie wollte nicht in Panik geraten. Alle Fälle fingen so an, mit zufälligen Teilen, die in einem großen Meer aus vielen Fragezeichen schwammen. Im Laufe der Suche würde sie mehr Teile finden und sie schließlich zusammenfügen. Nach seiner Beerdigung war jedoch klar, dass Maria nicht länger Lydias Hauptverdächtige war. Sie war zwar nicht vom Haken, doch sie stand nicht mehr ganz oben auf der Liste. Sie war eine Silver und natürlich äußerst überzeugend, aber Lydia hatte echte Trauer in ihren Augen gesehen.

Alejandro hatte im Jahr zuvor beschlossen, in die Politik zu gehen, und war innerhalb weniger Monate Abgeordneter für Holborn geworden. Sie brach das gesellige Schweigen, um Fleet das zu erzählen. „Wie hat er das so schnell geschafft?"

Fleet schaute von seinem Handy auf. „Ich habe keine Ahnung."

Lydia öffnete ihren Laptop und begann zu recherchieren. Der Parlamentssitz war im Februar frei geworden, nachdem die bisherige Abgeordnete unerwartet verstorben war. Das war interessant. Ein Silver hatte durch einen zeitlich günstigen Todesfall genau das bekommen, was er wollte. Die Abgeordnete war auf die siebzig zugegangen, laut Bildern hatte sie jedoch in der Woche vor ihrem Tod an einem Fünf-Kilometer-Stadtlauf teilgenommen. Das musste natürlich nichts heißen, aber es deutete auf einen gewissen Gesundheitszustand hin.

Ein Stück weiter unten erhielt Lydia ihre Antwort. Es hatte weder am Alter noch an der Gesundheit gelegen. Die Abgeordnete Nadine Gormley war im Urlaub mit ihrer Familie in Griechenland von einem Auto angefahren worden. Der Unfalllenker hatte Fahrerflucht begangen, der Fall war noch offen.

Fleet stand auf, kam auf ihre Seite und beugte sich herunter, um über ihre Schulter zu lesen. „Das ist praktisch."

„Das habe ich mir auch gedacht", sagte Lydia. „Du hast nicht zufällig einen guten Kontakt zur griechischen Polizei?"

„Ich kann mich umhören. Nichts Offizielles, aber vielleicht plaudert jemand aus Gefälligkeit. Interpol ist wahrscheinlich involviert. Schließlich ist das Opfer eine Abgeordnete und nicht ..."

„Irgendjemand", sagte Lydia.

„Das wollte ich nicht sagen", entgegnete Fleet. „Es könnte natürlich auch etwas anderes sein. Etwas, das nichts mit Alejandros politischer Karriere zu tun hat."

„Er war im Strafrecht tätig", sagte Lydia und griff Jasons Idee auf. „Der Täter könnte ein Krimineller aus seiner Vergangenheit sein, der aus dem Gefängnis kam und sich rächen wollte."

„Ich schaue mir seine alten Fälle an und sehe nach, ob jemand kürzlich entlassen wurde."

„Die Gesetzesvorlage, über die er an diesem Tag abstimmen sollte, war nicht kontrovers, aber vielleicht war etwas anderes geplant, das Alejandro verpassen sollte?" Sie las auf der Website des Parlaments, über welche Gesetzentwürfe derzeit abgestimmt wurde. „Was sind private Gesetzesanträge?"

Fleet überflog die Seite. „Anträge, die sich auf einzelne Personen beziehen, glaube ich. Sie sind nicht geheim."

Lydia fiel nichts auf, aber alles konnte ausreichen, um einen Menschen zu töten. Alles, was wichtig genug war, um es ins Parlament zu schaffen, hatte Auswirkungen, auch wenn man diese nicht sofort sehen konnte. So wie ein Kieselstein, der ins Wasser geworfen wurde, Wellen schlug.

Fleet richtete sich auf. „Vielleicht gibt es kein Motiv."

Lydia überflog immer noch die Liste der Gesetzesanträge. „Hm?"

„Denn womöglich ist es kein Mord. Vielleicht hat der Pathologe recht und es war ein Hirnaneurysma."

„Ich kann nicht zu Maria gehen und ihr das sagen. Das kommt nicht gut an."

„Selbst wenn es die Wahrheit ist?"

Lydia schwieg. Sie glaubte nicht, dass es die Wahrheit war. Nein, mehr noch, sie *wusste*, dass es nicht die Wahrheit war. Sie hatte so ein Gefühl, eine Gewissheit, die mit jedem vermeintlichen Beweis des Gegenteils wuchs. Alejandro Silver war nicht an einem unentdeckten Hirnaneurysma gestorben. Er war es einfach nicht. Aber wenn sie Fleet das sagte, würde er behaupten, dass sie es nicht glauben wollte. Oder er würde das System verteidigen, dem er sein Berufsleben gewidmet hatte und an das er glaubte. Er würde sagen, dass Lydia seiner Arbeit gegenüber misstrauisch sei und dass sie eine überzogene Vorstellung von der Macht der Familien habe. Er würde immerhin nicht so weit gehen und ihr vorwerfen, ihr Urteilsvermögen wäre von ihren Gefühlen vernebelt - er war schließlich kein Narr - aber er könnte es denken.

Fleet stand auf und räumte ihre Teller ab, dann machte er Kaffee. Als er zurückkam, klappte er seinen Arbeitslaptop auf und Lydia spürte, wie sich die Spannung ein wenig löste. Er war vielleicht nicht mit ihrer Theorie einverstanden, aber er würde ihr helfen. Er war ein guter Polizist.

„Also, Motiv", sagte Fleet nach ein paar Minuten. „Ich habe mir angesehen, wer in letzter Zeit aus dem Gefängnis kam, und niemand scheint einen offensichtlichen Groll gegen Alejandro zu hegen. Ein Mann wurde im Dezember entlassen, aber er saß wegen Wirtschaftskriminalität ein und ich kann mir nicht vorstellen, dass er gewalttätig wurde. Die einzige andere Option kam eine Woche vor Alejandros Tod frei. Er hat dreiundzwanzig Jahre für den Mord an seiner Frau mit einem Hammer abgesessen. Im Gefängnis hat er anscheinend zu Gott gefunden."

Lydia machte ein ungläubiges Geräusch.

„Ich weiß", sagte Fleet. Aber selbst wenn seine Frömmigkeit ihn nicht davon abhalten würde, Alejandro zu verfolgen, gibt es zunächst offensichtlichere Ziele. Wie den Schwager, der gegen ihn ausgesagt hat. Und ich glaube nicht, dass er ein Superhirn ist, das etwas so Durchtriebenes wie das hier planen könnte. Ich habe mir seine Akte angesehen und er ist doppelt so dick wie fies und hat all die typischen Impulskontrollprobleme, die mit seinen Verbrechen einhergehen. Ich meine, wenn Alejandro in einem Pub erschlagen worden wäre, hätten wir einen Verdächtigen ..."

„Verstanden", sagte Lydia. „Du weißt, dass Maria ganz oben auf meiner Liste stand?"

„Du hast es dir anders überlegt?"

Lydia beschloss, ihren Moment des Mitgefühls für Maria nicht preiszugeben, und hielt sich stattdessen an die Fakten. „Ich habe nichts gefunden. Sie war an dem Tag, an dem er starb, bei Gericht und es gibt wohl kaum ein besseres Alibi als einen vollen Saal im Old Bailey."

„Also wären wir wieder beim nicht nachweisbaren Gift", sagte Fleet.

Lydia gefiel das *wir* in dem Satz. „Oder etwas weniger Prosaischem."

„Was meinst du?"

Lydia wollte das Wort „Magie" nicht laut aussprechen und versuchte, an eine Alternative zu denken. „Ich habe über die Familien nachgedacht", begann sie. „JRB will Ärger zwischen uns schüren. Das wäre eine gute Möglichkeit, den Druck zu erhöhen. Vielleicht soll ich Maria verdächtigen und sie soll sich auf mich stürzen und ehe du dich versiehst, gibt es einen richtigen Krieg."

„Was ist mit den Fox'? Könnte es nicht einer von ihnen gewesen sein?"

Es war kein Geheimnis, dass Fleet Paul Fox nicht mochte und ihm misstraute. Lydia nahm es ihm nicht übel. „Das bezweifle ich. Die Fox' halten sich aus solchen Angelegenheiten für gewöhnlich raus. Und ich glaube nicht, dass Paul einen Krieg anzetteln will. Das wäre zu anstrengend."

„Du bist blind, wenn es um ihn geht", entgegnete Fleet. „Eure Vorgeschichte …"

„Ich sehe sehr klar", sagte Lydia. „Du kennst ihn nicht so gut wie ich."

„Nun, das stimmt."

„Lass uns nicht streiten", antwortete sie. „Wir haben Wichtigeres zu tun."

„Also, JRB. Wie nah bist du dort an einen Kontakt gekommen?"

„Überhaupt nicht", sagte Lydia. „Eine Strohfirma steckt hinter der nächsten, wie bei einer Matrjoschka. Die beste Spur war die Verbindung zu den Pearls."

„Du wirst nicht noch einmal dorthin gehen." Das war ein Befehl, keine Bitte.

„Nicht, wenn ich nicht muss."

DEN FRISEURLADEN ZU BETRETEN, der den Eingang zur Lieblingskneipe der Füchse verbarg, war für Lydia nicht gerade angenehm. Aber es war nicht annähernd so beängstigend wie beim ersten Mal. Seither hatte sich viel verändert. Paul war jetzt das Oberhaupt der Fox' und Lydia das der Crows. Trotzdem beschleunigte sich ihr Puls, als sie die Tür aufstieß, dem Barbier zunickte und die Treppe hinunterging, die zu der verborgenen Tür führte.

Einer von Pauls Brüdern saß an der Bar und Lydia kämpfte gegen den Drang an, kehrtzumachen und davonzulaufen. Bei ihrem letzten Treffen hatte er sie verprügelt, also war ihr zweiter Drang, hinüberzugehen und ihm einen Tritt in eine weiche, schmerzhafte Stelle zu verpassen.

Zum Glück tauchte Paul aus der Dunkelheit auf und schlang seine Arme um sie. Lydia war kein großer Fan von Umarmungen und Paul hatte sie nicht mehr auf diese Weise begrüßt, seit sie ein Paar gewesen waren, aber sie nahm an, dass es zur Show gehörte. Er markierte sein Revier und zeigte seiner Familie, dass Lydia willkommen war. Also spielte sie mit. Sie hatte sich auf die Welle von Fox-Magie vorbereitet, doch die körperliche Nähe setzte eine zusätzliche Menge an Pheromonen frei. Die Umarmung dauerte ihrer Meinung nach länger als unbedingt nötig, aber es gab Schlimmeres, als an Pauls muskulöse Brust gedrückt zu werden. Als er sie losließ, sah er ihr in die Augen. „Schön, dass du hier bist.“

Sie lächelte ihr Haifischlächeln und plante bereits die kalte Dusche, die sie gleich nach ihrer Rückkehr nach Hause nehmen würde. „Könnte ich etwas zu trinken haben?“

„Natürlich.“ Paul gab jemandem hinter Lydia ein Zeichen und führte sie zu einem Tisch.

Wenige Augenblicke später brachte der Bruder, den Lydia vorhin gesehen hatte, zwei Gläser und eine Flasche Macallan. Er sah drein, als würde er lieber noch einmal von Paul verprügelt werden, als Lydia Crow zu bedienen. Nachdem Lydia angegriffen worden war, hatte sich Paul an jedem der Täter gerächt und ihnen exakt die gleichen Verletzungen wie die von Lydia verpasst. Und dann hatte er seinen eigenen Vater für seine Beteiligung an dem Vorfall verbannt. Für eine Entschuldigung war das ziemlich weitreichend. Trotzdem senkte der Fox den Kopf, als rechnete er mit weiterer Vergeltung.

Paul blinzelte und der Kerl entfernte sich. Lydia atmete aus. Sie wusste, dass keine Gefahr bestand und dass der Typ nur die Anweisungen seines Vaters befolgt hatte, aber sie hatte auch keine Lust, mit ihm über das Wetter zu reden. Und auch nicht auf ein ernstes Gespräch. Die Vergangenheit war abgeschlossen. Sie konnte es nicht rückgängig machen und sie würde es nicht vergessen.

„Ich habe einen Vorschlag für dich", sagte Paul, entkorkte die Flasche und schüttete zwei Finger in jedes Glas. „Ein Bündnis."

Lydia hatte geahnt, was er sagen würde, aber hier im Fuchsbau, mit einem Glas Whisky in der Hand, wurde es plötzlich sehr real. Könnte sie im Namen der Crows eine formelle Verbindung mit den Fox' eingehen? Sollte sie das überhaupt? Es war eine Sache, mit Paul befreundet zu sein, aber eine ganz andere, es offiziell zu machen. Und die Crows trauten den Fox' nicht. Niemand tat das.

„Ich kenne unseren Ruf", sagte Paul. „Und ich weiß, dass wir schon lange nicht mehr auf der Freundesliste der Crows stehen, aber die Dinge haben sich geändert. Wir sind die neue Generation. Wir sind nicht an die Vergangenheit gebunden. Wir können frische Wege beschreiten."

Das klang gut, aber die Vergangenheit ließ sich nicht einfach ignorieren. War das der Grund, weshalb sie in letzter Zeit ständig Friedhöfe aufsuchte? Versuchten ihre Vorfahren, sie an ihre Pflicht zu erinnern? Das war ein verrückter Gedanke. Die schwere Last des Anführens verunsicherte sie. Jetzt schon. „Ich bin hier, weil Alejandro Silver ermordet wurde und das schlecht für uns alle ist."

Paul nickte. „Das Urteil des Gerichtsmediziners hat dich nicht überzeugt?"

Lydia zog eine Augenbraue nach oben. „Ich bitte dich. Die Silvers werden es ebenso wenig glauben. Sie sind vermutlich immer noch auf Vergeltung aus. Es ist wichtig, eine gemeinsame Front zu bilden, zumindest bis wir genügend Beweise gefunden haben, damit Maria Silver das Ergebnis der Ermittlungen akzeptiert, oder wir die Verantwortlichen finden. Es ist außerdem eine Geste des guten Willens und des Vertrauens zwischen unseren Familien und der erste Schritt zu einem großzügigeren und friedlicheren Leben."

Lydia stieß mit Paul an und sie beide tranken.

„Du klingst so anders", sagte er und legte den Kopf zurück. „Hast du in letzter Zeit viele Reden gehalten?"

Lydia erlaubte sich ein kleines, ehrliches Lächeln. „Es ist anstrengend."

„Wie war die Beerdigung?"

„Schick", sagte sie. „Und ein bisschen gruselig. Warst du schon mal in der Temple Church?"

Er schüttelte den Kopf. „Ich weiß, dass die Silvers dort alle wichtigen Anlässe feiern. Taufen, Beerdigungen, Hochzeiten. Man munkelt, dass die Silvers der Hauptblutlinie unter der Kirche begraben liegen."

„Hat deine Familie eine Kirche?"

Paul lächelte. „Nein, das ist nicht unser Ding. Du weißt, dass die Silvers nicht wirklich gläubig sind? Die Verbindung zur Temple Church war rein geschäftlich."

Lydia wusste es. Neben den Gutenachtgeschichten über die Crows hatte Henry ihr auch Geschichten von den anderen Familien erzählt. Ende des sechzehnten Jahrhunderts nutzten die vier Anwaltskammern die Temple Church und das umliegende Gelände und investierten darin. Als Juristen kannten sie den Wert eines guten Vertrags und wollten ihre Position nach dem Niedergang der Tempelritter, die tief unter der Kirche begraben waren, schützen. Sie baten König James um eine Urkunde, die ihnen die dauerhafte Nutzung des Tempels garantierte, und König James, der gegen juristische Überredungskünste ebenso wenig gefeit war wie jeder andere, stimmte zu. Zum Dank schenkten sie ihm einen goldenen Pokal, der Jahre später während der Amtszeit des bankrotten Charles I. verlorenging. Nicht in den Geschichtsbüchern stand allerdings, dass die Silvers von ihren Reisen in die Neue Welt mit einem großen Vorrat an Gold und Silber und der unheimlichen Fähigkeit, andere von ihrem Standpunkt zu überzeugen, zurückgekehrt war. Sie fanden in den Anwaltskammern ihr perfektes Umfeld und schlossen sich schnell der Branche an. Niemand wusste, wie es geschehen war, aber fünf Jahre nachdem die ursprüngliche Urkunde von König James erlassen worden war, fügten die Silvers ihr einen Zusatz hinzu: Sie durften die Kirche dauerhaft nutzen und erhielten eine Sondergenehmigung für den Bau einer Familiengruft unter dem Altarraum. Und dort, eingebettet zwischen den pausbäckigen Chorknaben über der Erde und den Knochen der Tempelritter tief darunter, hatte die Familie seither ihre bedeutendsten Vorfahren begraben.

„Die meisten Menschen wissen allerdings nicht", hatte Henry erklärt, „dass den Silvers der goldene Pokal gefiel, den die Anwaltskammern als Geschenk gegeben hatten. Im Rahmen dieser Urkundenänderung fertigen sie deshalb einen silbernen Pokal an. Aber da sie die Silvers waren, schenkten sie ihn König James nicht einfach so, nur damit er unter den königlichen Schmuckstücken verschwand. Sie veranstalteten eine große Zeremonie, bei der der König und das Oberhaupt der Silvers Wein aus dem Pokal tranken, um ihre gegenseitige Treue zu bekunden. Dann überzeugten sie James davon, dass der Pokal in der Familiengruft der Silvers bleiben sollte, als Zeichen ihrer Treue zur Krone. Das bedeutete natürlich, dass er nach James' Tod in Vergessenheit geriet und die Silvers hatten ein Geschenk gemacht, ohne es wirklich herzugeben."

Lydia wollte aber nicht ihr eigenes Wissen teilen,

sondern lieber Neues erfahren. „Ich weiß, dass die Kammern die Kirche für ihre Arbeit genutzt haben."

Pauls Gesichtsausdruck war ernst geworden. Er stellte sein Glas ab und faltete die Hände. Hätte Lydia es mit jemand anderem zu tun gehabt, hätte sie gesagt, dass er plötzlich nervös wirkte.

„Ich will nicht mehr über die Silvers reden."

„Okay."

Er neigte den Kopf. „Es gibt einen anderen Weg, unsere Familien zu vereinen. Eine Abkürzung."

„Ach ja?" Der Whisky war wirklich gut und Lydia leerte ihr Glas und schenkte ein weiteres ein. Sie hatte dieses Brennen in der Kehle vermisst. Das Gefühl von Wärme und Geborgenheit. Sie hatte schon immer viel vertragen und schien nie betrunken zu werden, aber vier oder fünf Drinks hatten die angenehme Wirkung, dass sie das Summen in ihrem Geist und Körper dämpften. Ein Summen, das sie kaum wahrnahm, bis die Lautstärke heruntergedreht wurde und sich ein wenig Ruhe einstellte.

„Wir sollten ein Paar werden."

Lydia schaffte es gerade noch, sich nicht an ihrem Whisky zu verschlucken. „Was?"

„Du hast es gehört", sagte Paul ruhig. „Und tu nicht so, als wärst du überrascht."

„Ich glaube nicht, dass ... Ich bin mit Fleet zusammen. Das weißt du." Dazu gäbe es noch sehr viel zu sagen, aber sich auf ihre bestehende Beziehung zu berufen, schien die höflichste Option zu sein.

Paul zuckte mit den Schultern. „Ihr seid ja nicht verheiratet. Und er ist ein Bulle."

„Das weiß ich", sagte Lydia trocken.

Er beugte sich nach vorn und legte die Hände auf den Tisch. Lydia spürte die steigende animalische Anziehungskraft und die damit einhergehende Spannung in ihrer Magengrube. Sie fragte sich, ob er die Wirkung bewusst kontrollieren konnte, so wie sie ihre Crow-Magie. Charlie hatte geglaubt, dass die Crows die stärkste der Familien waren und als Einzige in der Lage waren, ihre Kräfte zu kultivieren und zu nutzen. Er war der Meinung gewesen, dass die anderen Familien geschwächt und ihre Kräfte im Laufe der Jahrzehnte verblasst waren. Aber vielleicht hatte er sich geirrt.

„Ich will dich. Ich weiß, dass du mich willst. Meine Loyalität habe ich bewiesen. Was gibt es also noch zu besprechen?"

„Ist das dein Ernst?"

„Dein DCI kommt aus einer anderen Welt. Du weißt, dass es nicht klappen wird."

„Du hast kein Recht, dich zu meiner Beziehung zu äußern." Lydia lehnte sich in ihrem Stuhl zurück, um Abstand zu ihm zu gewinnen.

„Ich finde schon. Ich kenne dich."

„Du kanntest mich einmal. Vor langer Zeit."

„So lang ist das nicht her. Du kannst ihm nicht vertrauen. Und ich will nicht, dass du verletzt wirst."

„Wie komisch, er sagt genau das Gleiche über dich."

KAPITEL ZWÖLF

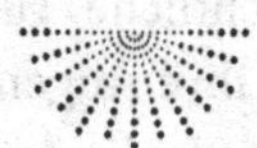

Lydia hasste das Gefühl, nach der Pfeife der Familie zu tanzen, aber eine Einigung mit Mark Kendal schien der schnellste Weg zu sein, um John und damit auch den Rest der alten Garde zu besänftigen. Sie hatte stets gedacht, dass man sich an der Spitze keine Gedanken darüber machen musste, was die Leute unter einem dachten oder fühlten, aber das war offenbar nicht der Fall. Und wenn sie keine Revolte erleben wollte, musste sie an ihren diplomatischen Fähigkeiten arbeiten.

Sie betrat Marks Handyladen und über der Tür ertönte ein lautes Klingeln. Die Regale an den Wänden waren mit Handyhüllen gefüllt und hinter der Kasse befand sich eine mit einem Metallgitter gesicherte Vitrine, in der die teuren Artikel - iPhones und Laptops - diebstahlsicher auslagen. Sie hatte erwartet, Mark hinter dem Tresen zu finden, doch er war nirgends zu sehen.

„Hallo?" Lydia sah sich ein zweites Mal um, nur um sicherzugehen, aber der Laden war nicht groß genug, als dass sich dort hätte jemand verstecken können. Die Kasse war ebenfalls eine Vitrine, diesmal ohne Gitter, voller Handyschachteln und Bling-Bling-Zeug. Ein buntes LED-

Schild prangte darüber und ein Tischventilator drehte sich im Halbkreis, sodass die aufgehängten Handyhüllen im Luftzug baumelten. Sie wartete eine weitere Minute, doch Mark tauchte weder hinter dem Tresen auf noch kam er mit einem Kaffee zum Mitnehmen durch die Eingangstür herein.

Es gab keine offensichtliche Tür zu einem Hinterzimmer, aber nachdem sich ihre Augen an das bunte Geblinke gewöhnt hatten, entdeckte Lydia in der Ecke einen Ausgang. Wie an der Wand prangten daran Aussteller für Handyhüllen, sodass er fast unsichtbar war. Auf halber Höhe befand sich eine Griffmulde und Lydia zog daran in der Erwartung, dass die Tür verschlossen sei. Sie öffnete sich schneller als gedacht und einige Hüllen fielen zu Boden. Über das Durcheinander hinweg betrat Lydia einen mit Pappkartons vollgestellten Raum. Sie musste sich durch turmhohe Stapel quetschen, die mit Apple, Samsung und anderen Marken beschriftet waren. „Mr. Kendal?"

Die Kisten wackelten gefährlich, als sie sich bewegte. Der Typ sollte sein Lager aufräumen, in puncto Arbeitssicherheit war das ein Albtraum. Als sie um eine Ecke bog, hielt Lydia inne. Mark Kendal lag auf dem Boden in einer Lache aus dunklem, klebrigem Blut. Sein Kopf war auf einer Seite so gründlich und tief eingeschlagen, dass ein gelbliches Etwas im Blut schwamm. Gehirn, dachte Lydia. Wahrscheinlich ein Teil von Marks Gehirn.

Galle stieg ihr hoch und sie wandte sich ab, um ein paar Mal durchzuatmen. Sie unterdrückte den Drang, den fauligen Geschmack auf den Boden zu spucken – schließlich war das hier ein Tatort -, und griff stattdessen nach einem Taschentuch. Sie zog sich Gummihandschuhe an und näherte sich der Leiche, vorsichtig, um nicht in das Blut zu treten. Er war definitiv tot, doch sie wollte trotzdem nach einem Puls fühlen. Mark Kendals Hals war kalt und als sie darauf drückte, fühlte sich das Fleisch seltsam an. Sie war keine Pathologin, aber er war bestimmt schon eine Weile tot.

Lydia richtete sich auf und dachte nach. Sie hatte ihr Handy in der Hand und wusste, dass sie die Polizei anrufen sollte. Stattdessen machte sie Fotos vom Tatort und arbeitete systematisch um die Leiche herum. Der Brechreiz verging zum Glück, kaum dass sie mit der Analyse begann. Die Verletzung befand sich an der Schädelseite, nicht am Hinterkopf. Das schloss zwar nicht aus, dass ihn jemand von hinten überrascht hatte, aber es machte es weniger wahrscheinlich. Für Lydias ungeschultes Auge sah es wie ein einzelner, kräftiger Schlag aus. Der Mörder war entweder verdammt stark oder hatte etwas sehr Schweres benutzt. Lydia schaute sich um und überlegte, ob eine größere Person in dem Kämmerchen überhaupt genug Platz gehabt hätte, um ordentlich auszuholen. Als Nächstes versuchte sie einzuschätzen, ob die Tat hier passiert oder ob die Leiche bewegt worden war. Das Blut breitete sich vom Kopf aus und sie fand keine Schleifspuren.

Sie ging in die Hocke und tastete den Körper ab, wobei sie die Taschen überprüfte und die Hände auf Abwehrspuren untersuchte. Sie wiesen keine Verletzungen auf und obwohl die Fingernägel verdreckt waren, sah es eher nach Alltagsschmutz als nach Blut aus. Marks Brieftasche befand sich in seiner vorderen Jeanstasche und enthielt ein paar Kreditkarten, einen Organspendeausweis und über hundert Euro in bar. Hinter dem Spenderausweis steckte ein zusammengefalteter Geldschein. Eine Zehn-Shilling-Note, eine, wie sie sie in Charlies Schlafzimmer gefunden hatte. Sie war weich und ziemlich zerknittert, offensichtlich war sie mehrfach gefaltet und zusammengelegt worden. Instinktiv steckte Lydia den Schein ein und legte den Rest zurück. Mark lag mit dem Gesicht nach unten auf dem Boden und Lydia schob seine Brieftasche in die Gesäßtasche seiner Jeans, um nicht noch einmal darunter greifen zu müssen. Einmal war schon schlimm genug gewesen.

Lydia trat vorsichtig aus dem Hinterzimmer, doch der Laden war immer noch menschenleer. Sie schloss die Tür und wischte sie mit ihrem Ärmel ab. Eine Überwachungskamera war auf die Kasse gerichtet, aber beim genaueren Hinsehen erkannte Lydia, dass sie mit schwarzer Farbe besprüht worden war. Wer auch immer zuerst hier gewesen war, hatte sie bereits ausgeschaltet. Es gab keine Hintertür aus dem Laden, also blieb Lydia keine andere Möglichkeit, als vorne auf die Straße zu treten. Sie beeilte sich und hoffte, dass niemand ihr Beachtung schenkte.

In der einen Hand spürte sie ihre Münze, fest und beruhigend, und in der anderen hielt sie ihr Handy. Ihr erster Instinkt sagte ihr, Fleet anzurufen, aber ihr zweiter und dritter waren bereits zur Stelle. Mark hatte sie um Hilfe gebeten und jetzt war er tot. Es hatte etwas mit ihrer Familie zu tun. Ihre oberste Pflicht war es, diese zu beschützen. Außerdem konnte sie Mark nicht mehr helfen. Was würde Charlie in dieser Situation tun?

Lydia schob diesen wenig hilfreichen Gedanken beiseite und lief so schnell wie möglich durch Camberwell, ohne dabei zu rennen.

Zurück im Fork ging Lydia sofort nach oben, um Jason zu suchen, doch die Wohnung war leer. Sie setzte sich für ein paar Minuten auf sein Bett und hoffte, dass er durch ihre Anwesenheit auftauchen würde, das Zimmer blieb jedoch leer. Sie wollte immer noch mit Fleet sprechen, aber vorher brauchte sie die Hilfe der Familie. Sie rief Aiden an.

Er musste in der Nähe gewesen sein, denn er tauchte zehn Minuten später auf. Er trug eine glänzende Jogginghose und einen Kapuzenpulli, sein Haar war feucht vom Schweiß. „Entschuldige", sagte er und zeigte an sich hinunter. „Fußball."

Es hatte etwas für sich, wenn sie nur mit den Fingern schnippen musste und ihre Leute alles stehen und liegen ließen. Draußen auf der Terrasse, bei eingeschaltetem Radio, erklärte ihm Lydia die Situation.

„Wir müssen dort aufräumen", sagte Aiden.

„Ich habe alles abgewischt", entgegnete Lydia. „Und die Kamera war außer Gefecht."

„Die Leiche ist aber noch dort."

„Ist das wichtig?" Lydia dachte nach. Die Crows waren es nicht gewesen und sie hatte keine Beweise hinterlassen, also konnte die Polizei übernehmen. Das war gut so.

Aiden sah sie stirnrunzelnd an. „Du hast ihn wirklich nur gefunden?"

Da machte es Klick. Aiden hielt „ihn gefunden" für Schönfärberei. „Ja! Natürlich. Warum sollte ich ihm etwas antun?"

„Es steht mir nicht zu, darüber zu spekulieren", sagte er.

„Hätte ich … hätten wir eine Möglichkeit, aufzuräumen?"

„Ja." Aiden musste etwas an ihrem Gesichtsausdruck erkannt haben, denn er fügte hinzu: „Nur für den Notfall."

Lydia ging auf der Terrasse umher und dachte nach. Nachdem sie alle Aspekte durchgegangen war, wurde ihr etwas Wichtiges klar. „Wir sollten auf jeden Fall aufräumen."

„Du hast recht." Aiden hatte sein Telefon schon in der Hand. „Ich spreche mit John."

„Onkel John?", fragte Lydia verblüfft.

„Ja, ein Freund von ihm hat einen Kumpel. An den wenden wir uns." Er hielt inne. „Darf ich fragen, warum? Ich meine, wenn wir es nicht waren?"

„Ich war es nicht", sagte Lydia. „Aber das heißt nicht, dass wir es nicht waren. Ich habe keine Ahnung, was diese

Familie macht. Ich weiß nicht einmal, ob du mir die Hälfte der Zeit die Wahrheit sagst."

Aiden öffnete seinen Mund.

„Nimm es nicht persönlich", sagte Lydia. „Ich bin kein Freund von Gruppenkuscheln, ich fasse nur langsam Vertrauen. Darüber hinaus gefällt mir das Meiste, was ich in den letzten Monaten herausgefunden habe, nicht. Das heißt, ich warte eigentlich immer auf die nächste böse Überraschung."

„Es kann niemand von uns gewesen sein", erklärte Aiden. „Es sei denn, du hättest es angeordnet."

Er klang überzeugt, aber er war sehr jung und ein typischer Mitläufer. Lydia glaubte nicht, dass jeder einzelne Crow mit der Loyalität und Ergebenheit handelte, an der Aiden offenbar festhielt. Und es bestand eine beunruhigendere Möglichkeit. „Okay, nehmen wir an, es war ein Außenstehender. Dann haben wir ein Problem. Jemand hat einen lokalen Unternehmer mit Beziehungen zu uns ermordet. Jemanden von Bedeutung, der unter unserem Schutz stand. Das kann nicht sein."

„Genau." Aiden nickte eifrig. „Das werden uns diese Bastarde büßen ..."

Lydia hielt eine Hand hoch und er verstummte. „Es sind im Grunde zwei Probleme. Erstens ..." Sie streckte einen Finger aus. „Nachdem in der Familie ohnehin schon gemunkelt wird, dass ich keine würdige Anführerin bin, wird das hier nicht dazu beitragen, meine Position zu stärken. Er war zwar kein Crow, aber angeblich stand er unter unserem Schutz. Das wird die Familie nervös machen. Und zweitens ..." Sie hielt einen weiteren Finger hoch. „Wenn dies ein geplanter Angriff von außen war, müssen wir davon ausgehen, dass die Täter auf eine Reaktion warten."

„Und die werden sie kriegen", sagte Aiden. „Sie werden sehen, dass sie nicht mit uns ..."

„Nein", unterbrach Lydia ihn. „Wenn wir aufräumen und

das Gerücht verbreiten, dass Mr. Kendal in Urlaub gefahren ist, gewinnen wir etwas Zeit, um herauszufinden, mit wem wir es zu tun haben. Und wir verwehren den Tätern die sofortige Befriedigung. Wenn sie zuschauen und auf meine öffentliche Blamage hoffen, werden sie enttäuscht sein. Und das könnte sie dazu bringen, einen Fehler zu machen.“

„Sollten wir es ihnen nicht sofort zurückzahlen? Um zu zeigen, dass man sich nicht mit uns anlegen sollte?“

„Das ist genau die Reaktion, auf die sie warten. Es muss so sein, außer es war ein zufälliger Raubüberfall, der schief gelaufen ist. Von jemandem, der nicht aus der Stadt oder total dämlich ist. Und danach sah es nicht aus.“

„Du glaubst, sie rufen einfach an und gestehen alles?“

„Menschen sind grundsätzlich ungeduldig. Um zu gewinnen, muss man oft nur bereit sein, länger zu warten als die Gegenseite.“ Lydia war sehr gut im Warten. Das war die erste Lektion, die man als Privatermittlerin lernte.

„Wenn sie eine Reaktion wollen und keine bekommen, werden sie es dann nicht mit etwas anderem versuchen?“

Lydia lächelte. „Darauf zähle ich.“

„Wir haben ein Problem“, sagte Aiden und setzte sich Lydia gegenüber.

„Das wird langsam zur Gewohnheit“, sagte Lydia. „Wir müssen vorsichtiger sein.“

„Der Reinigungsdienst konnte seine Arbeit nicht verrichten. Es waren Gäste anwesend.“

„Die Polizei?“

Aiden nickte.

„Das war’s dann wohl.“ Lydia lehnte sich zurück. „Vielleicht ist es so am besten.“ Wahrscheinlich sollte sie die Lügen und die Straftaten auf ein Minimum beschränken. Vor allem, wenn ihr Freund DCI bei der Metropolitan

Police war. Das war ein seltsamer Gedanke. Fleet und Freund im selben Satz.

Aiden zappelte herum und rieb sich die Bartstoppeln an seinem Kinn.

„Spuck's aus."

„Wir dürfen nicht schwach aussehen."

„Du meinst, *ich* darf nicht schwach aussehen."

Aiden schluckte. „Ich habe deine Befehle ausgeführt. Du weißt, dass ich loyal bin, ich denke nur ..."

„Das ist nicht deine Aufgabe", sagte Lydia. „Überlass das Denken mir. Wo wir gerade dabei sind: Wir sollten einen Spaziergang machen."

Draußen wartete Lydia, bis sie auf einer Bank im Brunswick Park Platz genommen hatten, bevor sie das Gespräch fortsetzte. Sie war wahrscheinlich paranoid, aber sie wurde das Gefühl nicht los, dass Mr. Smith sie immer noch beobachtete und darauf hoffte, ein neues Druckmittel zu finden. Sie war ihm auf ewig dankbar für die Heilung ihres Vaters, aber das bedeutete nicht, dass sie sich ihm erneut an den Hals werfen wollte. Besonders jetzt nicht, wo sie ihrer Familie echten Schaden zufügen konnte. Sie wusste zu viel, um erwischt zu werden, und das war ein ernüchternder Gedanke.

Auch Aiden sah verängstigt aus. Er rieb sich an seinem Ziegenbart und setzte seine Kappe immer wieder auf und ab, als könne er sich nicht entscheiden, ob er sie aufsetzen wollte. Zum dritten Mal wanderte seine Hand zu ihr. „Wenn du mich noch einmal anfasst, verbrenne ich sie", sagte Lydia, woraufhin er seine Hand wegzog.

Sie wartete, bis ein Pärchen mit fettigen Tüten aus einem Fastfood-Restaurant vorbeigegangen war und wandte sich dann an Aiden. „Ich habe dich gefragt, warum Mark Kendal so wichtig ist."

Aiden sah zu Boden. „Ich habe es dir gesagt."

„Du sagtest, er liefert Wegwerfhandys. Aber ich habe das

hier gefunden." Lydia holte den Zehn-Shilling-Schein hervor und hielt ihn Aiden vor die Nase. Sie wollte sehen, wie lange er durchhalten würde.

„Altes Geld. Das ist komisch."

„Ja", sagte Lydia und legte es auf die Bank zwischen ihnen, wobei sie einen Finger auf das Papier drückte, damit es nicht weggeweht wurde. „Hast du so einen schon mal gesehen?"

„Nein", sagte Aiden und sein Blick glitt nach links. „Warum sollte er so etwas bei sich haben? Vielleicht hat er sich für Geschichte interessiert."

Lydia schob den Zettel über die Bank zu Aiden. „Heb ihn auf."

„Nein!" Aidens Reaktion war entschieden und laut. Er wirkt erschrocken. „Es tut mir leid. Bitte nicht."

Lydia runzelte die Stirn. „Was nicht? Ich soll dir keinen alten Geldschein geben? Erklär mir, was beim Gefieder hier los ist. Und zwar sofort. Ich habe eine Rolle davon in Charlies Haus gefunden."

Aidens Schultern sackten zusammen. „Sie sind wie ein schwarzes Mal."

„Ich kann dir nicht folgen."

„Du weißt schon, wenn Piraten verflucht sind, kriegen sie ein schwarzes Mal auf ihrer Handfläche. Es bedeutet, dass sie für den Tod gezeichnet sind. Oder wenn du in das Gesicht des Nachtraben schaust, bedeutet das, dass du sterben wirst. Vielleicht nicht sofort, aber du bist markiert. Es gibt kein Entkommen."

„Hat Charlie damit Leute markiert?"

Aiden blinzelte langsam. Er sah müde aus, doch anstatt älter wirkte er dabei nur noch kindlicher als sonst. Lydia spürte einen Anflug von Mitleid. Aber sie konnte nicht lockerlassen. „Ich warte, Aiden."

Er nickte. Resigniert. „Nehmen wir an, jemand hat sich mit ihm angelegt. Etwas getan, das gegen die Familie gerichtet war. Oder gegen Charlie. Dieser Jemand würde sich mit ihm treffen und ihm die Sache erklären. Wenn er später nach Hause kam, würde er den Schein in seinen Taschen finden. Dann wüsste er, dass er keinen Erfolg gehabt hat.“

„Und das war's? Ein bisschen Theater, damit die Leute wissen, dass er vorbeikommt und sie im Schlaf erschießt?“ Lydia wurde wütend auf Charlie und das war eine Erleichterung. Die Schuldgefühle, weil sie ihn an Mr. Smith ausgeliefert hatte, waren immer noch da und sie sehnte sich nach einer Bestätigung, dass sie das Richtige getan hatte.

„Meistens“, sagte Aiden und starrte auf den Schein, als wollte dieser sich auf ihn stürzen wie ein bissiger Hund. „Wenn er einen Abriss anordnete, hinterließ er eine Nachricht. Nicht immer, aber wenn er eine Botschaft senden wollte.“

„Einen Abriss?“

„Sanierung für kleinere Aufträge, Abriss für endgültige.“

„Verstehe.“ Gangsterbosse und ihr Slang. „Warum ein Zehn-Shilling-Schein?“

„Charlie hat oft im Scherz gesagt, die Crows hätten immer Münzen benutzt, aber dass die Inflation zugeschlagen hätte.“ Aiden zuckte mit den Schultern. „Ich weiß es nicht. Er hat mir nicht alles erzählt.“

Nun, das war wohl wahr.

KAPITEL DREIZEHN

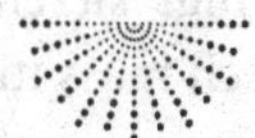

Als Lydia an diesem Abend in seine Wohnung kam, war Fleet schlecht drauf. Sie holte zwei Bierflaschen aus dem Kühlschrank und reichte ihm eine. „Mieser Tag?"

Er stellte das Getränk auf den Tresen und verschränkte die Arme. Kein gutes Zeichen.

„Wann wolltest du es mir sagen?"

„Was denn?"

Fleet atmete tief durch, als ob er versuchen würde, sich zu beherrschen. „Camberwell ist mein Revier. Dachtest du, ich würde es nicht herausfinden?"

„Gib mir einen Tipp." Lydia spielte auf Zeit.

Er steckte die Hände in die Taschen und bedachte Lydia mit einem Blick, der den Lack von einem Auto lösen könnte.

„Geht es um Mark Kendal?"

„Ich bin bei der Arbeit ohnehin auf Bewährung. Hättest du mich nicht vorwarnen können?"

„Ich habe es vorhin erst erfahren", antwortete Lydia. „Wie kommst du darauf, dass ich vor dir Bescheid wusste?

Und was meinst du mit Bewährung? Du bist doch gerade erst befördert worden."

Fleet antwortete nicht. Er sah immer noch frustriert aus, aber da war auch eine gewisse Müdigkeit, als hätte er keine Lust, seine Wut zurückzuhalten. „Nicht wirklich. Es war ein Schritt zur Seite", sagte er schließlich. „Die Art von Beförderung, die mich in Meetings sitzen lässt und mich hinter einem Schreibtisch hält. Ich muss mich benehmen und mich bei den Chefs einschleimen, sonst kriege ich nie wieder einen anständigen Fall."

Lydia war fassungslos. „Aber warum? Du bist fantastisch in deinem Job."

Ein kurzes Lächeln entwich ihm. „Danke. Aber ich stehe momentan auf der Abschussliste meiner Chefin. Oder ihres Bosses. Oder von beiden. Ist schon gut, das legt sich wieder. Ich sitze meine Zeit ab, bis sie es vergessen haben, mich an der kurzen Leine zu halten, oder etwas anderes sie ablenkt. Aber in der Zwischenzeit wäre es schön, halbwegs kompetent auszusehen."

„Es ist meinetwegen, nicht wahr?"

Fleets Schultern senkten sich ein wenig. „Es wird alles gut. Mach dir keine Gedanken."

„Du solltest ihnen sagen, dass es zwischen uns vorbei ist. Wir können die Sache wieder geheim halten." Lydia versuchte ein Lächeln. „Wie in alten Zeiten. Die antörnende Heimlichkeit."

„Versuch nicht, mich abzulenken, ich verhöre dich."

„Ach ja?" Lydia stemmte die Hände in die Hüften. „Und wie kommst du voran?"

Fleet seufzte. „So schlecht wie immer." Er hielt inne. „Gibt es etwas, das ich wissen sollte?"

Lydia riss die Augen auf. „Über Mark Kendal? Davon weiß ich nichts. Ich habe es gerade erst von Aiden erfahren."

„Faszinierend", sagte Fleet und versuchte, nicht mehr zu lächeln. „Und woher wusste Aiden davon?"

„Es ist sein Job, mich über die Vorgänge im Viertel auf dem Laufenden zu halten. Ich frage nicht nach seinen Methoden", sagte Lydia hochnäsig. „Willst du mit ihm sprechen?"

Fleet sah sie noch einen Moment lang an, bevor er dankend den Kopf schüttelte. „Hat er dir erzählt, wie Mr. Kendal gestorben ist?"

„Nein." Lydia bemühte sich um eine neutrale Miene. „Ich habe angenommen, dass ein Einbruch schiefgelaufen ist."

„Er wurde mit einem schweren Gegenstand niedergeschlagen. Sein Schädel wurde auf der rechten Seite vollständig eingeschlagen."

„Oh." Lydias Mund wurde trocken. Sofort konnte sie das Blut riechen und die freiliegende Hirnmasse in seinem Haar sehen.

„Es wurde nichts gestohlen. Und der Tatort sah sauber aus, aber die Spurensicherung ist immer noch da. Wenn etwas dort war, werden wir es finden."

Fleet sah sie eindringlich an. Er machte eine Pause und Lydia wusste, dass er darauf wartete, dass sie das Schweigen brach. „Natürlich werdet ihr das", sagte sie beruhigend. Es war ihr immer so leichtgefallen, Fleet Details vorzuenthalten - im Grunde jedem aus ihrem Umfeld. Dieses Mal war es anders. Ihr Magen verkrampfte sich, aber sie unterdrückte den Drang, ihm die Wahrheit zu sagen. „Wollen wir essen?"

LYDIA ERWACHTE, weil Fleet schrie. Seine Stimme war heiser, als hätte er nicht nur Sekunden, sondern stundenlang geschrien. Das Licht drang durch die dicken Verdunkelungsvorhänge und sie erkannte, dass bereits Morgen war. Bald würde der Wecker klingeln. Er hatte einen Albtraum, das war klar, aber Lydia zögerte. Aus seinem starren Körper strömte mehr als bloße Angst. Licht. Oder etwas, das ihr

Gehirn als Licht interpretierte. Das seltsame Schimmern, das sie bei Fleet wahrgenommen hatte. Das Schimmern, das ihr sagte, dass ein Vorfahre, weit zurück in der Vergangenheit, eine Macht besessen hatte, die sie jedoch nicht identifizieren konnte. Es hatte sich von einem Schimmern zu einem Glühen entwickelt. Nein, sie hatte es schon einmal glühen gesehen. Nun war es ein Strahlen.

Lydia wusste nicht, was sie tun sollte. Der Schweiß lief in Strömen über Fleets Gesicht und er krümmte seinen Körper. Sehnen traten in seinem Nacken hervor, als er sich gegen eine unsichtbare Kraft stemmte. Sie rief seinen Namen, schüttelte ihn an der Schulter und kniff ihm verzweifelt ins Ohr. Fest. Als ihn das alles nicht aufweckte und er immer noch heiser schrie, wobei sich die verstümmelten Laute zu einem einzigen Wort - „Nein" - verbanden, griff sie nach dem halbvollen Wasserglas auf ihrer Bettseite und schüttete es ihm ins Gesicht.

Es klappte nicht sofort, aber bald darauf wurden Fleets Schreie leiser und er kam zu Bewusstsein. Er konzentrierte sich mit einiger Mühe auf sie, schluckte schwer, rieb sich mit beiden Händen das Gesicht und sah dann darauf. „Ich bin nass."

„Meine Schuld", sagte Lydia. „Entschuldigung. Geht es dir gut?"

„Nur ein Albtraum." Fleet lächelte nicht oft, doch wenn er es tat, war es, als würde die Sonne aufgehen. Das Lächeln, das er jetzt aufsetzte, war schmal und unaufrichtig. Es sollte Lydia beruhigen, aber das Einzige, was es auslöste, waren Bauchschmerzen.

„Das war kein Albtraum", sagte sie.

Fleet stand auf. „Ich gehe mich duschen."

„Was ist passiert?" Sie sprach zu seinem Rücken. „Das ist doch nicht das erste Mal, oder?"

„Mach dir keine Sorgen." Fleet drehte sich nicht um, sondern ging ins Bad und schloss die Tür.

Lydia zog sich an und überlegte, ob sie das Bett abziehen sollte. Doch sie hatte keine Lust, plötzlich mit Hausarbeit anzufangen und damit womöglich einen Präzedenzfall zu schaffen, und hantierte an Fleets teurer Kaffeemaschine herum, bis sie das gute Zeug ausspuckte.

Fleet ließ sich lang Zeit und Lydia überlegte bereits, ob sie die Tür aufbrechen und nach ihm sehen sollte, als das Wasser abgestellt wurde. Sie setzte sich auf das Sofa, nippte an ihrem Kaffee und ließ ihm seinen Freiraum. Sie wollte es nicht zugeben, aber irgendwie hatte sie Angst. Fleet konnte normalerweise nichts erschüttern.

Er kam in Anzug und Krawatte aus dem Schlafzimmer. „Ich muss los", sagte er, küsste sie auf den Kopf und nahm ihre Tasse, um einen Schluck Kaffee zu trinken.

„Wir sollten reden", entgegnete Lydia.

„Schon gut", antwortete Fleet, zog seinen Mantel an und tastete in den Taschen nach seinen Schlüsseln.

Lydia bekam jetzt eine Ahnung davon, wie nervig es war, mit ihr zusammen zu sein. Auszuweichen und zu behaupten, es sei alles in Ordnung, wenn es das offensichtlich nicht war, war kontraproduktiv. Sie stand auf und ging zu Fleet, legte ihre Hand auf seine Brust und streckte ihre Crow-Sinne aus. Das ganze Training hatte sich ausgezahlt, sie nahm eine Reihe von Eindrücken wahr.

„Nicht", sagte Fleet und trat einen Schritt zurück.

„Du kannst es spüren", erwiderte Lydia. „Etwas verändert sich. Weißt du, dass ich den Menschen offenbar Kraft verleihe? Menschen wie mir. Ich glaube ..."

„Nicht", wiederholte Fleet mit steinerner Miene. „Ich muss gehen."

LYDIA HATTE SCHON OFT DARÜBER NACHGEDACHT, dass es nirgendwo auf der Welt so viele Pubs wie in London gab. Sie hatte mehrere Favoriten. Keiner von ihnen war prätentiös, obwohl einer in diese Richtung tendierte und sich lediglich durch seine unglaublichen, doppelt frittierten Pommes frites und seine bequemen Sitze auf der Liste hielt. Dieser Pub entsprach jedoch so überhaupt nicht Lydias Vorlieben.

Der Linoleumboden war zerkratzt und stellenweise verbrannt, die ursprüngliche Farbe war durch den vielen Schmutz nicht mehr zu erkennen. Einige Gästen saßen an ihrem Platz allein und tranken mit der grimmigen Entschlossenheit eines Alkoholikers im Endstadium, während eine kleine Gruppe alter Männer bei einem Dominospiel die Zähne bleckte. Auf einem Tisch standen halbvolle Gläser mit Bier und Whisky, aber niemand setzte sich. Eine Zigarette brannte einsam und verlassen in einem Aschenbecher. Hier scherte man sich nicht um das Rauchverbot in Gaststätten.

Die Frau hinter der Bar war sehr dünn, übertrieben braungebrannt und trug einen aufgetürmten Berg Platinlocken auf dem Kopf. Sie nahm einen letzten Zug von ihrer Zigarette und steckte sie dann in eine Tasse mit der Aufschrift *Oma ist die Beste*. Sie war eindeutig schon öfter für diesen Zweck benutzt worden. „Du bist hier nicht willkommen, Crow."

„Sei nicht unhöflich", entgegnete Lydia und ließ ihre Münze in der Luft kreisen. „Ich bin auf der Suche nach Jimmy."

„Er ist nicht hier", sagte die Frau und schielte auf die Münze, die sich wenige Zentimeter vor ihrem Gesicht drehte.

„Wann hast du ihn zuletzt gesehen?"

„Heute Morgen ..." Sie brach ab. „Keine Ahnung."

„Gibt es hier ein Hinterzimmer?"

„Ja. Warte ... Was?" Die Augen der Frau waren glasig.

Lydia hörte das Scharren eines Stuhls und wusste, dass mindestens einer der Trinker vorhatte, sich einzumischen.

Sie sprach, ohne sich umzuschauen, und erhob ihre Stimme nur ein wenig. „Das würde ich an deiner Stelle nicht tun."

Sie steckte ihre Münze ein und schenkte der Frau ein breites Lächeln. „Danke für deine Hilfe. Hier entlang?" Lydia ging auf die Tür zu, die sie entdeckt hatte, und ignorierte die Bewegung zu ihrer Rechten. Niemand wäre so dumm, das Oberhaupt der Crows in dieser heruntergekommenen Spelunke zu verprügeln. Und wenn sie das aus voller Überzeugung glaubte, war es vielleicht auch so.

Lydia schaffte es ohne Zwischenfälle ins Hinterzimmer, das sowohl von der Zeit als auch von der Hoffnung vergessen worden war. Nikotinverschmierte Wände, wahllos positionierte Möbel und ein Fernseher an der Seite, auf dem Sport lief. Der Raum wurde von einem Billardtisch und drei Männern mit rasierten Schädeln und Tattoos dominiert. Zwei waren mitten in einem Spiel und der dritte saß in der Ecke, die Füße auf einen Stuhl gelegt.

Ein Billardspieler beäugte Lydia mit einem Blick, der vermuten ließ, dass seine Gedankengänge irgendwo weit südlich seines Gehirns verliefen. „Hast du dich verlaufen, Kleine?"

Lydia ignorierte ihn und richtete ihre Aufmerksamkeit auf den Mann in der Ecke. Er hob seinen Blick und sah sie an und Lydia spürte einen Ruck. Nicht von der Macht der Familie, denn es war kein Pearl, Silver, Crow oder Fox hier, aber dennoch von Macht. Die Macht, die jemand an sich trug, wenn er der größte Bösewicht der Gruppe war und jeder das wusste. Die Macht, der klügste Mensch im Raum zu sein und derjenige mit der Vision. Der Mann, auf den sich alle verließen, der die Richtung vorgab und vorausging, bei einem Plan, einem großen Coup oder einem cleveren Manöver. Auf seine armselige Art und Weise war dieser Mann ein Anführer und Lydia konnte es spüren. Sie lächelte ihr Haifischlächeln. „Ich habe einen Vorschlag für dich, Jimmy."

Jimmy Brodie, auch bekannt als *Der Hammer*, legte seinen Kopf in den Nacken, als wollte er eine bessere Sicht haben. Seine Gefängnis-Tattoos am Hals und an den Händen waren über die Jahre grün verblasst und sein massiger Körper zeugte von dicken Muskeln, die nicht mehr ganz so stark beansprucht wurden wie früher. „Nur ein Geschäft", sagte Lydia. „Geld gegen einen Namen."

Sie wusste, dass der lüsterne Billardspieler sich hinter sie gestellt hatte, und war nicht überrascht, als er sprach. „Du kommst hier mit Bargeld rein? Du willst es wohl um jeden Preis loswerden."

„Ich werde gar nichts los", sagte Lydia und sah weiterhin den Anführer an. „Ich bin lediglich auf der Suche nach einer bestimmten Dienstleistung und zahle das Honorar dafür." Sie ging davon aus, dass wenn jemand einen Profi dafür bezahlt hatte, Mr. Kendal auszuschalten, es sich um jemanden handeln musste, der keine Verbindung zu einer der Familien hatte, oder zumindest um jemanden, der sich nicht für deren Politik interessierte. Ihr zweiter Gedanke war, dass es sich wahrscheinlich um einen Einheimischen handelte, der für den Anschlag bezahlt hatte, was bedeutete, dass er auch einen Killer aus der Gegend anheuerte. Für diese Art von Services fragten die Leute in der Regel nach Empfehlungen. So etwas googelte man nicht eben mal, sondern fragte sich vermutlich in der schäbigsten Kneipe des Viertels durch, die keiner der Familien gehörte. Lydia dachte, dass sie im Prinzip den gleichen Anbieter finden müsste, wenn sie sich auf dieselbe Suche machte. „Also, wenn ein Mädchen wie ich einen zuverlässigen Handwerker für eine bestimmte Arbeit sucht, zu wem sollte es gehen?"

Jimmy hatte seine Augen mittlerweile so weit zusammengekniffen, dass es aussah, als würde er durch Rauch spähen. Lydia wusste, dass er dadurch noch furchteinflößender aussehen wollte, aber es hatte den gegenteiligen

Effekt. Sie schenkte ihm ein freundliches Lächeln und legte ein wenig Crow in ihre Stimme. „Schnell, wenn es geht."

„Sanierung oder Abriss?" Jimmy wirkte überrascht, als hätte er nicht vorgehabt, zu antworten.

„Abriss", sagte Lydia. „Und ich habe wenig Zeit, also brauche ich jemanden, der kurzfristig verfügbar ist." Wer auch immer Mr. Kendal getötet hatte, war erst kürzlich in der Gegend gewesen, und Lydia hoffte, dass das die Auswahl an Profis weiter einschränkte.

Jimmy nickte bedächtig, seine Augen waren glasig. Lydia hörte, wie sich die Männer hinter ihr bewegten, und spürte, dass die Stimmung im Raum umschlug. Sie warteten auf Jimmys Signal und verstanden nicht, warum er es nicht gegeben hatte. Lydia fragte sich, ob sie noch lange warten würden. „Du hast Glück", sagte Jimmy nach einem weiteren Moment. „Er ist hier. Felix, sei nicht so schüchtern."

Lydia ließ Jimmy nicht aus den Augen, während einer der Billardspieler in ihr Blickfeld rückte. Es war nicht der anzügliche Typ, sondern der andere. Ein Mann, den Lydia als den ungefährlichsten im Raum eingestuft hatte, was nur beweist, dass man nie auslernt. Sein Bart war ordentlich getrimmt, nur etwas länger als Stoppeln, er hatte dunkle Haare und Augen. Wenn er nicht oft Urlaub in der Sonne machte, beherbergte sein Genpool mediterrane Vorfahren und seine schlanke Statur könnte auf Kampfsport hindeuten. Oder darauf, dass er auf Langstreckenwaffen angewiesen war.

„Ich kann dir helfen", sagte Felix. „Aber ich muss dich warnen, meine Preise sind hoch."

„Das sind sie wirklich." Jimmy schien die Kontrolle über das Gespräch nicht verlieren zu wollen.

Der lüsterne Mann lehnte jetzt an der Kante des Billardtisches und zog eine Zigarette aus einer Schachtel. Das Gefühl, dass sie gleich verprügelt werden würde oder Schlimmeres, hatte sich verflüchtigt und Lydia fragte sich, welches geheime Signal sie übersehen hatte. „Können wir unter vier Augen sprechen?"

Felix schaute instinktiv zu Jimmy und zuckte dann mit den Schultern. „Klar."

Er ging voraus durch einen kurzen Korridor, der nicht, wie Lydia gehofft hatte, zu einem Hinterhof an der guten, sauberen Luft von Camberwell führte, sondern zur Toilette. Mit einem Auftragskiller auf engstem Raum zu sprechen, war nicht das Leichtsinnigste, was Lydia je getan hatte, schaffte es aber mindestens in die Top Ten. Sie hielt sich dicht an der Tür und umklammerte die Münze in ihrer Hand, um sich zu stärken.

Felix warf einen Blick auf das dreckige Pissoir und rümpfte die Nase über den stechenden Geruch, bevor er Lydia ansah. „Ich weiß, wer du bist."

„Gut."

„Ich bin gern bereit, auszuhelfen, aber ich suche keine Festanstellung."

Lydia war überrascht. „Wurde dir das schon einmal angeboten?"

„Von deinem Vorgänger. Ihm gefiel die Vorstellung, volle Kontrolle über meinen Zeitplan zu haben."

Das klang nach Charlie. Lydia erschauderte, als ihr die ganze Tragweite der Information bewusst wurde. Charlie hatte genug Leichen beseitigt, um die Anstellung eines Auftragskillers zu rechtfertigen.

Sie schob den Gedanken beiseite und richtete sich auf. „Ich brauche etwas anderes. Einen Namen."

Felix' Miene verfinsterte sich. „Du weißt, dass das nicht geht."

„Ich gebe dir zuerst einen", sagte Lydia. „Mark Kendal."

Felix' Gesicht zuckte nicht einmal.

„Ich muss wissen, wer den Auftrag erteilt hat."

„Ich kenne diesen Namen nicht", sagte Felix. „Ich kann dir nicht helfen."

Lydia schnippte ihre Münze hoch in die Luft und ließ sie langsam kreisen. Felix beobachtete sie, scheinbar gegen seinen Willen. „Du hast Beweise am Tatort hinterlassen. Wenn du mir nicht sagst, wer den Auftrag erteilt hat, sorge ich dafür, dass die Polizei sie findet."

Felix lenkte seinen Blick von der Münze auf Lydias Gesicht. „Ich hinterlasse *nichts*." Er lächelte süffisant, seine Augen leuchteten vor Stolz.

Lydia legte mehr Crow-Magie hinter ihre Frage. „Wer hat dich angeheuert, Mark Kendal zu töten?"

Felix wollte nichts sagen, aber sie zog die Worte eines nach dem anderen aus ihm heraus. „Das ... war ... ich ... nicht."

Da war etwas. Etwas in den Pausen zwischen den Worten, die unwillkürlich über seine Lippen kamen. Er zog eine Grimasse, als ob er Schmerzen hätte, und Lydia wusste, dass er sich in dem Moment, in dem sie ihren Griff lockerte, auf sie stürzen, seine Hände um ihre Kehle legen und zudrücken würde.

„Wer dann? Gibt es einen anderen Dienstleister in der Stadt?"

Da lachte Felix. „Woher zum Teufel soll ich das wissen? Wir sind doch kein Club."

Er log. Nicht in Bezug auf den Club, sondern darauf, dass er es nicht wusste. Lydia hatte jedoch andere Sorgen, sie spürte, wie ihr die Macht über ihn entglitt.

Plötzlich ertönte ein elektronisches Piepen. Felix zog ein Telefon aus seiner Tasche und schaute stirnrunzelnd auf den Bildschirm.

Lydia war bereits auf dem Weg zur Tür und nutzte den Moment der Ablenkung, um zu verschwinden. Sie lief den kurzen Korridor hinunter und drückte den Riegel am Notausgang am Ende, wobei sie betete, dass er in eine Seitenstraße und nicht in eine Sackgasse führte. Erleichtert spürte sie, wie die Tür nachgab, und sie knallte sie hinter sich zu. Sie befand sich in einem Hinterhof voller alter Bierfässer, Mülltonnen, durchweichter Pappe und einer Ansammlung von Pint-Gläsern voller Zigarettenstummel. Er war von einer torlosen Mauer begrenzt, doch die hinteren Fenster waren zum Glück blind, zugemauert oder mit Sperrholz abgedeckt. Lydia zögerte nicht, kletterte auf ein Metallfass, hielt sich oben an der Mauer fest und zog sich mühsam hoch. Ihre Arme protestierten, aber das Adrenalin verlieh ihr Kraft und sie schaffte es, sich hochzuziehen. Sie hörte das Schlagen der Feuertür und eine wütende Männerstimme, dann sprang sie auf der anderen Seite hinunter und lief so weit und so schnell sie konnte.

KAPITEL VIERZEHN

Zurück in der Wohnung, saß Lydia an ihrem Schreibtisch. Sie schielte auf die fast volle Whiskyflasche auf ihrem Aktenschrank, die ihr seit einer Stunde schöne Augen machte. Es wäre so ein Tag ...

Ihr Handy klingelte. Aiden. „Einige von uns wollen ein Treffen."

„Wenn du sagst, einige ..."

„Hauptsächlich John. Aber auch ein paar andere."

Lydia stand auf und ging in die Küche. Sie füllte den Wasserkocher, während Aiden sprach, und merkte dabei, dass sie auf nichts Lust hatte außer Alkohol. Also holte sie sich eine Flasche Bier und öffnete sie. „Sie sind nicht glücklich über ..."

„Nicht am Telefon", entgegnete Lydia.

„Ich weiß. Ich bin auf dem Weg zu dir."

Lydias Bewegungsmelder ging eine Sekunde später an und sie hörte Aidens schwere Schritte im Flur. Sie öffnete die Tür, bevor er klopfen konnte, und führte ihn auf die Dachterrasse.

Während das Radio lief, gab sie Aiden mit dem Bier in der Hand zu verstehen, dass er sprechen sollte.

„Es sieht nicht gut aus."

„Das ist mir bewusst."

„Alle wissen, dass wir mit Mark befreundet waren. Und jetzt ist er tot. Das lässt uns schwach aussehen." Aiden zuckte zusammen, als hätte er erwartet, Lydia würde etwas nach ihm werfen. „Tut mir leid."

„Was soll ich Johns Meinung nach tun?"

„Er will ein Treffen ..."

„Komm mir nicht damit. Er will etwas Bestimmtes von mir und wird es jedem, der ihm zuhört, erzählt haben."

Aiden schaute auf den Boden. „Er erwartet eine angemessene Antwort darauf."

„Auge um Auge?" Lydia seufzte. Das war typisch. John hing in den alten Zeiten fest. Vor allem, weil er sich nie die Hände schmutzig machen musste. Er und Tante Daisy lebten in ihrem gemütlichen Haus und genossen den Ruf und das finanzielle Sicherheitsnetz der Crows, ohne sich in die dreckigen Details einzumischen. Auge um Auge klang ziemlich gut, wenn man es nicht selbst ausstechen musste. „Es geht also nur darum, das Gesicht zu wahren? Nichts Persönliches?"

„Wie meinst du das?"

„War jemand eng mit Mark Kendal befreundet? Wenn jemand etwas Dummes vorhat, muss ich das wissen."

„Nicht, dass ich wüsste", sagte Aiden. „Aber ich werde nachfragen."

FLEET RIEF auf dem Weg ins Fitnessstudio an und war nicht besonders gut gelaunt. Lydia nahm sich vor, einige ihrer Aktivitäten aus dem Wie-war-dein-Tag-Schatz?-Gespräch herauszuhalten. Einen Profikiller zu verärgern etwa.

Lydia hatte schon gegessen, aber sie bot Fleet den Rest ihrer Pizza an, falls er vorbeikommen wollte.

„Ich habe im Büro gegessen", antwortete er. „Und ich

werde nach Hause und ins Bett gehen. Ich wäre heute Abend keine angenehme Gesellschaft. Tut mir leid."

„Kein Problem", sagte Lydia. „Mieser Tag?"

„Ja, ziemlich. Jedenfalls lange. Nur Meetings. Und ich wurde aus dem Mason-Fall rausgenommen. Sorry, nicht rausgenommen. Der richtige Begriff lautet *neu zugeteilt*."

„Wohin?"

„Abteilungsübergreifende Kooperation und Identifikation von Synergiepotenzialen." Fleets Tonfall verriet Lydia, dass es sich hier um ein ganz neues Level an Managementkacke handelte.

Fleet empfand diese Führungsaufgaben und die Meetings als weitaus stressiger als die offensichtlich gefährlicheren Teile seines Jobs. Lydia konnte das nachvollziehen. „Sie bestrafen dich."

„Das glaube ich nicht."

„Weil du mit mir zusammen bist. Das ist eine Botschaft."

Fleet wurde vom Geheul einer vorbeifahrenden Sirene unterbrochen. Dann: „So läuft das nun mal. Du wirst befördert und nach einer Weile sitzt du nur noch am Schreibtisch und in Meetings. Das ist nichts Persönliches."

Er klang allerdings nicht überzeugt. „Ich habe mit einer Kommissarin der griechischen Polizei gesprochen und sie sagt, dass es im Fall der Fahrerflucht keine Spuren gab. Der Unfall geschah an einem belebten Ort, unweit vom Hotel, in dem die Abgeordnete wohnte, aber es gab keine Zeugen."

„Keinen einzigen?"

„Laut Alex Papoutsis, der Kommissarin, hatte ursprünglich ein Mann ausgesagt, ein Van habe sich mit hoher Geschwindigkeit vom Unfallort entfernt, aber er hat seine Aussage später widerrufen. Anscheinend hatte er sich im Datum geirrt."

„Jemand hat auf ihn eingewirkt?"

„Das wäre eine Möglichkeit. Allerdings hat sie mir erzählt, dass Fahrerflucht in Griechenland ein generelles

Problem ist. Da sie derzeit als Ordnungswidrigkeit eingestuft wird, wird kaum Geld für die Strafverfolgung ausgegeben. Wenn ein Fall nicht sofort zu klären ist, wird er bald zu
den Akten gelegt. Zumindest ihrer Erfahrung nach."

„Aber in diesem Fall muss es doch Druck von außen
gegeben haben", sagte Lydia. „Aus Großbritannien zumindest. Hat sich Interpol eingemischt?"

„Anscheinend nicht. Man hatte wohl nur darum gebeten,
dass der Bericht weitergeleitet wird. Informationsaustausch
zur Förderung abteilungsübergreifender Zusammenarbeit
über die nationalen Grenzen hinweg."

Lydia konnte die Gänsefüßchen in dem Satz hören.
„Damit ein Haken darunter gesetzt werden kann?"

„Genau. Ich schätze, Interpol ist genauso überlastet wie
wir alle."

Es bestand also die Möglichkeit, dass jemand aus dem
Umfeld der Abgeordneten Nadine Gormley ein Motiv hatte,
Alejandro zu töten. Falls er in die Fahrerflucht in Griechenland verwickelt war. Ein Bild von Maria tauchte vor Lydias
geistigem Auge auf, das Gesicht mit schwarzer Spitze
verhüllt, mit hohen Absätzen, die wie Waffen wirkten. Sie
dachte an die Menschen, die in der Schlange gewartet
hatten, um ihr ihr Beileid auszusprechen und ihr die Hand
zu küssen. Falls Alejandro einen Anschlag auf einen Abgeordneten arrangiert hatte, um einen Posten im Parlament zu
ergattern, wie viel hatte Maria dann von seinen Plänen
gewusst? Inwieweit war sie an dem kometenhaften politischen Aufstieg ihres Vaters beteiligt gewesen? Bei der Beerdigung hatte sie gesagt, dass man sie vorher nicht ernst
genommen habe, und Lydia fragte sich, was sie bereit wäre
zu tun, um als rechtmäßige Anführerin der Silvers anerkannt zu werden.

· · ·

NACHDEM SIE IHR Bier geleert und sich einen großen Whisky eingeschenkt hatte, saß Lydia in der zunehmenden Dunkelheit an ihrem Schreibtisch und hielt das Glas in der Hand. Jason war in seinem Zimmer, Fleet zu Hause und das Café bereits geschlossen. Ihr Handy klingelte mit einer unbekannten Nummer auf dem Display und sie ging ran, in der Erwartung mit einem neuen potenziellen Kunden oder einem Telefonverkäufer zu sprechen.

Mr. Smiths kontrollierter Tonfall jagte einen Adrenalinstoß durch ihren Körper. Ihr erster Gedanke war, dass er anrief, um ihr zu sagen, dass Charlie tot war. Aber dann dachte sie, dass er so etwas nicht tun würde. Charlie würde allein sterben und die Familie würde nicht einmal davon erfahren. Das war ein Teil der Strafe, die sie über ihn verhängt hatte. Eine ihrer vielen Entscheidungen, die dazu geführt hatten, dass sie allein in einem dunklen Zimmer saß und Whisky trank. „Was wollen Sie?"

„Ihnen helfen", antwortete Mr. Smith. Seine Stimme schickte seine magische Signatur aus und Lydia hielt sich am Schreibtisch fest, um sich zu beruhigen.

„Wie freundlich von Ihnen", sagte sie. „Mir geht es aber blendend."

Mr. Smith machte ein tadelndes Geräusch. „Mr. Kendal jedoch nicht. Vermutlich ist Ihre Familie nicht erfreut über seinen Mord. Es sieht nicht gut aus, oder?"

„Ich weiß nicht, wovon Sie reden", sagte Lydia. Wenn Mr. Smith dachte, er könne sie dazu bringen, am Telefon über Schutzgelderpressung zu sprechen, war er verrückt.

„Sie sind überfordert", fuhr Mr. Smith fort. „Ich werfe Ihnen einen Rettungsring zu. Lassen Sie mich Ihnen helfen. Ich verfüge über die notwendigen Mittel dazu. Ich kann die Person finden, die für den Tod von Mr. Kendal verantwortlich ist. Dann können Sie vor Ihrer Familie den Ruhm dafür beanspruchen und sie auf Ihre Seite ziehen."

Lydia hätte gern gefragt, ob er Gerüchte gehört hatte,

dass ihre Familie sie nicht als Anführerin unterstützte. Aber dann müsste sie zugeben, dass sie diesbezüglich besorgt war. „Warum bieten Sie mir Ihre Hilfe an? Haben Sie Ihre wohltätige Ader entdeckt? Ein bisschen Dienst an der Nachbarschaft?"

„Das könnte sein", sagte Mr. Smith. „Sie wissen, dass ich Sie schätze, aber Sie sind dieser Aufgabe nicht gewachsen. Sie sind Ermittlerin. Eine Freiberuflerin. Sie sind nicht Charlie und jeder weiß das. Das ist gefährlich. Wenn die Leute nicht den nötigen Respekt vor Ihnen haben, wird es Tote geben. Der arme Mr. Kendal ist nur der Anfang."

Lydias Kehle war trocken geworden. Sie trank etwas Whisky, aber als sie sprach, klang ihre Stimme noch brüchig. „Was schlagen Sie vor? Dass ich mich zurückziehe?"

„Dass ich Ihnen helfen darf. Es wird unser Geheimnis bleiben. Ich helfe Ihnen, Ihre Familie und Ihre Macht zu erhalten, und ich werde nichts von Ihnen verlangen, was Sie nicht freiwillig hergeben würden."

„Ich will darüber nachdenken." Lydia spielte auf Zeit.

„Sie können mich unter dieser Nummer erreichen. Ich schlage vor, Sie tun das lieber früher als später. *Serius est quam cogitas.*"

Es war fast acht Uhr und das Pilates-Studio war geschlossen. Das Fenster an der Vorderseite war durch einen Urwald aus Zimmerpflanzen abgeschirmt, dahinter war kein Licht zu sehen und die Eingangstür war verschlossen. Lydia war davon ausgegangen, dass das Studio abends geöffnet war. Sicherlich würden die Leute nach Feierabend trainieren? Und bei einer solch geringen Fläche konnte der Laden kaum genug abwerfen, wenn er nicht rund um die Uhr gefüllt war.

Lydia klopfte an die Scheibe der Eingangstür. Sie wollte

Chunni gerade anrufen, als eine Tür auf der Rückseite des Studios geöffnet wurde und Licht auf den polierten Holzboden fiel. Chunni durchquerte den Raum und schloss die Tür auf. Sie entschuldigte sich dafür, dass Lydia hatte warten müssen.

„Ich habe E-Mails bearbeitet. Kommen Sie herein."

Kaum trat Lydia über die Schwelle, spürte sie es.

„Mein Büro ist hinten", erklärte Chunni und schlängelte sich durch die Geräte zur Tür. „Es ist leider ein bisschen klein, aber Sie kennen ja die Mietpreise in London."

„Sie wohnen hier?", fragte Lydia.

„Möchten Sie Tee?" Chunni zählte die verschiedenen Früchte- und Kräuterteesorten auf und Lydia schaltete ab und konzentrierte sich stattdessen auf ihre anderen Sinne.

Das Hinterzimmer wurde seinem Namen nicht gerecht. Es sollte eher heißen: ein Schrank mit Wasserkocher. Darin befand sich ein einzelner Sessel, auf dessen Sitzfläche ein zugeklappter Laptop lag. Lydia stand in der Tür und beobachtete, wie Chunni mit den Papiertütchen herumhantierte, dann drehte sie sich und ging durch das Studio. „Wo ziehen sich Ihre Kunden um?"

„Auf der rechten Seite."

Lydia machte sich auf den Weg, ohne um Erlaubnis zu bitten. Eine schlichte Tür führte zu einer Treppe. Auf dem ersten Treppenabsatz befand sich eine Tür zu einer Toilette und einem Umkleideraum. Drinnen gab es eine einzelne Kabine und ein Waschbecken. Über einer Holzbank hing eine Reihe Haken an der Wand. Es roch nach Füßen, trotz des Aroma-Diffusers in der Ecke. Das Gefühl war auf der Treppe stärker und in der Umkleidekabine schwächer. Als sie ein weiteres Stockwerk hinaufging, spürte Lydia, dass sie näher kam. Das Gebäude erinnerte sie an das Fork, aber statt einer halb verglasten Tür mit der Aufschrift *Crow Investigations* fand sie eine schlichte Tür vor, die hastig zugeschlagen wurde. Es roch nach Essen.

Chunni kam hinter ihr die Treppe hoch und Lydia fragte mit erhobener Stimme: „Wer ist hier oben?“

Sie klopfte an die Tür und öffnete sie dann. Ein Widerstand drückte von innen dagegen, aber Lydia lehnte sich fest daran und die Tür gab nach.

Eine sehr zierliche Frau mit langem feinem, hellblondem Haar wollte davonlaufen, doch Lydia packte ihren Arm.

„Nein!“ Chunni griff von hinten nach Lydia. „Lassen Sie sie in Ruhe!“

Lydia ließ den Arm der Blondine los. Plötzlich wurde ihr klar, dass beide Frauen Angst hatten. Vor ihr. Das war ein seltsames Gefühl. „Ich werde Ihnen nicht wehtun“, sagte sie und hob ihre Hände. „Ich will nur reden.“

„Wir haben nichts getan“, rief die blonde Frau und falls Lydia noch Zweifel gehabt hätte, wäre spätestens beim Klang ihrer Stimme alles klar gewesen. Sie war eine Pearl.

„Sie sind zu mir gekommen.“ Lydia blickte über ihre Schulter zu Chunni. „Ich bin hier, um Ihnen zu helfen. Sie haben mich darum gebeten.“ Die blonde Frau nutzte die Gelegenheit und zog sich in den großen Wohnraum zurück. Die gleichen Backsteinwände und Industrieleuchten wie im Studio im Erdgeschoss waren zu sehen, aber mit einem ausgeklappten Schlafsofa vor dem Fernseher und einer eleganten Einbauküche an einer Wand. „Warum setzen wir uns nicht und Sie erzählen mir, was los ist? Warum sind Sie so verängstigt?“

Chunni ließ Lydia los und ging auf die blonde Frau zu, um ihre Hand zu nehmen. „Das ist Heather, meine Frau.“

„Okay.“ Lydia bemühte sich, so wenig bedrohlich wie möglich zu wirken. Das war noch nie notwendig gewesen und es fühlte sich seltsam an. Sie war eine zierliche Frau mit mäßigen Kampffähigkeiten, die sie bisher nur zur Selbstverteidigung eingesetzt hatte. Ihr fehlten sowohl die Worte als auch die Erfahrung, um Frauen zu versichern, dass sie ihnen nicht wehtun würde. Ihr wurde schlagartig klar, dass sich

Männer immer so fühlen mussten – zumindest die guten. „Lassen Sie mich Ihnen helfen."

Chunni und Heather warfen sich einen Blick zu.

„Was ist mit diesem Fall, über den Sie mit mir gesprochen haben?", fragte Lydia schließlich. Immer noch nichts.

„Es tut mir leid", flüsterte Chunni.

Der Groschen fiel. „Es verklagt Sie niemand, oder? Sie wollten nur mit mir reden."

Ein Zögern. Dann ein kaum merkliches Nicken.

„Warum?"

Ein weiterer Blick zu ihrer Frau. Heather war so blass, dass sie aussah, als ob sie sich übergeben müsste. Lydia empfand Mitleid mit ihr, wurde aber langsam ungeduldig. Am liebsten würde sie die Dinge beschleunigen. Ein bisschen Crow-Magie einsetzen, um die Sache voranzutreiben. Sie hatte viel zu tun. Und Chunni hatte sie angelogen. „Ich warte", sagte Lydia, aber nur ganz leise.

„Wir haben gehört, dass Sie übernommen haben", antwortete Chunni zögernd. „Charlie war das mit Heather und mir egal, doch wir wussten nicht, wie Sie darüber denken. Ich wollte Sie kennenlernen. Um zu sehen, wie Sie drauf sind."

Für den Bruchteil einer Sekunde dachte Lydia, Chunni hatte wissen wollen, ob sie homophob war. Aber dann erkannte sie die offensichtlichere Sorge. „Sie dachten, ich will kein Unternehmen in Camberwell haben, das einer Pearl gehört?"

Ein kurzes Nicken. „Charlie war das egal gewesen. Er sagte, Geschäft sei Geschäft."

„Warum glauben Sie, ich würde anders darüber denken?"

„Meine Mutter sagte, dass es früher so war", erklärte Heather. Ihre Stimme war leise, klang jedoch wunderschön. Lydia spürte die Anziehungskraft der Pearls, den Drang, sich an sie zu schmiegen und genauer zuzuhören, und sie spannte bewusst ihre Muskeln an, um sich unter Kontrolle zu halten. „Sie sagte, dass es verboten sei und dass Jack Crow, wenn er noch leben würde, uns vor dem Old Hermit aufgeknüpft und niemand etwas dagegen gesagt hätte."

Lydia erinnerte sich nur vage an ihren Großvater, aber sie konnte verstehen, warum sich dieses Gerücht festgesetzt hatte. Sie dachte an seine glitzernd schwarzen Augen und die Hakennase unter einer weißen Haarsträhne. In diesem Moment schob sich eine andere Erinnerung hinter das Bild. Ihr Dad, müde und verängstigt, sprach leise und aufgeregt in der Küche in das alte schnurgebundene Telefon an der Wand. Ihrem Blickwinkel nach zu urteilen, lag Lydia auf dem Boden. „Nein, ich kann nicht", hatte ihr Vater gesagt. Ein tiefer Atemzug. Und dann: „Ich will nicht." Warum kam ihr diese Erinnerung gerade jetzt? Hatte er mit ihrem Großvater gesprochen? Lydia holte sich selbst in die Gegenwart zurück. „Haben Sie das Gespräch deshalb aufgenommen?"

Blankes Entsetzen blitzte in Chunnis Gesicht auf.

„Es ist alles in Ordnung", sagte Lydia zügig und verkniff sich die Genugtuung. „Aber ich will, dass Sie die Aufnahme löschen. Und es natürlich nie wieder tun." Sie wollte nicht, dass jemand in ihr Büro kam und heimlich Gespräche aufzeichnete. Es sollte Chunni leidtun. Sie starrte die beiden mit einem strengen Blick an. „Ich helfe Menschen. Besonders denen, die in Camberwell leben. Aber Sie dürfen mich nicht anlügen." Sie wartete einen Moment, bevor sie hinzufügte: „Das ist eine dumme Idee."

„Es tut mir leid", flüsterte Heather. „Uns tut es leid."

„Die Aufnahme ist schon gelöscht", sagte Chunni. „Ich schwöre es."

Lydia sah die beiden an. Sie wirkten eingeschüchtert, aber wie viel davon war gespielt, um Ärger zu vermeiden? Plötzlich war es Lydia wichtig, sicherzustellen, dass diese Frauen ihr nicht noch einmal in die Quere kamen. Sie musste an ihnen ein Exempel statuieren, das andere davon abhielt, es ihnen gleichzutun. Sie hasste den Gedanken, dass

Mr. Smith recht haben könnte. Sie war Lydia Crow und sie durfte nicht zulassen, dass die Menschen sie nicht respektierten. Nicht ohne Konsequenzen. Aiden hatte ihr mehrmals erklärt, dass sie Stärke zeigen müsse, sonst würden die Leute den Respekt vor der Familie verlieren. Und jetzt das. Lydia wollte nicht so sein wie Charlie, aber sie fragte sich, was er tun würde. Ein Bild von Big Neil, blutend und gefesselt auf seinem Stuhl, tauchte vor ihren Augen auf.

Chunni und Heather mussten gesehen haben, dass ihr etwas durch den Kopf ging, denn beide brabbelten eine Entschuldigung nach der anderen. Lydia hob ihre Hand, um sie zum Schweigen zu bringen. Sie holte ihre Münze hervor und schnippte sie in die Luft, um ihre Aufmerksamkeit zu erregen. „Lydia Crow wusste, dass ihr ihr Vertrauen missbraucht habt, und sie kam zu euch und verletzte euch beide auf eine Art und Weise, an die ihr nicht einmal denken könnt, ohne euch zu übergeben."

Die Farbe wich aus Chunnis und Heathers Gesichtern und hinterließ dunkle Ringe um ihre Augen. „Ihr werdet jedem erzählen, dass man sich nicht mit Lydia Crow anlegen sollte. Dass sie weiß, wann man lügt. Und dass ihre kleinen Spatzen überall sitzen. Sie sehen alles." Ein leises Stöhnen entwich Heathers Lippen.

Lydia wartete einen Moment, um sicherzugehen, dass die Botschaft angekommen war, und fischte dann die Münze aus der Luft. „Ich finde selbst hinaus."

KAPITEL FÜNFZEHN

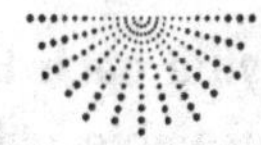

„Wie spät ist es?" Fleets Stimme war schlaftrunken. Lydia öffnete ihre Augen und starrte in die Dunkelheit. Ihre Pupillen gewöhnten sich nur langsam daran, während ihr Gehirn auf Hochtouren lief. Ihr Handy klingelte. Sie rollte sich auf den Rücken, holte es vom Boden und drückte auf die Antworttaste. „Ja?"

Schweres Atmen und das Rumpeln des Verkehrs. „Ich bin's. Ich wollte mich nur verabschieden. Und dir sagen ..."

„Ash? Wo bist du?" Lydia saß jetzt aufrecht im Bett, das Telefon an ihr Ohr gedrückt. „Geht es dir gut?"

„Danke für alles."

„Beim Gefieder!"

Fleet setzte sich ebenfalls auf und rieb sich mit der Hand über das Gesicht, wobei seine Stoppeln in der plötzlichen Stille raspelten. „Was ist los?"

„Er hat sich verabschiedet." Lydia stand auf und zog sich an. „Beim Höllenfalken. Was hat er vor?"

Fleet schwang seine Beine aus dem Bett.

„Ist schon okay", sagte Lydia. „Schlaf weiter. Ich weiß ziemlich sicher, wo Ash sein wird." Während sie sprach, rief sie über das Handy Ashs mobiles GPS ab. Jason hatte ihr die Software installiert und sie wusste nicht, ob das legal war, also ging sie nicht weiter darauf ein.

„Ich komme mit", sagte Fleet und knipste seine Nachttischlampe an. „Gib mir eine Sekunde."

Es war fast fünf, als Lydia nach Highgate fuhr und Fleet auf dem Beifahrersitz ausgiebig gähnte. Die Sonne würde erst in einer Stunde aufgehen und die Straßenlaternen brannten, aber am Himmel war ein Hauch von Licht zu sehen. Tau bedeckte die geparkten Autos und die Farben schimmerten trübe in der frühen Morgendämmerung.

„Du glaubst, er ist hier?"

„Wo sonst?" Lydia ging durch das Tor in den Wald.

„Ist das eine gute Idee?" Fleet hielt sie an der Hand zurück. „Sollen wir nicht zuerst versuchen, ihn anzurufen?"

Lydia verstand seine Zurückhaltung. Sie hatte auch keine große Lust darauf, zwischen den halb erleuchteten Bäumen umherzuwandern. Das Gefühl von Pearl durchdrang ihren Geist und zog sie in den dunkelsten Teil des Waldes. Es war ein Ansporn und eine Warnung zugleich. „Er ist verletzlich", sagte Lydia. „Ich kann ihn nicht allein lassen."

Fleet legte den Kopf in den Nacken, als ob der Himmel ihm eine andere Antwort geben würde. Da dies nicht der Fall war, seufzte er und setzte seinen Weg fort. Ihre Schritte knirschten auf dem Boden und Lydia blieb alle paar Meter stehen, um zu lauschen. Sie wollte nach Ash rufen, aber das erschien ihr zu leichtsinnig. Sie wusste ohnehin, wo er sein würde, also ging sie zu der Stelle, an der Lucy Bunyan verschwunden war.

Sie fanden Ash auf einer kleinen Lichtung. Er kniete auf dem Boden, wühlte mit den Händen im Dreck und aus seiner Kehle kamen leise, schrille Geräusche, wie bei einem Tier. Er blickte auf, als sie sich näherten, und etwas blitzte in seinen Augen. Sein strähniges Haar hing wie ein Vorhang um sein Gesicht, das in dem schwachen Licht weiß schimmerte. Er war noch dünner als beim letzten Mal, als sie ihn gesehen hatte, und seine knochigen Handgelenke ragten drahtig aus den schmutzigen Hemdsärmeln heraus. Seine Hände waren schwarz und Lydia erkannte, dass sie mit Schmutz und Blut bedeckt waren. Er schüttelte den Kopf, als würde er ihre Existenz leugnen, und wandte sich wieder seiner selbst auferlegten Aufgabe zu, mit bloßen Händen in der Erde zu graben.

„Ash", sagte Lydia mit leiser und ruhiger Stimme. „Wir sind hier, um dir zu helfen."

Er unterbrach seine Raserei nicht, er schien Lydia nicht einmal zu hören.

„Alles klar, Kumpel", sagte Fleet. „Komm jetzt mit, wir bringen dich ins Warme und besorgen dir etwas zu essen." Das war seine Bullenstimme. Beruhigend und bestimmend zugleich. Lydia war beeindruckt von Ashs Fähigkeit, sie völlig zu ignorieren.

Sie trat einen Schritt näher und ein Zweig brach knackend unter ihren Doc Martens. Ash blickte auf, die Nase in die Luft gestreckt, als ob er einen anderen Sinn als das Sehen benutzen würde. Lydia konnte das nachvollziehen. Der Pearl-Geruch war auf der Lichtung stark, doch die Bäume verhielten sich bisher ruhig. Es roch mehr nach den Resten von Parfüm, wenn jemand einen Raum verlassen hatte, aber Lydia wollte sie alle von hier fortbringen, bevor die Pearls zurückkehrten. „Komm schon, Ash. Hier ist es gefährlich." Sie legte ihm eine Hand auf die Schulter und er bäumte sich auf, als hätte er sich verbrannt.

„Schon gut."

Ash schien sich zum ersten Mal auf Lydias Gesicht zu konzentrieren. Schweiß rann ihm über die Stirn und er blinzelte heftig. „Lydia?"

„Genau, ich bin es." Sie streckte eine Hand aus. „Komm

jetzt mit. Ich kümmere mich um dich. Du kannst bei mir bleiben und dich ausruhen."

Ashs Augen leuchteten für den Bruchteil einer Sekunde auf und er setzte sich wieder auf seine Fersen. Ein klagendes Geräusch ertönte. Einen Moment lang war Lydia nicht sicher, ob es der Wind in den Bäumen war oder ein kleines Tier, das in eine Falle geraten war. Dann verstand sie, dass es von Ash kam. Tränen kullerten über sein Gesicht und sein Mund weitete sich, als das schrille Wimmern zu einem Geheul wurde.

„Pst, pst!" Lydia drückte ihm eine Hand auf den Mund. „Sei ruhig, Ash. Du musst still sein."

Er schrie gegen ihre Hand. „Ich will, dass sie kommen!"

„Nein, das tust du nicht."

„Ich will es. Ich will, dass sie mich wieder mitnehmen. Warum wollen sie mich nicht zurück?" Er fiel auf den Boden und wühlte verzweifelt mit den Fingern im Dreck. „Ich bin hier. Lasst mich rein. Ich will nach Hause. Lasst mich rein."

Dann wurde Ash vom Boden gehoben. Fleet hatte seine Arme um seinen Körper geschlungen und hob ihn auf. „Wir müssen los", sagte er zu Lydia über Ashs bockende Schulter hinweg. Er hatte seine Arme fest im Griff und Lydia hielt seine strampelnden Beine. Sie schafften es, die Lichtung zu verlassen, und Ash hörte auf zu kämpfen. Fleet hielt an und richtete seinen Griff neu aus, sodass Ash selbst gehen, sich aber an Fleets Schulter stützen konnte. „Zu dir oder zu mir?"

Ash war Lydias Problem. „Zu mir."

Als Ash auf dem Sofa lag und Fleet zur Arbeit gegangen war, bat Lydia Jason, Wache zu halten, damit sie etwas Schlaf bekommen konnte. Nach einem einstündigen Nickerchen, das sich anfühlte, als wäre sie in ein tiefes Loch gefallen, setzte sie sich an ihren Schreibtisch und schüttete sich so lange Koffein in den Rachen, bis sie sich halbwegs wach fühlte. Sie beobachtete, wie sich Ashs Brustkorb im Schlaf hob und senkte, sein Gesicht war blass und eingefallen und irgendwie immer noch angespannt, selbst im Tiefschlaf. Jason war in die Küche gegangen, aber sie hörte ihn nicht herumwerkeln. Es war möglich, dass er verschwunden war. Sie überlegte, ob das in letzter Zeit häufiger vorkam, und stellte fest, dass sie es nicht wissen konnte. Sie war nicht oft genug zu Hause gewesen. Und sie hatte sich ablenken lassen.

Lydia lehnte sich in ihrem Stuhl zurück und kämpfte gegen den Wunsch an, wieder einzuschlafen. Die Müdigkeit war nicht nur körperlich spürbar. Sie vermisste die Arbeit für ihre Klienten. Oder besser gesagt, sie vermisste das Gefühl, dass ihr Leben ihr selbst gehörte. Sie hatte mehr Macht als je zuvor, aber die Fesseln, die sich um sie und ihre Seele gelegt hatten, wurden jeden Tag enger. Der im Waldboden wühlende Ash fühlte sich wie ein Omen an. Eine Heimsuchung aus einem anderen Reich. Und eine Warnung davor, was passieren würde, wenn sie sich noch weiter verbog.

Er wachte mittags auf und Lydia drängte ihn, etwas Suppe zu trinken. Ash hatte sich geweigert, etwas anderes als Wasser zu schlucken und davon gesprochen, dass er seinen Körper „rein und klar" halten müsse. So war Lydia gezwungen, ein wenig Überzeugungsarbeit zu leisten. „Du musst etwas essen", sagte sie, während er aus der Schüssel trank und dabei so böse dreinschaute, als wollte sie ihn vergiften.

Nachdem er sie geleert hatte, ließ sie ihm die Wahl zwischen Saft, Milch, heißer Schokolade oder Limonade. Im Grunde alles, was Kalorien hatte.

„Wasser."

„Beim Gefieder, Ash. Du verkümmerst noch."

„Ich kann nicht", sagte er. „Nur Wasser, bitte! Sie werden mich nicht zurücknehmen, wenn ich nicht rein bin."

Lydia fluchte laut. „Beim ersten Mal hattest du deinen Körper auch nicht gerade wie einen Tempel behandelt. Warst du nicht betrunken?"

„Ich war jung", sagte Ash traurig. „Das zählt."

„Aber warum willst du dorthin zurück? Ich dachte, du wolltest dich rächen? Du wolltest doch dafür sorgen, dass sie niemanden mehr entführen?"

Ash schluchzte leise, was in der Stille der Wohnung noch schlimmer klang als im Wald. Der Schmerz, der von ihm ausging, erfüllte den Raum, sodass Lydia Tränen in die Augen stiegen und sich ein Kloß in ihrem Hals bildete. „Ich kann nichts dafür", sagte er nach einer Weile. „Ich vermisse sie. Ich vermisse sie. Ich gehöre nicht mehr hierher. Mir tut alles weh und die Sehnsucht ist wie ein Loch, das ich nicht füllen kann. Ich habe keinen Appetit, menschliches Essen schmeckt wie Dreck. Wie totes Zeug."

„Werde Vegetarier. Oder Veganer. Clean Eating und so weiter", entgegnete Lydia.

„Pflanzen sterben, wenn sie gepflückt werden. Obst verdirbt von dem Moment an, in dem es vom Baum fällt. Ich kann es schmecken. Die Fäulnis." Er hob plötzlich den Kopf und die Tomatensuppe, die er so vorsichtig geschlürft hatte, ergoss sich über sein Hemd und seine Jeans und spritzte auf den Teppich.

ALS FLEET an diesem Abend nach der Arbeit kam, hatte er Geschenke dabei. Nudeln zum Mitnehmen, Wan-Tan-Suppe und eine Flasche Rotwein. Lydia war noch nicht lange von Ashs Elternhaus zurück und sie erzählte Fleet von ihrem Tag, während er zwei große Gläser einschenkte und sie Besteck und Küchenrolle holte.

„Ich habe das Gefühl, ich hätte mit seinen Eltern sprechen sollen, aber er ist erwachsen."

„Du bist nicht für ihn verantwortlich."

Lydia richtete ihre Gabel auf ihn. „Du kannst gerade reden. Was ist mit dem Typen aus dem Flüchtlingsfall? Du schaust immer noch nach ihm."

„Das ist etwas anderes", sagte Fleet. „Und es ist ja nicht so, als würde ich jede einzelne Person, die ich festnehme, im Auge behalten." Er nahm einen Schluck Wein. „Und es ist nicht deine Schuld. Du hast ihm geholfen, aus dem Krankenhaus zu kommen. Du hast ihm Antworten gegeben. Du hast ihm seine Geschichte geglaubt, als es sonst niemand getan hat."

Lydia wollte sich nicht so einfach geschlagen geben. „Ich habe ihn im Stich gelassen."

Sie aßen ein paar Minuten lang schweigend. Fleet stürzte sich nicht wie gewohnt auf sein Essen, sondern trank sein Glas Wein zügig aus. Er schenkte sich ein weiteres Glas ein und füllte Lydia nach, bevor sie mehr als ein paar Schlucke genommen hatte. „Ich muss dir etwas sagen."

Beim Höllenfalken. Lydia legte ihre Gabel weg. „Was ist los?"

„Ich wurde offiziell verwarnt. Sogar eine Suspendierung stand zur Debatte, also sollte ich wohl dankbar sein."

Lydia brauchte einen Moment, um zu begreifen, dass sie ausnahmsweise nicht schuld an Fleets Problemen war. „Was meinst du? Warum?"

„Ich bin in einen Streit geraten."

„Das ist nicht ..."

„Ich habe Butler eine reingehauen."

Lydia kannte diesen Namen. Fleet hatte sich schon oft über dessen Faulheit und Inkompetenz beschwert. „Er hat es sich bestimmt verdient. Aber es sieht dir nicht ähnlich, gewalttätig zu werden. Es muss ein schlimmer Streit gewesen sein."

„Er ist ein Arschloch“, sagte Fleet. „Und ich war in letzter Zeit ein wenig angespannt. Wahrscheinlich habe ich nur auf einen Grund gewartet.“

Lydia wollte sagen, dass sie das bemerkt hatte, aber das fühlte sich an, als würde sie einen Mann treten, wenn er am Boden liegt. „Du warst unglücklich bei der Arbeit, ich weiß.“

„Jetzt wurden mir meine einzigen verbliebenen Fälle entzogen.“ Er zwang sich zu einem Lächeln. „Zumindest kann ich es ein paar Wochen ruhig angehen lassen.“

„War das wirklich genug, um eine Abmahnung zu bekommen?“

Fleet zuckte mit den Schultern. „Vielleicht nicht unter normalen Umständen. Butler hat mich zuerst angegriffen, also war es nicht einseitig, aber ich stehe im Moment ohnehin nicht gut da.“

Lydia war entsetzt. „Weil du mit mir zusammen bist?“

Fleet lächelte schief. „Wahrscheinlich. Aber das wird schon wieder.“

„Wir sollten uns wieder heimlich treffen.“ Lydia versuchte es mit einem Grinsen. „Es macht mir nichts aus, dein kleines, schmutziges Geheimnis zu sein.“

„Nein“, sagte Fleet und strich ihr über die Wange. „Ich habe es dir gesagt. Die Sache mit dir ist mir ernst. Ich werde das nicht noch einmal versauen.“

Sie legte ihren Kopf gegen seine Handfläche. Die Wärme seiner Haut und die Berührung seiner starken Finger auf ihrem Gesicht lösten Gefühle in anderen Körperregionen aus und sie rückte näher an ihn heran, während Fleet dasselbe tat. Ihre Lippen trafen sich und seine Hand glitt in ihren Nacken und verheddderte sich in ihrem Haar. Ihr Gehirn schaltete kurzzeitig auf höchst angenehme Weise ab.

„Hör auf, mich abzulenken“, unterbrach Lydia den Kuss. „Und ich meine es ernst. Ich will deine Karriere nicht ruinieren. Du musst dich nicht entscheiden.“

„Ich will aber“, sagte Fleet, sein Gesicht immer noch nah, die Augen warm. „Und ich entscheide mich für uns.“

Sie roch den Duft des Meeres und spürte die Sonne auf ihrer Haut, als sie sich näher heranlehnte.

NACH EINER ANGENEHMEN Stunde des Sich-füreinander-Entscheidens streckte sich Lydia auf dem Bett und genoss die Tiefenentspannung in ihren Muskeln.

„Soll ich das Essen aufwärmen?“

„Ich habe Eiscreme im Gefrierfach“, sagte Lydia. „Hol zwei Löffel.“

Sie beobachtete, wie Fleet sich Boxershorts anzog, und genoss den Anblick, als er aus dem Zimmer ging. Sein rechtes Schulterblatt zierte eine Narbe und sie nahm sich vor, ihn danach zu fragen. Sie sollten jetzt alles übereinander wissen. Keine Geheimnisse. Lydia spürte einen Anflug von Angst. Sie hatte keine Ahnung, ob so etwas überhaupt möglich war, aber sie wollte es versuchen.

Als er mit dem Eis und den Löffeln zurückkam, saß sie aufrecht im Bett. „Erzähl mir, was bei der Arbeit passiert ist.“

„Das habe ich schon.“ Fleet öffnete den Deckel und reichte ihr die Packung.

„Du hast einen Kollegen im Büro verprügelt. Das sieht dir gar nicht ähnlich.“

„Ich habe ihm ins Gesicht geschlagen“, sagte Fleet und versuchte, die Sache auf die leichte Schulter zu nehmen.

„DCI Ignatius Fleet.“ Lydia drohte ihm mit dem Löffel. „Sag mir, was passiert ist.“

„Er hat seit Wochen darum gebettelt und ständig Bemerkungen gemacht. Beleidigende. Und es ist noch schlimmer geworden, seit Alejandro ... Er hat angedeutet, dass du die Nächste sein wirst.“

„Was zum Teufel ...?“

„Es ist meine Schuld, dass ich so reagiert habe. Er war wie ein Kind, das Aufmerksamkeit will, und ich habe sie ihm geschenkt. Er ist im Grunde armselig."

„Er hat also etwas über mich gesagt?" Jetzt fügte sich alles. Jemand hatte Lydia beleidigt und Fleet hatte ihre Ehre verteidigt. „Das ist mir egal und dir sollte es das auch sein." Lydia hielt inne. Es sah Fleet nicht ähnlich, sich um die Meinung eines Idioten zu kümmern. Er war der reifste, abgeklärteste und *erwachsenste* Mann, den sie kannte. „Was verschweigst du mir?"

Fleet nahm die Eispackung und griff nach einem Löffel. „Ich will nicht darüber reden. Ich schäme mich für mein Verhalten."

Lydia nahm die Packung zurück und stellte sie auf den Nachttisch. Sie legte Fleets Hand in ihre eigene und wartete darauf, dass er etwas sagte.

Nach einem Moment stieß er einen Seufzer aus, der tief aus seinem Inneren zu kommen schien. „Es ging nicht nur um dich. Er meinte, dass ich nicht aufgrund meiner Fähigkeiten befördert wurde."

Lydia atmete heftig ein.

Fleet lächelte über ihren Gesichtsausdruck. „Er meinte damit keine positive Diskriminierung. Obwohl, vielleicht auch das. Eher, dass ich auf beiden Seiten des Gesetzes gespielt und dadurch Informationen erhalten habe. Einen Vorteil. Er behauptet, dass ich nur deshalb so viele Verhaftungen schaffe, weil ich für die Hälfte der Verbrechen selbst verantwortlich bin. Oder die Verantwortlichen kenne."

Lydia fluchte. „Er hat wirklich darum gebettelt."

Fleet schüttelte den Kopf. „Ich habe ihm in die Karten gespielt. Er wirft mir vor, ein Krimineller zu sein, und ich begehe Körperverletzung. Nicht die klügste Reaktion."

KAPITEL SECHZEHN

Lydia saß auf ihrer Dachterrasse und genoss die schwache Morgensonne auf ihrem Gesicht. Es hatte in der Nacht geregnet und die Luft war immer noch feucht und kühl, aber in Jeans, Stiefeln und einem dicken Kapuzenpulli fühlte sie sich wohl und der starke Kaffee belebte ihre Hirnwindungen. Jason hatte über das Geländer auf die Straße hinuntergestarrt, doch dann war er plötzlich verschwunden. Lydia bereitete sich mental darauf vor, dass er gleich wieder auftauchte. Das kam manchmal vor, vor allem, wenn er absichtlich verschwand, und sie war fest entschlossen, dann nicht zu erschrecken.

„Buh!", rief eine Stimme direkt neben ihrem Ohr. Lydia zuckte zusammen, schaffte es jedoch, einen Schrei zu unterdrücken.

„Das ist nicht witzig", sagte sie und funkelte den Geist an.

„Mir ist langweilig." Jason schob die hochgekrempelten Ärmel seines grauen Schlabberjacketts noch höher. „Ich kann mich zu nichts aufraffen."

Lydia wusste, dass er unruhig war. Das Gebäude zu verlassen, war für beide kein Vergnügen, aber es hatte Jason eine Tür in die Welt geöffnet. Eine Tür, die ihn zu verhöhnen schien.

„Was machst du eigentlich? Du starrst schon seit zwanzig Minuten ins Leere."

„Ich denke nach", sagte Lydia und nahm einen Schluck von ihrem Kaffee. „Und scheitere kläglich."

„Worüber denkst du nach? Alejandro?"

Lydia nickte. „Ich habe das Gefühl, dass er in den Anschlag auf Nadine Gormley verwickelt war, aber es gibt keine Beweise dafür. Und wie hat er dafür bezahlt? Er war das Familienoberhaupt, vielleicht hat er das Geld aus der Firma genommen?"

„Warum sollte er eine Parlamentsabgeordnete umbringen lassen?", fragte Jason. „Nur damit der Posten frei wird? Das kommt mir extrem vor."

„Ja, aber ein solches Amt wird sofort nachbesetzt. Und Alejandro war in Eile."

„Ach herrje", sagte er. „Ich hatte keine Ahnung, dass die Silvers so rücksichtslos sein können."

Lydia reagierte nicht darauf. Jason wollte die Details seines eigenen Mordes, der am Tag seiner Hochzeit mit Amy Silver geschehen war, nicht hören. Eine Ehe, die der Rest der Familie missbilligt hatte. Sie respektierte seinen Wunsch und schwieg, bis er sie ausdrücklich um diese Information bat. Manchmal war Unwissenheit zwar nicht gerade ein Segen, jedoch überlebensnotwendig. Sie lenkte ihn ab. „So etwas ist vermutlich teuer. Keine Ahnung, wie viel ein Auftragsmord kostet, aber billig ist das mit Sicherheit nicht. Wenn man sich jedoch die Firma ansieht, die Größe der Büros, das Geld, das dort verdient werden muss. Die Familie ist bestimmt reicher als Krösus."

Jason runzelte die Stirn und dachte nach. „Es kommt darauf an, wo der Großteil des verfügbaren Geldes liegt. Wenn Alejandros Privatvermögen in Vermögenswerten wie Immobilien gebunden ist, hatte er wenig Bares zur Verfügung. Und er konnte es nicht einfach aus dem Unternehmen abziehen, das würde Spuren hinterlassen. Wahrscheinlicher ist, dass er sich das Geld geliehen oder eine Art Investor dafür hat."

„Aber er muss einen Haufen Geld auf seinem Privatkonto liegen haben. Oder unter seiner Matratze."

„Ich weiß es nicht", sagte Jason. „Der Anschlag könnte nur ein Teil gewesen sein. Er ist sehr schnell zum Abgeordneten aufgestiegen. Ist das normal?"

Lydia wusste wenig über Politik. „Keine Ahnung."

„Jedenfalls scheint Bestechung eine Möglichkeit zu sein. Vielleicht haben sich die Kosten erhöht. Oder Bargeld allein reichte nicht aus."

„Du meinst Gefälligkeiten?" Lydia verstand etwas von Vetternwirtschaft. Das Crow-Imperium war hauptsächlich darauf aufgebaut worden. Jemand wollte ihn an der Macht halten, damit er ihm größere und bessere Gefallen tun konnte. Aber die Frage war nicht leicht zu beantworten. Wer war mächtig genug, um das Oberhaupt der Silvers zu manipulieren? Wer würde es wagen?

Sie gingen nach drinnen und Jason schwebte zum Sofa, um seinen Laptop zu holen.

Der Alarm auf dem Druckpolster, das sie unter dem Teppich im Flur hatte, ging los. „Das wird Fleet sein. Verzieh dich lieber."

„Weil ihr euch gleich die Kleider vom Leib reißen werdet?"

Lydia gab sich große Mühe, so zu tun, als hätte er das nicht gesagt. Ein Sexleben in einem Geisterhaus konnte nur aufrechterhalten werden, wenn sie vergessen konnte, dass ihr Mitbewohner jederzeit aus dem Nichts auftauchen könnte.

. . .

„DER GERICHTSMEDIZINER IST NICHT zu erreichen, er ist im Urlaub", sagte Fleet nach einem Begrüßungskuss. Er zog seinen Mantel aus und warf ihn auf das Sofa, auf dem sich gerade noch Jasons Laptop befunden hatte.

„Beim Höllenfalken."

„Ja. Siehst du, andere nehmen sich frei."

„Sehr witzig", antwortete Lydia. „Wann kommt er zurück?"

„In einem Monat."

„Das ist ein langer Urlaub."

„Er hat vorher einen äußerst gründlichen Bericht verfasst", sagte Fleet geduldig. „Du hast ihn gelesen. Ist es wirklich so wichtig, mit ihm zu sprechen?"

Irgendetwas fühlte sich falsch an. Lydia ließ den Tag in der Gerichtsmedizin noch einmal Revue passieren: den Geruch von Chemikalien und Tod, das helle Licht. Sie war nicht lange dort gewesen, aber sie hatte Alejandro auf dem Tisch liegen sehen. Seine Haare waren aus dem Gesicht gestrichen gewesen und seine Gesichtszüge hatten wächsern und seltsam ausgesehen, vertraut und gleichzeitig völlig falsch. Alles typische Eindrücke für den Anblick einer Leiche. Immerhin war es nicht ihre Erste gewesen.

Sie schloss ihre Augen. Was noch? Seine Arme hatten an seinen Seiten gelegen, die Handflächen zeigten nach oben. Ein Laken hatte den Großteil seines Körpers bedeckt. Der Pathologe in seinem Kittel hatte sich die Maske aufgesetzt und mit Fleet gesprochen, ohne ihn anzusehen. Dann war der Assistent hereingekommen, er hatte sich verspätet. Lydia sah die Szene vor ihrem geistigen Auge und erinnerte sich an ihren Ekel. Sie fragte sich, ob sie sich jemals an den Geruch von Leichenhallen gewöhnen würde. Keine Spur von Silver-Magie, was sie darauf zurückführte, dass sie sich in einem anderen Raum befunden hatte, der durch eine Wand und dickes Glas von Alejandro getrennt gewesen war.

„Meine Chefin hat mich darauf angesprochen." Fleet

klang angespannt und Lydia öffnete die Augen und sah
ihn an.

„Auf den Fall?"

„Dass ich versucht habe, den Pathologen zu erreichen.
Ich weiß nicht, wer es ihr gesagt hat, aber sie war nicht
erfreut."

„Weil es nicht dein Fall ist?"

„Das. Und weil es überhaupt kein Fall ist."

„Klar." Lydia wandte sich ab. Es war nichts daran zu
ändern, dass die Polizei die Sache als unverdächtig abhaken
wollte. Gut für ihre Statistik, dachte sie.

„Das ist schon seltsam", sagte Fleet. „Ich meine, ich bin
zwar in Ungnade gefallen, aber es ist trotzdem sonderbar
kleinlich. Das ist nichts, worüber sie sich normalerweise
aufregen würde."

„Wie meinst du das?"

Fleet erwiderte ihren Blick. „Ich fange an, deine Denk-
weise zu verstehen. Vielleicht war sein Tod kein natürlicher.
Und selbst wenn, irgendetwas ist hier im Busch. Hier
stimmt etwas überhaupt nicht."

Als sich die Tür von Michael Corleones Büro schloss und
der Abspann einsetzte, sah Lydia zu Fleet. Seine Brust hob
und senkte sich sanft. Jason saß auf dem Boden, den Rücken
gegen das Sofa gelehnt.

„Ich weiß nicht, ob das hilfreich war", sagte sie. „Er hat
am Ende die Oberhäupter der anderen Familien getötet.
Ich bin mir nicht sicher, ob Massenmord wirklich klug
ist."

„Schließ es zumindest nicht aus", antwortete Jason und
schaute über seine Schulter.

„Du denkst, ich bin zu schwach?"

„Nein, definitiv nicht."

„Aber?"

„Ich glaube, du kannst dir von der Geschichte etwas anderes abschauen. Teamwork."

Lydia war kein Teamplayer, das wusste sie. Deshalb hatte sie sich für die Laufbahn einer Privatdetektivin entschieden. Dabei arbeitete sie fast die ganze Zeit allein. Lange Stunden der einsamen Überwachung. Tagelang nicht mit anderen Menschen sprechen. Von außen beobachten und sich nicht einmischen. Herrlich. „Meinst du, ich sollte näher an Aiden und die anderen heranrücken?"

„Ich weiß es nicht", sagte Jason ernst. „Aber hast du bemerkt, wie die ganzen Oberhäupter im Film ermordet wurden? Sie wurden alle erwischt, als sie allein waren."

„Du weißt wirklich, wie man einen Filmabend ruiniert." Lydia drückte Jasons kaltem Kopf einen Kuss auf. „Ich gehe jetzt ins Bett."

„Feigling." Dann startete Jason den Paten II.

AM NÄCHSTEN TAG ging Fleet früh zur Arbeit. Lydia lag noch im Bett, als er anrief. „Treffen im Park."

Der Burgess Park war ihr üblicher Treffpunkt und Lydia wusste, dass sie Fleet an der Brücke ins Nirgendwo finden würde. Was sie nicht wusste, war, warum er so grimmig aussah. „Ich dachte, wir sollten draußen reden", sagte er. Er gab ihr keinen Begrüßungskuss.

„Das klingt ernst", antwortete Lydia.

„Mark Kendal."

Lydia wartete und fragte sich, was als Nächstes kommen würde.

„Herrgott, Lydia, du warst dort und hast es mir nicht einmal gesagt?"

Ah. „Wie kommst du darauf?"

„Ich habe dich direkt gefragt und du hast mir ins Gesicht gelogen."

„Wovon redest du?"

„Die Videoüberwachung auf der Straße deckt den Eingang ab. Wir haben uns die Aufnahmen vom Tag des Mordes angesehen und werden mit allen Kunden, die an diesem Tag ein- und ausgingen, sprechen."

Beim Höllenfalken. „Werde ich verhaftet?"

Fleet musterte sie einen Moment. Dann schüttelte er den Kopf. „Du warst es also. Ich war mir nicht sicher."

„Ich habe ihn nicht getötet."

„Das ist doch schon mal etwas. Fleet rieb sich mit einer Hand über das Gesicht. „Es war ein ruhiger Nachmittag. Kaum Kunden und nach vier Uhr überhaupt niemand mehr."

Lydia wollte gerade erklären, warum sie Fleet nichts von dem Fund der Leiche erzählt hatte, aber seine Worte brachten sie aus dem Konzept. „Du dachtest, ich war es?"

„Die Überwachungsanlage gehört der Stadt und wir haben die Bänder schnell bekommen. Ich habe mir alles angesehen und es gab ein paar merkwürdige Ausfälle. Der Bildschirm wird um 16:46 Uhr für eine Minute unscharf und acht Minuten später wieder."

„Und du hast angenommen, dass ich das war?"

„Ich erinnere mich, dass etwas Ähnliches mit den Überwachungskameras passiert ist, als der russische Killer, der es auf dich abgesehen hatte, im Krankenhaus starb. Ich vermutete damals, dass es sich um eine Crow-Sache handelt ... Du hast es gerade bestätigt."

„Gut", sagte Lydia, um Zeit zu schinden. „Sehr clever von dir. Deine Ermittlerinstinkte sind ausgezeichnet."

Fleet zog eine Augenbraue nach oben, was bedeutete, dass Schmeicheleien nicht halfen. „Das mit dem Russen, ich nehme an, das war dein Onkel? Du hättest es mir gesagt, wenn ... Warte. Ist dein Onkel zurück?"

„Nein. Natürlich nicht." Lydia schmeckte Federn in ihrer Kehle, ein Schauer jagte ihr über den Rücken und kalte

Krallen klopften auf Knochen. Sie hoffte, dass es nur der Gedanke an ihren Onkel war, keine Vorahnung.

„Klar. Das habe ich mir auch gedacht. Wenn es also nicht Charlie war, muss es die andere mächtige Crow sein, die ich kenne."

„Du dachtest, ich hätte den Mann getötet?"

Fleet zuckte mit den Schultern. „Wenn er dich angegriffen hätte. Oder du einen guten Grund gehabt hättest. Vielleicht warst du auch nur dort, um zu plaudern. Ich weiß es nicht."

Lydia wusste nicht, ob sie entsetzt oder geschmeichelt sein sollte. Es war eine Sache, dass Bewohner von Camberwell einen gesunden Respekt vor ihrer Autorität hatten, aber eine ganz andere, dass Fleet so lässig mit ihrer Fähigkeit umging, einen anderen Menschen zu ermorden. *Mutmaßlichen* Fähigkeit. Wie auch immer.

„Versteh mich nicht falsch", sagte er. „Ich meinte nur, dass ich deinem Urteilsvermögen vertraue. Wenn du zum Äußersten gegriffen hättest, hätte es einen guten Grund dafür gegeben."

„Aber du weißt, dass ich es nicht getan habe? Du glaubst mir?"

„Natürlich glaube ich dir", sagte Fleet, aber sein Blick glitt nach links. Nach einem weiteren Moment fragte er: „Würdest du es mir sagen, wenn du es getan hättest? Vertraust du mir?"

„Natürlich." Lydia war sich nicht sicher, ob sie die Wahrheit sagte.

KAPITEL SIEBZEHN

Die letzte Ruhestätte der Silvers zu betreten, fiel definitiv unter die Rubrik „schlechter Geschmack". Schlimmer noch, diese Aktion könnte einen Krieg zwischen den Familien auslösen. Oder zumindest Maria einen Grund geben, Lydia umzubringen. Natürlich war Maria bereits von dieser Idee angetan, also würde es die Dinge wahrscheinlich nicht noch schlimmer machen, als sie ohnehin schon waren.

Lydia brauchte einen Flügelmann, jemanden, der für Ablenkung sorgte, damit sie in die Temple Church hinabsteigen konnte. Sie wollte Aiden fragen, aber sie war sich nicht sicher, was seine Fähigkeiten anging. Oder ob sie bereit war, ihm zu vertrauen. Fleet fiel aus zwei Gründen aus. Erstens, wenn er seinen Ausweis benutzte, um sich Zugang zu verschaffen, könnten seine Vorgesetzten davon erfahren, und sie wollte ihm sein Arbeitsleben nicht schwerer machen, als es ohnehin schon war. Und zweitens war sie sich ziemlich sicher, dass er immer noch wütend wegen der Lüge über Mark Kendal war. Es schien nicht der richtige Zeitpunkt zu sein, ihn um einen zwielichtigen Gefallen zu bitten.

Die Gruft der Silvers befand sich unter der Hauptkirche, aber mehr hatte sie online nicht herausfinden können. Den Eingang hatten sie nicht prominent ausgeschildert.

Paul Fox wartete vor dem Seiteneingang der Kirche und begrüßte sie mit seinem üblichen „Hallo, Vögelchen".

Lydia nickte und machte sich nicht einmal die Mühe, ihn darauf hinzuweisen, dass er sie nicht so nennen sollte. Sie hatte keine Lust, unter die Erde zu steigen, und hatte keine Energie für etwas anderes. „Ich weiß nicht, was mich da drinnen erwartet. Vielleicht musst du den Pfarrer ablenken. Priester? Wie auch immer. Ich dachte, du könntest ihn nach einer Hochzeit fragen, das sollte ihn zum Reden bringen."

„Willst du damit sagen, dass du dir meinen Vorschlag noch einmal überlegt hast?" Es klang nach einem Scherz, aber seine Augen waren ernst.

„Nein", entgegnete Lydia. „Ich denke, unser Bündnis sollte rein platonisch bleiben."

„Ich glaube nicht, dass du das ernst meinst", sagte er. „Du belügst dich selbst."

„Ich habe es mir anders überlegt. Ich brauche deine Hilfe doch nicht, danke."

Paul hob die Hände. „Waffenstillstand. Ich werde es nicht mehr erwähnen. Jedenfalls nicht heute."

Lydia zögerte. Jetzt, wo sie hier waren, wäre es auch idiotisch, es nicht gemeinsam zu versuchen. Sie schob ihren Ärger beiseite. Hier ging es ums Geschäft. Und sie gönnte Paul die Genugtuung nicht, zu glauben, er habe sie verunsichert. „Gut. Du lenkst alle ab, die abgelenkt werden müssen, und ich finde die Krypta."

„Ich sollte mit dir kommen", sagte Paul. „Du könntest Hilfe gebrauchen."

„Ich glaube nicht, dass wir uns beide hinter die Kulissen schleichen können." Lydia blieb stehen. „Nennt man das in einer Kirche hinter den Kulissen? Das klingt irgendwie falsch."

„Du bist nervös", sagte Paul.

„Offensichtlich", antwortete Lydia. So nah an der Kirche vernahm sie den schneidenden Geruch von Silber. Ein Rückstand, der von den vielen Versammlungen der Silvers auf dem Gelände herrührte, oder von den Leichen in der Krypta unter ihren Füßen. Was ebenfalls eine gruselige Vorstellung war. Lydia war nicht leicht zu erschrecken, aber die Aussicht darauf, einen Sarg zu öffnen, um einen kürzlich verstorbenen Alejandro Silver zu betrachten, war schon ein wenig beängstigend. „Falls ich dich nicht als Ablenkungsmanöver brauche, kannst du mir in der Krypta helfen. Zufrieden?"

Paul nickte. „Großartig." Er legte ihr einen Arm um die Schultern, als sie durch die Tür gingen.

Lydia wollte ihn abschütteln, aber sie fand, dass es natürlicher aussah, wenn sie sich als verlobtes Paar ausgaben. Sie tat ihr Bestes, um die Wärme seines Körpers zu ignorieren, während die Fox-Magie ihren Verstand vernebelte und ihre Sensoren zum Knistern brachte.

Das Sonnenlicht tanzte durch die Buntglasfenster und beleuchtete die Staubmotten in der Luft. Lydia atmete flach und konzentrierte sich auf den Geruch von Weihrauch und Holzpolitur. Besucher saßen vereinzelt in den Bänken und eine Gruppe Touristen stand im runden Teil der Kirche und starrte auf die Bildnisse der Templer auf dem Boden.

Eine weiß gewandete Gestalt war am Altar zugange, zu ihrer Linken befand sich eine dicke Holztür in einem gewölbten Durchgang. „Bist du bereit?" Lydia löste sich von Paul und ging den Gang hinauf, wobei sie sich umsah, als würde sie die Architektur bewundern. Paul folgte ihr und nahm ihre Hand. „Komm mit", flüsterte er ihr ins Ohr, sein warmer Atem ließ sie erschaudern.

Lydia hatte geplant, dass Paul den Priester ansprechen und ihn in ein Gespräch verwickeln sollte, während sie durch die Tür schlüpfte, aber Paul ignorierte diesen perfekten Plan gekonnt. Er zog sie geradewegs in den Altarbereich hinauf. Sie waren nah genug, dass Lydia das weiße Haar und die Drahtgestellbrille des Pfarrers sehen konnte. Er war über ein großes Buch gebeugt, vermutlich die Bibel, und blickte nicht auf, als sie sich näherten. Paul zog sie an der Hand zur Tür und binnen weniger Sekunden waren sie auf der anderen Seite. Lydia hielt den Atem an, in der Erwartung, dass jemand schrie oder die Tür aufgerissen wurde und ein wütender Priester fragte, was zum Teufel sie hier zu suchen hätten. Paul bewegte sich durch die Kammer, die eine Art Umkleideraum zu sein schien, mit alten Gesangsbüchern in einer Ecke und einem Gestell mit Gewändern.

„Wie ...?"

Paul schüttelte den Kopf. Sie gingen durch eine weitere Tür und fanden einen kurzen steinernen Gang. Am Ende befanden sich eine dicke Außentür und auf der linken Seite eine schmale Öffnung mit einem Steinbogen und Stufen, die nach unten führten. Es sah aus wie in einem Schloss und gleichzeitig war der Weg zu prosaisch und zu einfach, um in eine Krypta zu führen. Aber es war definitiv die richtige Richtung, also ging Lydia weiter und hielt sich an der rauen Steinwand fest, um das Gleichgewicht auf den steilen Stufen nach unten zu halten. Während des Abstiegs wurde die Luft kühler und die Kälte des Steins unter ihren Fingerspitzen kühlte ihr Blut weiter ab.

Am Ende der Treppe führte eine Öffnung in einen kleinen steinernen Saal. An der gegenüberliegenden Wand befanden sich eine unpassend moderne Tür und mehrere rot-weiße Gesundheits- und Sicherheitshinweise, die vor giftigen Dämpfen und unebenen Böden warnten. Eine Rinne verlief über den Steinboden und verschwand unter der harmlosen Kieferntür.

„Wie hast du das gemacht? Er scheint uns nicht gesehen zu haben."

Paul untersuchte das Schloss an der Tür und warf Lydia einen Seitenblick zu. „Füchse sind gut darin, nicht bemerkt zu werden, wenn sie es nicht wollen."

Lydia griff nach ihrer kleinen Packung Zahnstocher aus der Innentasche ihrer Jacke, aber Paul hatte bereits einen Schlagschlüssel und einen Hammer parat und arbeitete mit einer beeindruckend konzentrierten Ruhe an dem Mechanismus. Wieder hatte sie nicht gesehen, dass er sich bewegte. Eben noch hatte er das Schloss studiert und im nächsten Moment brach es schon auf. Der Mann hatte Fähigkeiten.

Hinter der modernen Tür ging es weitere Stufen hinunter, dann folgte ein kurzer Gang mit einer niedrigen halbrunden Decke und einem schwarzen Eisentor. Das Schloss daran hing leicht da, was unheimlich wirkte, so als ob eine unsichtbare Präsenz gerade hindurchgegangen wäre. Dahinter befand sich eine kurze Steintreppe, die in einen breiten, gewölbten Gang mündete. Die Luft war unten merklich kühler und trockener und es herrschte eine buchstäbliche Totenstille. Oder war es der Rückstand von Trauer und Religion? Lydia schmeckte das Silber in ihrer Kehle und in ihren Nasenhöhlen und der kalte, saubere Geruch ließ sie frösteln.

Sie bewegten sich vorwärts, wachsam und bereit für den Anblick von Gräbern oder Särgen oder was auch immer man in alten, gruseligen Krypten fand. Sie konnte die Größe des Raumes nicht einschätzen, die niedrigen Säulen, dunklen Nischen, die zu einem neuen Abschnitt oder Gang führen konnten oder einfach nur in einer Sackgasse endeten, verwirrten das Auge. Es sah aus wie der Anfang eines Labyrinths, ein Ort, an dem man tagelang herumirren konnte. Die niedrige Decke erinnerte an das Gewicht der Erde darüber und Lydia holte tief Luft, um sich zu beruhigen.

Paul pfiff leise. „Ist es das, was ich denke?"

Vorne sah Lydia etwas im Halbdunkel schimmern. Der silberne Familienpokal stand in einer Vertiefung im Stein. Reflexartig ergriff Lydia Pauls Arm und machte sich auf den Ansturm Silver gefasst, den sie das letzte Mal erlebt hatte, als sie der Reliquie begegnet war. Das war in Alejandros Büro gewesen, als er sie absichtlich dem Kelch ausgesetzt hatte, um ihre Reaktion zu testen. Sie hatte ihr Mittagessen auf seinem Büroteppich dargelegt.

Seltsamerweise passierte nichts. Das leise Pochen von Silver blieb konstant, auch als sie sich vorsichtig näherte.

„Hinterhältige Mistkerle", sagte Paul. „Ich nehme an, sie haben ihn gegen eine Nachbildung ausgetauscht." Im Rahmen des Waffenstillstands von 1943 hatten die Familien ihre Reliquien ins British Museum gebracht. Die Crows hatten ihre echten Münzen jedoch ebenfalls behalten, sodass Lydia wohl kaum mit dem Finger auf die Silvers zeigen konnte.

„Das ist auch eine." Lydia stand jetzt nahe genug, um einen Finger auszustrecken und die kompliziert geformte Oberfläche des Pokals zu berühren. „Es ist eine Fälschung."

Paul warf ihr einen abschätzenden Blick zu. „Woher weißt du das?"

„Ich habe den Richtigen schon einmal gesehen", sagte Lydia. „Und das ist er nicht."

Sie gingen tiefer in die Krypta und fanden einen Raum mit großen Gräbern und alten Gravuren, die aus dem siebzehnten Jahrhundert stammten. Hier unten, vor den Elementen geschützt, waren sie gut erhalten und perfekt lesbar. In einer anderen Kammer waren Regale in den nackten Fels gehauen, in denen kleinere Steinsärge standen. Ein Lager für die wichtigen Toten.

„Hier", sagte Paul. Er wurde vorübergehend von einer Säule verdeckt. „Hier liegen die Neueren. Ich habe die Urgroßeltern von Alejandro gefunden."

Lydia stellte sich zu Paul vor eine Reihe von Steingräbern. Jedes war mit einer glatten Marmorplatte bedeckt, die Gravuren waren frisch und neu. Die letzten beiden waren leer und warteten vermutlich auf den Einzug ihrer Bewohner. Paul beugte sich über ein anderes. „Hier ist er", sagte er. „Alejandro."

„Was ist mit Marias Mutter?"

„Sie ist nicht hier. Zumindest habe ich sie nicht gefunden. Vielleicht muss man zur Haupt-Blutlinie gehören, um es hierher zu schaffen. Oder war sie zu unwichtig?"

Lydia zuckte mit den Schultern. „Ich gebe dem Patriarchat die Schuld."

Das Grab war vor kurzem versiegelt worden und unter dem leichten Überhang der Marmorplatte war eine Linie aus Fugenmasse zu sehen. Paul holte einen Meißel und einen kleinen Hammer aus seiner Jacke und Lydia beobachtete, wie er sich auf den Boden setzte, um das Grab zu untersuchen. „Hast du das schon mal gemacht?"

„Er wurde einbalsamiert, also sollte er nicht besonders übel riechen", sagte Paul. „Bist du bereit?"

„Warte." Lydia hielt ihn an der Schulter zurück. Grabschändung. Das war ein großer Schritt. Und der Anblick des gefälschten Silberpokals hatte sie auf eine bessere Idee gebracht. Sie legte ihre Hände auf die Marmoroberfläche und schloss die Augen. Nichts.

„Was machst du da?"

„Ich suche nach ihm. Ich kann die Kräfte der Familien spüren."

Paul schien diese Information mit Fassung zu tragen. „Auch wenn wir tot sind?"

„Das Gefühl ist dann schwächer, aber ja. Vor allem, wenn die Kraft im Leben stark war. Alejandro hat ein ziemlich intensives Signal ausgesendet."

Paul blickte von seiner Position auf dem Steinboden hoch. „Warum bin ich plötzlich eifersüchtig?"

„Weil du ein Spinner bist." Lydia ging zu einem anderen

der Särge und legte ihre Hände auf den Marmor. Sofort wurde der Geschmack von Silber intensiver, als hätte sie den Lautstärkeregler an einem Radio hochgedreht. Es war klar und deutlich.

Zum Test ging sie zu einem der ältesten Gräber und legte ihre Hände auf den Stein. Es dauerte ein paar Sekunden und sie musste sich konzentrieren, aber dann schmeckte sie es. Ein metallischer Geschmack auf ihrer Zunge. Sie schloss die Augen und spürte, wie sich das Gefühl von Silver verstärkte. Sie sah den warmen Schein einer flackernden Kerze, der sich in der polierten Oberfläche eines Silbertellers spiegelte. Darauf lag gebratenes Fleisch in seinem köstlichen Saft, die Vorfreude auf eine genüssliche Mahlzeit stieg. Ein warmes Fell legte sich um ihre Schultern. Das Geräusch eines knisternden Feuers.

Lydia öffnete ihre Augen und kehrte in die kalte Kammer zurück. Sie spürte Nässe auf ihrem Gesicht und merkte, dass sie weinte. Sie war warm und sicher gewesen und sie wollte an diesen Ort zurückkehren. Es kostete sie Mühe, ihre Hände von dem Stein zu lösen, aber sie schaffte es. Paul stand hinter ihr, seine Arme legten sich um sie und sie lehnte sich zurück, um Wärme und Kraft aus seiner Anwesenheit zu schöpfen. Die Traurigkeit verflog, als sie ganz bei sich und in der Gegenwart ankam. Sie lehnte sich an Paul Fox, sein Körper war warm und fest an ihrem. Sie rutschte verlegen hin und her und rieb sich mit den Händen über die Wangen. Als sie wieder sprechen konnte, sagte sie: „Ich spüre definitiv Silver. Es ist egal, dass sie schon seit Jahrhunderten tot sind, ich kann sie immer noch spüren.“

Sie ging zurück zu Alejandros Ruhestätte und versuchte es erneut. Auch wenn sie ihre Handflächen fest gegen die Marmoroberfläche drückte, ihre Augen schloss und jeder Teil von ihr sich in der Dunkelheit ausstreckte, spürte sie nichts als Leere. Da war nichts. Sie öffnete die Augen und bemerkte Pauls Blick in dem schwachen Licht. „Ich würde mein Geld darauf wetten, dass die Leiche hier drin kein Silver ist."

Paul reckte sein Kinn in die Höhe. „Du würdest also sagen, dass dort drinnen nicht Alejandro liegt?"

„Ich würde sagen, ich bin mir absolut sicher."

KAPITEL ACHTZEHN

Das Restaurant war ein modernes europäisches Lokal in der Nähe der Carnaby Street in Soho. Fleet hatte gemeint, sie sollten sich für ein richtiges Date woanders als sonst treffen, und Lydia stimmte ihm zu. In Camberwell auswärts zu essen, war keine private Angelegenheit mehr und sie konnte sich vorstellen, welcher Zirkus in jedem Pub oder Restaurant veranstaltet werden würde, wenn sie dort auftauchte. Charlie hatte dieses Hofieren geliebt, aber Lydia fühlte sich dabei nicht wohl in ihrer Haut.

Wie durch ein Wunder war Lydia pünktlich, doch Fleet hatte ihr per SMS angekündigt, dass er sich verspäten würde. Sie knabberte ein Grissino, bewunderte das farbenfrohe Gemälde, das die gesamte Seitenwand des Restaurants zierte, und bereitete sich mental auf ein Date vor. Dabei fragte sie sich, ob sie jemals auf einem richtigen Date gewesen war. Sie hatte schon einige Beziehungen gehabt, aber noch nie ein wirkliches Date. War das für die damalige Zeit normal oder einfach nur tragisch? Lydia konnte sich nicht entscheiden.

In diesem Moment setzte sich Paul Fox auf den Stuhl

gegenüber. Es war, als hätte sie mit ihren Erinnerungen ihren Ex heraufbeschworen. Sie hatte zwar die Tür im Blick gehabt, doch er hatte es geschafft, sich ihr unbemerkt zu nähern. Nicht zum ersten Mal fragte sie sich, wie weit die Kräfte der Fox' reichten.

„Du siehst heute Abend sehr gut aus." Paul musterte sie von oben bis unten „Ein besonderer Anlass?"

Lydia trug ihre übliche Ausgehuniform bestehend aus Jeans, Dr. Martens und einem schwarzen Oberteil, obwohl das Oberteil dünner und seidiger war und einen tieferen Ausschnitt hatte als sonst. Es war wohl kaum ein Cocktailkleid. Sie warf ihm ihren besten unbeeindruckten Blick zu und ignorierte das wohlige Gefühl, das sich in ihrer Magengrube ausbreitete. Das waren nur Pheromone. Animalische Lust. Biologie. Es hatte nichts zu bedeuten.

„Tut mir leid, dass ich die Party störe." Paul lehnte sich in seinem Stuhl zurück und schien überhaupt nichts zu bedauern.

„Was willst du?"

„Direkt zur Sache, ja? Kein Honig ums Maul, kein Schleichen um den heißen Brei? Nicht mal einen Drink?"

Lydia wartete und schwieg. Sie widerstand dem Drang, sich nach Fleet umzusehen. Sie wollte keine Schwäche zeigen.

„Er ist nicht hier." Wie immer war es irritierend, dass Paul ihre Gedanken lesen konnte. „Loverboy ist spät dran. Ich hoffe, das ist kein schlechtes Zeichen. Ob eure Beziehung abkühlt?"

„Lass Fleet da raus", sagte Lydia. „Hast du Neuigkeiten für mich?"

„Zufälligerweise habe ich das. Die Leute reden gern und ich habe mich umgehört. Mir wurde zugetragen, dass Alejandro Silver einen kleinen Kredit benötigte. Er brauchte Geld, das man von keiner Bank bekommt."

„Das weiß ich bereits", sagte Lydia gleichermaßen

erleichtert wie enttäuscht. „Aber ich weiß es zu schätzen, dass du damit zu mir kommst. Sonst noch etwas?"

Paul lächelte. „Ich nehme an, du weißt auch von der Operation Bergamotte?"

Lydia hielt ihren Gesichtsausdruck neutral.

„Bestimmt tust du das. Alejandro wurde bei drei Gelegenheiten dabei beobachtet, wie er sich mit einem hochrangigen Beamten unterhielt. Es bedurfte einiger Überredungskünste und nicht unerheblicher Kosten, um herauszufinden, dass er im Fokus einer Polizeiaktion stand. Aber du weißt mit Sicherheit viel mehr darüber. Für die Metropolitan Police ist das ein Riesending und du hast ja einen direkten Draht zur Polizei. Zumindest nehme ich an, dass das der Reiz eines DCI ist. Nicht, dass er nicht groß gebaut und gutaussehend wäre." Paul sah zur Tür. „Wenn man vom Teufel spricht."

Fleet trug einen dunklen Wollmantel und darunter einen dreiteiligen Anzug. Er sah aus wie ein Erwachsener mit einem richtigen Job und einer geregelten Altersvorsorge. Das fand Lydia extrem heiß. Neben Fleet sah Paul noch mehr wie ein Ganove aus. Auch das fand Lydia extrem heiß. Die beiden Männer musterten sich abschätzig, als wollten sie handgreiflich werden. Das war kompliziert. Und im Moment kämpfte sie gegen den Drang an, ihren Drink nach Fleet zu werfen. Auch kompliziert.

Sie stand auf und küsste Fleet auf die Wange, um Paul Fox die Genugtuung zu verwehren, ihre Verunsicherung mitanzusehen. „Paul wollte gerade gehen. Er hat uns Informationen über Alejandro gebracht, dafür sind wir sehr dankbar." Zu Paul sagte sie: „Danke. Ich bin dir was schuldig."

Er ignorierte den Hinweis und studierte Fleet aufmerksam, während er sprach. „Ich habe Lydia soeben von der Operation Bergamotte erzählt. Ich war überrascht, dass sie nichts davon wusste."

Fleet zuckte sichtlich zusammen und Lydia spürte einen sinnbildlichen Tritt in ihre Magengrube.

„Ja, das dachte ich mir. Da frage ich mich, ob sie dir vertrauen kann." Paul lehnte sich an Lydia und sprach dicht an ihrem Ohr. „Nimm dich vor ihm in Acht."

„Einen schönen Abend noch", sagte Lydia. „Grüß deine Brüder von mir. Ich hoffe, sie beschränken ihre Überfälle auf ein Minimum."

Paul fletschte die Zähne. „Wir haben unsere Schulden beglichen."

„Danke, dass du vorbeigekommen bist", sagte Fleet und legte einen schützenden Arm um Lydias Schultern. Sie löste sich von ihm und setzte sich. Als sie zu Paul sah, wirkte er wieder entspannt und lächelte. Sie wollte gar nicht daran denken, welche Schlüsse er hinter dieser lockeren Fassade zog.

„Also, gute Nacht, Kinder. Bleibt nicht zu lange. Ihr befindet euch beide außerhalb eures Reviers."

„Ist das eine Drohung?" Fleet stand immer noch und Lydia konnte sehen, wie sich jeder Muskel anspannte.

„Natürlich nicht, DCI Fleet", sagte Paul, mit Betonung auf dem DCI. „Aber du solltest vielleicht darüber nachdenken, deiner Freundin gegenüber ehrlicher zu sein. Sie ist zu klug für einen Lügner." Paul sah Lydia nicht mehr an, sondern starrte Fleet einen Moment lang an. Als dieser nicht antwortete, nickte er, als wäre das genau die Antwort, die er erwartet hatte und mit der er zufrieden war, dann machte er auf dem Absatz kehrt und ging.

Fleet setzte sich, schob die Ärmel seines Hemdes hoch und faltete seine Hände auf dem Tisch. „Willst du mir sagen, weshalb Paul Fox jetzt zu unseren Dates kommt?"

„Wirklich?" Lydia grub ihre Fingernägel in ihre Handfläche, um sich davon abzuhalten, ihre Stimme zu erheben. „Damit willst du anfangen?"

„Was?" Fleets Augenbrauen senkten sich.

„Operation Bergamotte.“

Er hatte den Anstand, beschämt dreinzuschauen. „Davon wollte ich dir heute Abend erzählen.“

„Vor oder nach dem Essen?“

„Danach, im Idealfall. Wir wollten einen normalen Abend verbringen, wie ein normales Paar.“

„Wir sind kein normales Paar“, sagte Lydia und stand auf. „Ich bin nicht normal.“

„Tu nicht so.“ Fleet runzelte jetzt ernsthaft die Stirn und konnte seinen Frust nicht mehr verbergen.

„Ich gehe nach Hause“, sagte Lydia. „Ich habe sowieso keinen Hunger.“

AM NÄCHSTEN MORGEN war Lydia schon vor sechs Uhr hellwach und beobachtete die Lichtmuster an ihrer Schlafzimmerdecke. Sie stand auf und zog sich Sportkleidung an. Reines Gehen würde nicht ausreichen, um die Anspannung zu lösen, sie musste es mit Laufen versuchen. Die Situation war wirklich dramatisch.

Die Straße vor dem Fork war menschenleer. Die geparkten Autos waren feucht vom Tau und Lydia streckte sich, bevor sie sich auf den Weg machte und die Arme zum Aufwärmen schwang. Sie war so sehr darauf bedacht, sich zu bewegen, dass es einen Moment dauerte, bis etwas in ihr Bewusstsein drang. Eines der Autos war nicht mit Tau überzogen. Was bedeutete, dass es warm war.

Sie ging weiter, ohne sich umzusehen. Erst hinter der nächsten Straßenecke blieb sie stehen und wartete. Einen Moment später erschien ein Mann. Er warf einen flüchtigen Blick auf Lydia und ging dann weiter. Er trug einen Anzug und Lydia wurde ein wenig seekrank. „Gute Arbeit“, sagte Lydia. „Aber Sie waren zu voreilig.“

Der Mann blieb stehen. „Wie bitte?“

„Sie wurden erkannt“, antwortete Lydia. „Verschwenden

Sie nicht meine Zeit. Rufen Sie Ihren Chef an und sagen Sie ihm, dass ich mit ihm reden will."

Der Mann gab sich überzeugend verwirrt und hätte Lydia nicht die schwache Note von salziger Seeluft wahrgenommen, die darauf hindeutete, dass er vor kurzem mit Mr. Smith in Kontakt gewesen war, hätte sie womöglich an ihren Instinkten gezweifelt. „Ich habe noch seine Nummer, also kann ich ihn auch selbst anrufen. Oder ich kann zum Safe House in der Nähe seines Büros gehen. Ich gebe Ihnen die Chance, die Kontrolle über die Situation zu übernehmen und Ihr Gesicht zu wahren. Wenn Sie sich beeilen, verschweige ich ihm vielleicht sogar, dass ich Sie erwischt habe."

Der Mann grinste und zog ein Handy heraus. Er tippte eine SMS ein und entfernte sich daraufhin.

Der Mercedes fuhr lautlos vor. Selbst wenn Lydia ihn nicht als den von Mr. Smith erkannt hätte, hätte sie auf einen Spion oder einen hochrangigen Waffenhändler getippt. Die Hintertür öffnete sich und sie stieg ein.

Mr. Smith hatte sich nicht verändert. Auch seine Signatur war dieselbe und da sie nur wenige Sekunden Zeit gehabt hatte, sich darauf vorzubereiten, kämpfte Lydia gegen eine Welle der Seekrankheit an, während sie sich auf dem Ledersitz niederließ.

„Sie sehen gut aus", sagte Mr. Smith.

„Ich dachte, wir wären fertig miteinander." Lydia verspürte den Drang, nach Charlie zu fragen, und sie hielt den Atem an, bis der Drang verflogen war.

Mr. Smith neigte leicht den Kopf. „Das wäre mir neu."

„Ich kann Ihnen nicht helfen", sagte Lydia und sah ihm in die Augen. „Ich werde Ihnen nicht helfen. Sie müssen mich also nicht weiter ausspionieren lassen. Das ist eine Verschwendung Ihrer wertvollen Ressourcen."

„Es geht nicht darum, dass Sie *mir* helfen", sagte Mr. Smith. „Ganz im Gegenteil."

„Ach ja?“

„Ich behalte Sie zu Ihrem eigenen Schutz im Auge.“

„Das bezweifle ich.“

„Sollen die Leute nicht wissen, dass Sie Alejandro Silver nicht getötet haben?“

„Er ist nicht tot“, sagte Lydia und genoss Mr. Smiths überraschten Gesichtsausdruck. Es bestätigte ihren Verdacht, dass Alejandros Leiche nicht einfach woanders hingebracht worden war. „Das wussten Sie natürlich schon.“

Er glättete seine Miene schnell. „Wie kommen Sie darauf?“

„Er liegt nicht in der Krypta. Und ich vermute, der ganze Auftritt hat etwas mit Operation Bergamotte zu tun.“

„Ah.“ Seine Augen weiteten sich ein wenig beim Wort *Bergamotte*. Die Polizeidatenbank spuckte zufällige Wörter aus, die sie den Einsätzen zuordnen konnten, und sie hätte es unmöglich erraten oder herausfinden können. „Ich nehme an, Ihr DCI hat sich verplappert. Sehr unvorsichtig von ihm. Äußerst unprofessionell.“

Lydia ignorierte den Gefühlsausbruch, den die Bemerkung auslöste. Mr. Smith wollte, dass sie seine Hilfe annahm, dass sie sich auf ihn verließ. Das würde sie nutzen, um ihn zum Reden zu bringen. „Ich nehme an, dass der Pathologe nicht aus seinem Urlaub zurückkommt. Es sei denn, die Reise war Teil einer Bestechung? Und Sie hatten wohl eine Ersatzleiche. Im Krankenwagen ausgetauscht? Arbeiteten die Sanitäter für sie oder war es wieder Bestechung? Ich habe die Leiche gesehen und sie sah genauso aus wie Alejandro. Das ist beeindruckend.“

Mr. Smith lächelte. „Die Vorzüge der Regierungsarbeit. Wir verfügen über Ressourcen.“

„Und jetzt ist er untergetaucht? Vor wem versteckt er sich?“

„Es gab eine Operation der ESOK, die sich auf politische

Korruption konzentrierte. Alejandro Silver geriet nach seinem erstaunlichen Aufstieg in die Ermittlungen."

Die Einheit für Schwere und Organisierte Kriminalität gehörte nicht zur Metropolitan Police, die beiden Behörden arbeiteten jedoch zusammen. Die Angst, dass Fleet ihr Informationen über den Fall Alejandro vorenthalten hatte, kroch ihr die Kehle hinauf. „Inwieweit wurde gegen ihn ermittelt?"

„Er hatte natürlich Hilfe, aber woher das Geld für diese Unterstützung kam und wer genau davon profitierte, war von besonderem Interesse. Alejandro wollte keinen Skandal. Ein solcher würde dem Ruf seiner Familie und seiner Firma schaden. Außerdem war er nicht erpicht darauf, sich auf der anderen Seite der Anklagebank wiederzufinden."

„Das kann ich mir vorstellen."

„Die ESOK bot ihm Immunität an. Zeugenschutz."

Lydia schnaubte. Sie konnte sich nicht vorstellen, dass Alejandro sich versteckte. Wie würde so ein Zeugenschutz aussehen? Würden sie ihm einen Job als Lagerist und ein kleines Reihenhaus irgendwo im Norden besorgen? Ihn Nigel nennen und ihm einen Ford Focus und eine Mitgliedschaft beim örtlichen Sportverein schenken? Nein, ganz bestimmt nicht.

„Im Gegenzug dafür sammelte er Beweise gegen die Leute, die ihm geholfen hatten. Da kam ich ins Spiel."

Lydia beendete ihre Gedanken darüber, wie Alejandro außerhalb Londons ein normales Leben führen sollte, und konzentrierte sich auf Mr. Smith. „Warum?"

„Die ESOK interessierte sich für politische Verbindungen zu Waffenhändlern und Drogenbaronen. Sehr bösen Menschen, die Interpol rund um den Globus jagt. Sie fanden Alejandro aufgrund eines verdächtigen Todesfalls in Griechenland, der mit einem bekannten Attentäter in Verbindung gebracht wurde."

„Die Abgeordnete", sagte Lydia. „Nadine Gormley."

„Ganz genau. Aber das hat sich als nebensächlich herausgestellt."

„Wie das?"

„Alejandro Silver wurde von niemandem finanziert, der auf der Liste von Interpol stand. Er hat sich an unsere alten Freunde von JRB gewandt und um Hilfe gebeten."

Das warf gleich mehrere Fragen auf, aber Lydia entschied sich für eine: „Woher wissen Sie das?"

Er blickte zu Boden und zupfte einen imaginären Fussel von seinem makellosen Anzug. „Sie sagten einmal, Sie glauben, dass JRB Ärger zwischen den Familien schüren will."

„Es gab schon immer Menschen, die es gern sehen würden, dass sich die Familien gegenseitig vernichten. Entweder weil sie uns fürchten oder wegen der möglichen Belohnung."

„In einem Krieg gäbe es Opfer, aber die Beute wäre über ganz London verstreut und man müsste nur darauf warten, dass jemand sie einsammelt. Es gab schon immer Menschen, die vom Treibgut der Wracks leben. Ich interessiere mich für diejenigen, die den Leuchtturm manipulieren."

Lydia verstand die Metapher, wünschte aber, er würde aufhören, über das Meer zu reden. Es machte ihre Übelkeit noch schlimmer. Sie glaubte, Möwen und das Rauschen der Wellen zu hören. Mr. Smith beobachtete sie eindringlich, als wüsste er, dass sie sich unwohl fühlte. Lydia kam der Gedanke, dass er inzwischen viel von Charlie erfahren haben könnte. Wahrscheinlich wusste er genau, welche Wirkung er auf sie hatte.

„Sie müssen nicht einmal vernichtet werden", fuhr er fort. „Sie misstrauen einander und bringen sich gegenseitig um. Das macht sie verwundbar, offen für Infiltration und Deals von außen."

Lydia starrte ihn an. „Sie haben das bereits ausgenutzt."

Er lächelte und Lydia spürte, wie sie wankte, als ob das Deck, auf dem sie stand, von einer großen Welle überrollt worden wäre. Das ist kein Deck. Kein Schiff, erinnerte sie sich. Sie saß in einem Auto.

„Ich bin für Sie da", sagte er. „Ich will nicht, dass Maria Silver Sie vernichtet."

„Wir haben gerade festgestellt, dass Alejandro noch am Leben ist."

„Und wer wird das glauben? Solange er nicht auftaucht und auf dem Trafalgar Square ein Tänzchen wagt, gelten Sie und Ihre Familie als Hauptverdächtige an seinem Tod."

Lydia schwieg.

„Ich kann Sie beschützen. Sie sind verwundbar, jeder weiß das. Es ist nur eine Frage der Zeit, bis eine der anderen Familien Sie angreift. Oder womöglich kommt die Bedrohung von innen. Sie besitzen nicht Charlies Killerinstinkt. Sie haben gesehen, wozu meine Abteilung in der Lage ist. Lassen Sie mich Ihnen helfen. Ich will nicht, dass Ihnen etwas zustößt."

„Weil Sie hoffen, mich in Zukunft als Vorteil zu nutzen." Lydia konnte die Bitterkeit nicht verbergen.

„Das ist natürlich ein Teil davon", sagte Mr. Smith. „Aber meine Motive sind im Moment nicht wirklich wichtig, oder?"

Er hatte recht. Lydia hatte ganz andere Probleme und wenn er ihr anbot, ihr bei einem der größten zu helfen, wäre sie eine Närrin, wenn sie ihn abweisen würde. Sie fühlte sich jedoch bedrängt. In die Ecke gedrängt. Und das machte sie wütend. Außerdem hatte sie sich nie für besonders schlau gehalten. „Ich werde mich selbst um Maria Silver kümmern. Pfeifen Sie Ihre Männer zurück. Wir hatten eine Abmachung und jetzt bin ich raus. Ich bin weder Alejandro noch Charlie und ich werde nicht Ihre Marionette sein."

KAPITEL NEUNZEHN

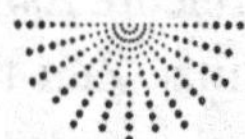

Lydia stand auf dem Bürgersteig und sah zu, wie der Mercedes davonfuhr. Sie hatte das ungute Gefühl, dass sie soeben ein Angebot abgelehnt hatte, das sie nicht ablehnen konnte. Sie wandte sich wieder dem Fork zu und versuchte, ihre Gedanken davon abzuhalten, sich in die schwarze Tiefe zu stürzen. Sie hasste es, dass Mr. Smith ihr unter die Haut ging. Er spielte Psychospielchen, nannte sie schwach, weil er wollte, dass sie darauf reagierte, dass sie ihm vertraute. Dass sie all das wusste, machte seine Strategie nicht weniger effektiv. Sie hatte Angst, dass an seinen Worten etwas Wahres dran war. Vielleicht konnte sie ihre Familie nicht beschützen, geschweige denn die Menschen in Camberwell.

Lydia schüttelte sich aus ihren Gedanken und blieb am Eingang stehen, um Ash anzurufen. Sie wollte nachfragen, wie es ihm ging. Wenn sie beweisen konnte, dass sie Ash wirklich gerettet hatte, war sie vielleicht doch kein hoffnungsloser Fall. Und falls die Pearls sie immer noch beobachteten, sollten sie wissen, dass Lydia weiterhin ein Auge auf Ash hatte.

Der Anfang war wenig vielversprechend. Lydia traf Ash auf einer der Bänke in Camberwell Green und er sah genauso dürr und nervös aus wie beim letzten Mal. Er hatte offensichtlich immer noch Schwierigkeiten zu essen und sie würde darauf wetten, dass er auch kaum schlief. Jason hatte heiße Schokolade gekocht und Lydia hatte sie in zwei Thermobecher umgefüllt. Sie reichte Ash einen davon und fragte sich, ob Emma das die ganze Zeit fühlen musste: die Sorge und Verantwortung für ein anderes Menschenleben. Das nagende Gefühl, dass sie ihn bestimmt retten könnte, wenn sie sich nur mehr anstrengen würde.

„Danke, dass du dir Zeit nimmst", begann sie, doch Ash winkte ab. Er starrte auf ein Mädchen, das zurücklief, um ein Stofftier aufzuheben. Es hatte eine flüchtige Ähnlichkeit mit dem Pearl-Mädchen, das Lydia gefolgt war, aber das Gefühl verflog, als es zu seiner Mutter und seinem älteren Bruder zurücksprang.

„Was willst du?", fragte Ash, der die Familie immer noch beobachtete.

„Ich wollte nur nach dir sehen. Wie geht es dir?"

Ash zuckte zusammen. „Ich war in der Bibliothek. Ich bin die Zeitungen der letzten zwanzig Jahre durchgegangen. Ich dachte, das würde mich ablenken."

„Und? Hat es das?"

„Ich vermisse sie immer noch. Hast du etwas gehört? Bist du hier, weil sie jemanden entführt haben?" Er sah Lydia an und sein Blick war eine seltsame Mischung aus Hoffnung und Abscheu.

„Nicht, dass ich wüsste. Hast du noch einmal versucht, sie zu kontaktieren?"

Er schüttelte den Kopf. „Nicht wirklich. Nur in meinen Träumen."

Nun, das war gruselig. „Erinnerst du dich an mehr über deine Zeit im Untergrund?" Sie benutzte Ash ungern als

Informanten, aber sie musste ihre Familie schützen und je mehr sie über die Pearls wusste, desto besser. Vor allem, da die Pearls sie offenbar nicht vergessen hatten. „Ist das in Ordnung? Ich weiß, dass es schwer sein könnte ...“

„Es macht mir nichts aus“, sagte Ash und zuckte mit den Schultern. „Ich will über sie reden, es fühlt sich so echt an wie nichts anderes in meinem Leben und ich kann mit niemandem sonst darüber sprechen.“

Seine Augen hatten aufgeleuchtet und Lydia hoffte, dass er es schaffen würde, ruhig zu bleiben.

„Der König meinte, sie seien unter der Erde gefangen, und ich weiß, dass sie Kinder als ihre Spitzel hier oben benutzen. Ich frage mich, ob sich das mit deinen Erfahrungen deckt. Kannst du dich daran erinnern, dass einer von ihnen jemals gegangen ist? Haben sie darüber gesprochen, dass sie in einer Falle sitzen?“

Ash hatte seine Hände um den Thermobecher gelegt. „Das mit der Zeit war eine seltsame Sache, wie du weißt, aber sie waren immer da.“ Einen Moment lang verzog er konzentriert das Gesicht, dann schüttelte er den Kopf. „Nein. Soweit ich weiß, sind sie nie von dort weggegangen. Der König jedenfalls nicht, bei den anderen könnte ich es dir nicht mit Sicherheit sagen.“

„Das ist hilfreich, danke“, sagte Lydia.

Ash starrte ins Leere. „Ich glaube nicht, dass jemand von dort weggegangen ist. Sie waren zufrieden. Glücklich.“

„Das ist ...“

„Sie haben nicht über alltägliche Dinge geredet“, warf Ash ein. „Ich habe das alles irgendwie vergessen, ehrlich gesagt.“

„Was alles?“

„Die Welt. London. Das normale Leben.“

* * *

Lydia begleitete Ash, um sicher zu sein, dass es ihm nach dem Gespräch über die Pearls gutging. Er sagte, dass er einen Termin bei einem Akupunkteur habe, weil „Mum und Dad verzweifelt sind", er aber auch jede Woche in die Ambulanz im Maudsley Hospital gehe. Lydia war froh, dass er immer noch Hilfe bekam, doch ihr Herz krampfte sich angesichts des Ausmaßes des Problems zusammen.

„Mir ist bewusst, dass ich labil bin", sagte er und schaute sie an. „Ganz so schlimm ist es dann doch nicht. Ich weiß, dass ich nicht mehr in den Wald gehen kann. Ich hoffe, dass sie mir wieder Antipsychotika geben. Die Antidepressiva sind einfach nicht genug. Sie berühren sie nicht. Die Gefühle."

Ash sprach jetzt hektischer und Lydia konnte sehen, dass er aufgeregt war.

„Ich kann nicht aufhören, an sie zu denken. Ständig vermisse ich sie. Ich fühle mich wie ausgehöhlt, verstehst du das?"

„Das tue ich", sagte Lydia und führte ihn über die Hauptstraße. „Es wird besser werden, du musst dir nur Zeit lassen."

Sie nahmen die Durchgangsstraße, die Medlar Street, und gingen unter den Bahngleisen hindurch und an einem unfreundlichen Parkplatz mit Stacheldrahtrollen vorbei. Ein kalter Windstoß erinnerte Lydia daran, dass der Winter noch nicht ganz dem Frühling gewichen war, und sie zog den Reißverschluss ihrer Jacke zu. In diesem Moment brach Ash ab und stand stocksteif da. Er stieß einen erstickten Laut aus und fiel zu Boden. Die Farbe wich aus seinen Wangen und ließ ihn leichenblass und mit blauen Lippen zurück. Seine Augen waren weit aufgerissen und verängstigt. Er schien bei Bewusstsein zu sein, aber er atmete nicht. Lydia kniete auf das kalte Pflaster und hob seine obere Hälfte in ihren Schoß, wiegte seinen Kopf und rief seinen Namen. „Atme, Ash!", rief sie. „Atme!"

Sie spürte, wie Pearl-Magie aus ihm strömte und sah sich um. Sie waren allein und Ash hatte immer noch nicht geatmet. Wie lange konnte jemand ohne Sauerstoff auskommen, bevor ein Hirnschaden eintrat? Laut Erste-Hilfe-Ausbildung sollte sie ihn hinlegen, seinen Kopf zurückkippen und Luft in seine Lungen atmen. Ihr Crow-Training sagte ihr, dass sie die Pearl-Magie bekämpfen musste, sonst würde auch die Wiederbelebung nichts nützen. „Ash, es ist alles in Ordnung, sie können dir nichts tun. Atme, Ash." Sie rief immer wieder seinen Namen und versuchte, seine Panik zu lindern. Seine Augen rollten zurück, sodass sie nur noch weiße Augenhaut sehen konnte, dann schlossen sie sich.

Lydia beugte sich zu ihm hinunter und flüsterte ihm ins Ohr. „Lasst ihn in Ruhe."

Sie hörte das Rascheln der Bäume, den Wind, der durch Äste und Blätter wehte, obwohl keine da waren. Es klang wie Lachen. „Hört auf!", sagte sie laut.

Jetzt konnte sie die Bäume sehen. Sie waren verbogen und seltsam verformt, beladen mit braunen Früchten, und der süße Geruch von Fäulnis erfüllte ihre Nasenlöcher und verdrängte den sauberen Duft der Pearls. Lydia schloss ihre Augen und streckte ihre Hände in die Dunkelheit aus. Sie hörte das Schlagen von Flügeln, aber schwach und in weiter Ferne. Die Bäume knarrten laut. Wurzeln schossen unter der Erde umher, unter den Pflastersteinen, dem Beton und den Trümmern alter Gebäude. Uralte Wurzeln, die noch miteinander verbunden waren, Wurzeln, die sich erinnerten.

Sie hatte ihre Münze zwischen den Fingern und tastete, ihrem Instinkt folgend und mit fest geschlossenen Augen, nach Ashs Gesicht, riss seinen Mund auf und legte die Münze auf seine Zunge. Sofort zuckte sein Kopf und er holte tief Luft, wie ein Mann, der aus dem Wasser tauchte. Lydias Augen flogen auf. „Schluck sie nicht hinunter", sagte sie und hoffte, dass es nicht zu spät war. Ashs Augenlider flatterten und schlossen sich erneut. Er holte tief Luft und bei einer Ausatmung fiel die Münze in die wartende Handfläche.

Mit offenen Augen konnte Lydia die Bäume sehen. Sie waren durchsichtig und geisterhaft, überlagerten den Bürgersteig, die Gebäude und die geparkten Autos in der Seitenstraße und schürten die Flammen der Panik, die an den Rändern ihres Geistes leckten, ihre Gedanken vernebelten und ihr Herz rasen ließen. Sie war von Bäumen umgeben. Sie war nicht in den dunklen Wald gelaufen, sondern die Pearls hatten den Wald zu ihr geschickt. Sie konzentrierte sich auf Ashs Gesicht und versuchte, die Geräusche von knarrendem Holz und sich bewegenden Blättern auszublenden. „Wir müssen weiter", drängte sie. „Sofort."

Ash öffnete die Augen und sah sie mit einem seltsamen Ausdruck an. Es war zwar sein Gesicht, aber es sah plötzlich ganz anders aus. Die feinen Muskeln um seine Augen und seinen Mund hatten sich in etwas Unbekanntes verwandelt. Etwas Spöttisches. Kurz bevor er sprach, erkannte Lydia, wer von Ash Besitz ergriffen hatte. Der Pearlkönig. Diese Worte stammten definitiv nicht von Ash.

„Weißt du, wo du bist, mein Kind?"

„In meinem Territorium", antwortete Lydia und sah Ash tief in die Augen. Die Kreatur sollte ihren Blick spüren. „Camberwell ist der Nistplatz der Crows und du bist hier nicht willkommen."

„Das hier war einst ein Obsthain." Ashs Stimme klang anders. Seine Stimmbänder, die Intonation und der Akzent des Königs. „Mispelbäume, so weit das Auge reichte. Kennst du diese Frucht? Die Mispel. Auch bekannt als Asperl. Aber genug der Botanikkunde. Du mischst dich ein, Lydia Crow, und wir haben deine Einmischung satt."

Das Geräusch von knarrenden Ästen, raschelnden Blättern und aufbrechenden Knospen wurde von Sekunde zu Sekunde lauter. Lydia ignorierte das alles und konzentrierte sich auf Ashs Gesicht. „Warum sprichst du nicht persönlich mit mir?" Sie deutete auf Ashs liegenden Körper. „Das ist unter deiner Würde."

„Dieser Junge ist mein Diener und ich werde ihn benutzen, wie ich will und wann ich will."

„Kein Grund, so empfindlich zu sein." Lydia wollte den König reizen. Wenn es ihr gelang, ihn zu ärgern, würde ihn das womöglich ablenken und ihr eine Chance bieten. Gleichzeitig suchte sie nach dem Geräusch von Flügeln, dem Schlagen tausender winziger Herzen und dem Gefühl eines warmen Luftstroms, der sie nach oben trug. Das war schwierig, wenn blankes Entsetzen sie zu übermannen drohte und Ashs Gesicht immer blasser wurde. Doch sie versuchte es. Sie stellte sich vor, wie sich schwarze Flügel um ihre beiden Körper legten und sie abschirmten, und hielt fest die Münze in ihrer Hand, um ihre Energie zu bündeln. Die Luft vibrierte und Lydia spürte Wärme um sich, als würde eine Schutzmauer die kühle Brise abhalten.

Ash war aber immer noch blass und rang nach Sauerstoff. Sein Gesicht wirkte falsch, seine Miene war nicht die seine. Lydia verspürte unbändigen Hass auf den König und sie drückte mit aller Kraft gegen die Präsenz, die in Ash hockte und ihn als ihre persönliche Marionette missbrauchte. Die Stimme, die stärker war, als es aus Ashs geschwächtem Körper möglich gewesen wäre, sagte: „Du wurdest gewarnt. Du darfst nicht über uns sprechen."

Ash begann zu weinen und Lydia wusste, dass er zu sich gekommen war. Der Schutz, den sie aus unsichtbaren Flügeln über sie gelegt hatte, hielt die Bäume zurück, die immer noch ihre verdrehten Äste ausstreckten. Aber sie konnte spüren, wie sich die Wurzeln unter dem Boden nach oben bewegten. Sie mussten von hier verschwinden. Sie würde den Schutz nicht mehr lange aufrechterhalten können.

Lydia zwang sich aufzustehen und half Ash hoch. „Komm schon!", rief sie und zog ihn ein paar Schritte hinter sich her, bevor er auf die Beine kam und mit ihr rannte. Sie eilten die Straße hinunter und wichen den geisterhaften Bäumen aus. Lydia versuchte, das Gleichgewicht zu halten, während sie Ash festhielt und sich darauf konzentrierte, die Flügel wie einen Panzer um sich zu schließen. Ein einzelner verkümmerter Stamm wuchs aus einer quadratischen Lücke im Pflaster und Lydia brauchte einen Moment, um zu erkennen, dass es sich um einen echten Baum handelte und nicht um einen Geist des Königs. Ein letzter Rest des einstigen Obsthains. Lydia hielt inne, schloss die Augen und sammelte die Crow-Energie in ihrem Kopf, dann in ihren Armen und Fingern. Sie ließ ihre Wut über Ashs Behandlung und ihre Angst um ihn aufsteigen und stellte sich vor, dass der König an der Stelle des verbogenen Stücks alten Holzes stand. Ihre Hände waren entweder sehr heiß oder sehr kalt, sie konnte es nicht sagen. Es war ein Brennen, das sich schnell in ein Taubheitsgefühl verwandelte. Sie berührte den Baum und entließ die Energie aus ihren Fingern. Er ging in Flammen auf.

Die Geisterbäume verschwanden im Handumdrehen, ebenso das Rascheln der Blätter und das Knarren der Äste. Stattdessen kehrten die Geräusche der Stadt zurück. Ein Martinshorn ertönte in der Ferne, wie der Sirenenruf der Heimat. Lydia und Ash verließen keuchend die Medlar Street und reihten sich in den Strom aus Geschäften, Friseuren, Cafés und der Menschen ein, die sich auf dem Bürgersteig drängten. Ein Mann spielte Steel Drum, vor ihm auf dem Boden lagen ein Hut und ein Schild mit der optimistischen Aufschrift *Danke* und ein angeleinter Pitbull trottete herbei, um an Lydias Bein zu schnüffeln. Manch einer mochte sich an die guten alten Zeiten erinnern, als Camberwell noch eine ländliche Idylle war, mit weitläufigen Feldern und Obsthainen voller klebriger Früchte, aber im Großen und Ganzen war Lydia diese Version lieber. Trotzdem mussten sie von der Straße weg.

GLÜCKLICHERWEISE ERREICHTEN sie das Fork ohne weitere Zwischenfälle. Ashs Gesichtsfarbe hatte sich gebessert und er schaffte es die Treppe zur Wohnung hinauf, obwohl er nicht aufhören konnte, sich zu entschuldigen.

„Nur noch ein Stückchen", sagte Lydia und trieb ihn an. „Geh weiter, wir haben es fast geschafft."

Lydia, die keine geborene Cheerleaderin war, war erschöpft von der Anstrengung, ruhig zu bleiben. Der Pearlkönig hatte die Hand ausgestreckt und Ash so einfach manipuliert, als hätte er einen Mantel übergestreift. Lydia wusste, wie es sich anfühlte, eine andere Seele in sich zu tragen, da sie Jason schon mehrmals mitgenommen hatte. Es war unangenehm. Der Gedanke, dass diese Seele von ihr Besitz ergreifen könnte, war unerträglich. Lydia war mit dieser Vorstellung beschäftigt und es dauerte eine Sekunde, bis sie bemerkte, dass Ash sein Gemurmel beendet hatte. Sie drehte sich gerade noch rechtzeitig um, um zu sehen, wie er sich plötzlich und heftig bewegte, sie zu Boden stieß und sich auf ihre Brust setzte, wobei er ihre Schultern mit den Knien festhielt. Seine Hände legten sich um ihre Kehle und seine Augen rollten in seinem Kopf zurück und wurden weiß.

Die Crow-Magie setzte instinktiv ein und sie nutzte sie, um Ash abzuschütteln. Als er fiel, drehte sie sich und kehrte ihre Position um. „Hör auf", sagte sie und drückte ihn fest an sich. Ein Arm löste sich und schoss direkt auf ihren Hals zu. Sie konnte ihm gerade noch ausweichen. „Stopp!"

Sein Körper zuckte und versuchte, sie abzuwerfen. Lydia

war sich nicht sicher, wie lang sie ihn trotz ihrer Kräfte und seiner ausgemergelten Statur halten konnte. Er wurde von etwas angetrieben, das älter und stärker war als sie beide. Eine Verbindung von weit unter der Erde. „Scheiß drauf", sagte Lydia und schlug Ash seitlich gegen den Kopf.

KAPITEL ZWANZIG

Lydia sicherte Ash mit Klebeband auf dem Sessel, der normalerweise für ihre Klienten gedacht war. Ihre größte Sorge war, dass er bei einem Befreiungsversuch umkippte und sich etwas brach. Er war noch benommen von dem Schlag auf den Kopf und sie hatte ernsthaft Angst, dass er eine Gehirnerschütterung hatte. Woher wusste man, wie fest man eine Person schlagen durfte? Wie viel war zu viel des Guten? Wann sollte man aufhören? Lydia verfluchte Charlie dafür, dass er ihr nicht beigebracht hatte, worauf es wirklich ankam, und drückte Ash einen kalten Waschlappen in den Nacken.

Seine Augen flatterten auf. „Lydia?"

„Es tut mir leid, dass ich dich schlagen musste", sagte Lydia. „Du hast nicht aufgehört."

„Habe ich dir wehgetan?" Die Schatten unter Ashs Augen waren dunkler als je zuvor und seine Haut war so blass, dass sie die Äderchen darunter sehen konnte. Seine Stimme war nur noch ein leises Krächzen.

„Was zum Teufel ist hier los?" Jason tauchte neben Lydia auf und sie ließ das Klebeband fallen. Es landete auf der Kante und rollte unter den Schreibtisch.

„Nicht jetzt!" Lydia vermied es, in Jasons Richtung zu
schauen. Ash wirkte verwirrt, aber Lydia wollte ihn nicht
noch weiter beunruhigen, indem sie mit einem Geist
sprach.

„Was ist mit ihm passiert?" Jason starrte Ash mit blankem
Entsetzen an. „Er sieht halbtot aus. Und stehst du jetzt auf
perverse Sachen?"

„Ich werde das in Ordnung bringen", sagte Lydia, beugte
sich hinunter und sah Ash in die Augen. „Alles wird wieder
gut. Es tut mir leid, dass ich dich gefesselt habe. Es ist zu
deinem eigenen Schutz. Jetzt, wo wir wissen, dass der König
durch deinen Körper sprechen und handeln kann, dürfen
wir kein Risiko eingehen." Sie wandte sich ab und warf
Jason einen Blick zu, um sich zu vergewissern, dass er
verstanden hatte.

„Heilige Scheiße", rief Jason. „Das können die? Ein
menschliches Wesen wie eine Handpuppe benutzen?"

„Anscheinend", sagte Lydia, ohne Jason wirklich anzusehen. Sie konzentrierte sich auf Ash. „Kannst du sie jetzt
spüren?"

Ash schloss die Augen und runzelte die Stirn. „Nein."

„Gut." Lydia wischte sein Gesicht mit dem Waschlappen
ab. „Hast du Durst?"

Sie entfernte sich, um ein Glas Wasser zu holen, und
Jason folgte ihr. „Was hast du vor?"

„Ich weiß es nicht." Lydia füllte das Glas. „Er muss etwas
essen, trinken und sich ausruhen. Er ist erschöpft und hat
wahrscheinlich eine Gehirnerschütterung."

„Wo ist Fleet?"

„Bei der Arbeit. Ich erzähle es ihm später. Ich muss die
Lage erst unter Kontrolle bringen."

„Er könnte helfen. Du solltest nicht allein sein. Was ist,
wenn Ash sich befreit und dich wieder angreift?"

„Fleet sollte nichts damit zu tun haben. Er ist immer
noch ... ein Bulle."

„Lydia“, entgegnete Jason. „Sei nicht so stur. Du musst nicht alles allein schaffen.“

„Ich bin nicht allein“, sagte sie und lächelte. „Ich habe dich.“

Zurück im Büro war Ash so zusammengesunken, wie es für einen Mann nur möglich war, der mit Klebeband an einen aufrechten Stuhl gefesselt war. Sie hatte das Klebeband zur Sicherheit um seine Brust gewickelt, was ihm das unglückliche Aussehen von Hannibal Lecter verlieh, der in einer Zwangsjacke an den Wagen gefesselt war.

„Wasser“, sagte Lydia. „Trink davon.“

Ash hob langsam den Kopf, als ob ihm das Schmerzen bereiten würde. Seine Augäpfel rollten nach hinten, aber dann schien er sich zu konzentrieren. Lydia beugte sich hinunter und hielt ihm das Glas an die Lippen, sodass er trinken konnte. Ashs Mund verzog sich zu einem breiten Lächeln, das völlig falsch aussah. Bevor Lydia reagieren konnte, hatte er auf das Glas gebissen. Es zerbrach und Blut spritzte aus seinen aufgeschnittenen Lippen. Lydia zuckte zurück, als Ash blutüberströmt nach ihr schnappte. Es war nicht Ash, der sie durch die haselnussbraunen Augen ansah. Er zermahlte das Glas, sein Kiefer bewegte sich methodisch. Sein Adamsapfel wippte, als er das Glas hinunterschluckte.

Lydias Kehle war vor Angst trocken geworden, aber sie schaffte es zu sprechen. „Wenn du ihm wehtust, werde ich deine Fragen nicht beantworten.“

Ash grinste und das Blut floss schneller, als sich sein Mund dehnte und die Wunden damit aufriss. „Wie kommst du darauf, dass ich Fragen an dich habe, Kind?“

„Was könntest du sonst wollen?“ Lydia versuchte, ihre Stimme zu kontrollieren und vernünftig zu klingen. Sie musste den König auf ihre Seite ziehen, bevor er Ash noch weiter verletzte. „Ich will einen Waffenstillstand. Kein Verfolgen und keine Einschüchterung mehr. Wenn du mich tötest, wird der nächste Crow die Nachfolge antreten und, um ehrlich zu sein, bin ich die Vernünftigste in der Familie. Außerdem wäre da noch das klitzekleine Problem der Vergeltung. Auge um Auge, du weißt schon. Lass uns eine für beide Seiten vorteilhafte Einigung finden."

„Einigung?" Der König klang aufrichtig verwirrt. Lydia wusste nicht, ob er das Wort nicht kannte oder einfach nicht glauben konnte, dass ein gewöhnlicher Mensch es in den Mund zu nehmen wagte.

„Getroffen zwischen zwei Anführern."

Ashs blutverschmierte Lippen kräuselten sich vor Abscheu. „Ich erkenne deine Autorität nicht an."

Okay. Lydia schluckte. Sie versuchte einen anderen Ansatz. „Ich bin mir bewusst, dass ich Euch nicht respektiert habe, und bedauere mein Verhalten."

Der König verzerrte Ashs Gesicht zu einem höhnischen Lachen und Lydia kämpfte gegen den Drang an, sich zu übergeben. Das Geräusch war weltfremd und weckte in Lydia das Bedürfnis, sich an einem sicheren Ort weit, weit weg zusammenzurollen und zu verstecken. „Das ist wohl wahr."

„Aber ich kann Euch ein Geschenk anbieten, um Euch für meinen Anteil am Verlust Eures letzten Gastes zu entschädigen."

„Ein neues Spielzeug?" Ashs Augen leuchteten.

„Ja. Im Austausch für ein Gespräch. Wenn wir unser Wissen bündeln, wird es für beide Seiten von Vorteil sein. Wir haben einen gemeinsamen Feind, denke ich."

„Das kann ich nur schwer glauben", sagte der König. Obwohl er Ashs Stimmbänder und Mund benutzte, war die Stimme des Königs deutlich zu erkennen. Zumindest für Lydia, die bei jedem Ton die Pearl-Magie spürte.

„Bis vor kurzem wurde ich von einer Regierungsbehörde erpresst und ich habe mich gefragt, ob Ihr, oder ein Mitglied Eurer Familie, vielleicht ein ähnliches Problem habt."

„Das sind die Sorgen der oberen Welt. Sie sind nicht die Unseren."

Sie versuchte einen anderen Weg. „Alejandro Silver ist nicht wirklich tot. Er hat ein Geschäft mit JRB gemacht, aber ..."

Ashs Gesicht wurde schlaff und Lydia dachte, der König habe ihre Verbindung unterbrochen. Dann kam ein dünnes Zischen über seine Lippen. „Es ist unklug von dir, diesen Namen in Unserer Gegenwart zu erwähnen."

„Ich wollte nicht respektlos sein, Eure Majestät." Ehrerbietung ging Lydia nur schwer über die Lippen, aber sie war bereit, es zu versuchen.

„Was ist dieses Geschenk, das du anbietest?"

Lydia schaute Jason nicht an, sie konnte den Schrecken nicht ertragen, den ihre Worte auslösen würden. „Ash. Ich werde ihn zu Euch bringen. Oder Ihr könnt ihn auch selbst holen, denke ich. Aber ich werde sein Verschwinden bei der Polizei melden. Ich werde nicht nach ihm suchen."

Ashs Gesichtsausdruck veränderte sich. Es schien, als würde er nachdenken, und als Ash sprach, war es immer noch mit dem königlichen Tonfall des Pearlkönigs. „Ich glaube, meine kleine Freundin hat dir das einmal erzählt. Wir mögen tote Dinge."

Ashs Kopf drehte sich herum und es knackste laut.

Lydia stolperte zurück und nahm Jasons entsetztes Fluchen nur noch am Rande wahr. Lydia zwang sich zum Handeln und tastete an Ashs Hals nach einem Puls. Sie fand keinen.

„Ich sollte einen Krankenwagen rufen", sagte Lydia. „Wiederbelebungsmaßnahmen einleiten." Sofort begann sie, das Klebeband um seine Brust zu entfernen. Sie musste Ash auf den Boden legen, um ihn wiederzubeleben.

„Zu spät", sagte Jason. „Es ist zu spät."

Lydia wusste, dass er recht hatte. Ash war völlig regungslos. Das Knacken, das sie gehört hatte, und der unnatürliche Winkel seiner Halswirbelsäule sagten alles. Er war tot. Er war getötet worden. Binnen eines Augenblicks.

„Was sollen wir tun?"

„Du hast recht. Es ist zu spät."

„Aber das ist unser Zuhause", sagte Jason. „Er liegt bei uns zu Hause an einen Sessel gefesselt." Müsste Jason noch atmen, würde er vermutlich hyperventilieren. So aber schwebte er einen Meter über dem Teppich und vibrierte.

„Bleib ruhig." Lydia packte seinen Arm, um ihn am Verschwinden zu hindern.

„Ich kann nicht glauben, wie schnell ... Vor einer Minute war er noch am Leben. Er hat geredet."

„Kannst du ihn sehen?", fragte Lydia einer Eingebung folgend. „Seinen Geist?"

Jason schüttelte den Kopf. „Er ist nicht hier. Da ist nichts. Er ist einfach tot. In einem Moment ist er noch da und im nächsten ..."

„Es ist okay", sagte Lydia und schluckte ihre Übelkeit hinunter. „Setz doch bitte Wasser auf."

„Was ist mit der Polizei?"

„Ich kümmere mich darum", sagte sie und tätschelte Jasons Arm. „Ich brauche eine Tasse Tee. Gegen den Schock."

Jasons Zittern ließ ein wenig nach, als er sich sichtlich zusammenriss. „Natürlich. Gut. Das mache ich."

Nachdem Jason in die Küche gegangen war, nahm sie ihr Handy vom Schreibtisch.

„Yo, Boss." Aiden meldete sich mit seinem gewohnten Enthusiasmus.

Lydia konnte ihren Blick nicht von Ashs abgewinkeltem Kopf losreißen und wandte sich ab. Das war noch schlimmer. Es war, als könnte sie spüren, wie der Tote sie anstarrte, und sie stellte sich vor, wie sich sein Kopf mit dem gebrochenen Genick anhob und der Mund sich öffnete. Sie drehte sich wieder hin und beim Anblick von Ashs leblosem Körper stiegen ihr Tränen in die Augen.

„Ich habe ein kleines Problem."

AIDENS KONTAKTE ERWIESEN sich als äußerst hilfreich. Dreißig Minuten später trafen zwei Damen mit rosafarbenen Schürzen ein, auf denen das Logo von *Claire's Cleaning* prangte. „Du solltest besser verschwinden", sagte eine von ihnen geradeheraus.

„Ich würde lieber bleiben", antwortete Lydia und war sich nicht einmal sicher, ob das stimmte.

Die Frau zuckte mit den Schultern. „Du bist der Boss, aber die Chemikalien sind sehr stark."

Ein Teil von Lydias Gedanken drehte sich darum, wie die beiden eine Leiche aus ihrer Wohnung schaffen wollten, ohne Aufmerksamkeit zu erregen. Und wie sollten zwei Frauen, die gerade mal so groß waren wie Lydia, einen – zugegeben, sehr dünnen – erwachsenen Mann tragen? Eine der Frauen war zwar wie eine olympische Ringerin gebaut, aber trotzdem. Leichen waren schwer.

Die Frauen hatten kleine Rollkoffer dabei, die zu dem Rosa ihrer Schürzen passten. Eine öffnete den Reißverschluss ihres Koffers und zog gefaltete Plastikfolie heraus, die sie auf dem Boden ausbreitete. Lydia fand mit einem Mal, dass Delegieren eine wichtige Führungsaufgabe war. „Ich lasse euch in Ruhe arbeiten", murmelte sie und ging zur Tür zurück.

„Drei Stunden", sagte die erste Frau.

LYDIA GING NICHT WEIT. Sie fühlte einen seltsamen Drang, in der Nähe zu bleiben, während Ashs sterbliche Überreste bearbeitet wurden. So viel war sie ihm schuldig. Unten im Fork nahm sie sich eines der Taschenbücher aus dem Regal und setzte sich an ihren üblichen Tisch. Wenige Augenblicke später trat Angel heran. Heute hatte sie ihre Dreadlocks mit einem hellrosa Tuch zusammengebunden und sie schaffte es teilweise, ihren gewohnt finsteren Blick zu verbergen. Seit Lydia Charlies Platz eingenommen hatte, bemühte sich Angel, weniger mürrisch zu sein, aber alte Gewohnheiten ließen sich nur schwer ablegen. In Wahrheit wollte Lydia nicht, dass sie sich änderte. Doch sie wusste nicht, wie sie Angel das sagen sollte. Sie war sich ziemlich sicher, dass Angel jeglichen Respekt vor ihr verlieren würde, wenn sie es versuchte. Obwohl es schön war, wenn sie nicht für Essen und Kaffee bezahlen musste und Angel auf Zuruf erschien, schmerzte Lydia die Formalität, die jetzt zwischen ihnen herrschte. „Kaffee, bitte", sagte Lydia. Sie fügte der Bestellung ein Sandwich hinzu, obwohl sie nicht den geringsten Hunger hatte. „Und falls jemand fragt: Ich bin schon den ganzen Vormittag hier."

„Wird denn jemand fragen?"

Lydia hielt ihren Blick fest, bis Angel sich abwandte. „Kaffee kommt sofort. Willst du das Sandwich getoastet?"

Mit dem Alibi in der Hand versuchte Lydia, das Buch zu lesen, das sie sich genommen hatte. Ein dicker Flughafenkrimi mit Eselsohren und einem zerfledderten Einband. Sie nippte an ihrem Kaffee und las die gleiche Seite mehrmals, während sie an dem Käsesandwich herumknabberte und sich zwang, zu kauen und zu schlucken. Ashs lebloser Körper, mit grausam verdrehtem Hals und weit aufgerissenen, starrenden Augen, drängte sich immer wieder in ihren Verstand. Dieses Bild ließ sie nicht mehr los, egal wie oft sie es in die Dunkelheit zurückdrängen musste. Etwas, das Charlie einmal zu ihr gesagt hatte, lief in einer Endlosschleife durch ihren Kopf: „Du versuchst, jeden zu retten, aber du rettest niemanden." Sie hatte Ash nicht vor den Pearls schützen können. Sie fühlten sich dazu berechtigt, in ihr Haus einzudringen und einen Menschen vor ihren

Augen zu töten – und kamen ungestraft damit davon. Sie hatte Mark Kendal nicht beschützt, einen Mann, der unter dem Flügel der mächtigen Crows eigentlich unantastbar sein sollte. Ihr engster Verbündeter, der Kerl, der mit ihr das Bett teilte, hatte Geheimnisse vor ihr, und ihre eigene Familie stellte ihre Methoden und Strategien in Frage. Vielleicht hatte Mr. Smith recht. Vielleicht war sie zu schwach für diesen Job.

KAPITEL EINUNDZWANZIG

In dieser Nacht schaltete Lydia ihr Handy aus. Fleet hatte ihr eine Nachricht geschickt und sie um ein Gespräch gebeten, aber sie fühlte sich körperlich und seelisch ausgelaugt. Die Wohnung war makellos sauber, keine Spur mehr von Klebeband, einem Kampf oder Ash selbst. Der Gestank von Bleichmittel und der synthetische Geruch von Raumspray hingen in den Räumen. Lydia öffnete die Fenster, zog sich aus und steckte alle Kleidungsstücke in die Waschmaschine. Dann nahm sie eine lange Dusche und schrubbte ihre Haut und die Fingernägel. Sie wollte nicht in dieser Wohnung sein, aber auch nirgendwo sonst hin. Sie sah nach Jason, der genauso aufgewühlt wirkte wie sie. „Wie konnten sie das tun?", fragte er mit ausdruckslosen Augen.

Sie wusste nicht, ob die Frage moralisch oder faktisch gemeint war, oder beides. „Ich weiß es nicht. Ist alles in Ordnung mit dir?"

Jason zuckte mit den Schultern und seine Konturen schimmerten. „Nicht wirklich. Aber wenigstens hat er seinen Frieden gefunden. Sein Geist ist nicht hier."

Das war immerhin etwas, dachte Lydia. Nur nicht genug.

· · ·

AM NÄCHSTEN MORGEN stand Lydia früh auf. Ihr erster Gedanke war, den Tag mit einem Schluck Whisky zu beginnen; etwas, das sie in den letzten Monaten recht erfolgreich vermieden hatte. Mit großem Widerwillen beschloss sie, stattdessen einen weiteren Versuch mit dem Laufen zu starten. Sie schnürte ihre Turnschuhe und trat hinaus in den feuchten Frühlingsmorgen. Es war eine halbherzige Anstrengung, denn Lydias Körper fühlte sich schwerer an als sonst. Als sie sich ihrem Zuhause näherte, wurde sie langsamer und die gleichen dunklen Gedanken schwirrten in ihr herum. Fleet wartete vor dem Café auf sie. Sie war verschwitzt, durstig und nicht in der Stimmung für weitere Lügen. „Wir haben noch nicht geöffnet."

„Können wir reden?"

Er sah unglücklich aus und Lydia spürte einen Anflug von Mitleid. Trotzdem. Sie konnte die Angst nicht abschütteln, dass sie ihm nicht vertrauen konnte. Er war ein Bulle. Sie war die Anführerin der Crows. Das war ein Konflikt, der nicht gelöst werden konnte.

„Bitte", sagte Fleet. „Können wir nach oben gehen?"

LYDIA TRAT ZUERST in die Wohnung und machte viel Lärm, um Jason vorzuwarnen. Sie trank ein Glas Wasser an der Küchenspüle und füllte es auf, bevor sie zu Fleet ins Büro ging. Er stand in der Mitte des Raumes und sah besorgt und erschöpft aus.

Lydia fragte sich, ob er überhaupt geschlafen hatte, und dann erinnerte sie sich daran, dass es ihr egal war. Sie lehnte sich gegen ihren Schreibtisch und verschränkte die Arme. „Ich war sehr schwer von Begriff. Zu meiner Verteidigung, wenn es um dich ging, war ich schon immer etwas blind."

„Wovon redest du?"

„Haben sie dir einen Deal angeboten?"

„Wer?" Fleet schaute verwirrt, aber Lydia wusste, dass er ein guter Lügner war. Er war schließlich Polizist, das gehörte zur Ausbildung.

„Deine Chefin. Oder der Chef deiner Chefin. Was haben sie dir angeboten? Eine Beförderung, mehr Arbeit oder ein besseres Gehalt? Ich hoffe, es waren alle drei."

„Was Paul gesagt hat ...", begann Fleet. „Ich habe es erst an diesem Tag herausgefunden. Ich wollte es dir im Restaurant erzählen, aber er kam mir zuvor. Ich schwöre es. Außerdem wusste er mehr als ich. Ich habe nur das Nötigste erfahren. Du weißt doch, dass ich bei den hohen Tieren gerade nicht hoch im Kurs stehe."

Lydia wollte Fleet glauben, aber das war ein Teil des Problems. Sie konnte sich keine Fehler mehr leisten. Es stand zu viel auf dem Spiel, als dass sie riskieren konnte, der falschen Person zu vertrauen. In diesem Moment wurde ihr klar, dass sie zu ihrer alten Gewohnheit zurückkehren musste, niemandem zu vertrauen. Das war das Beste. „Was haben sie dir gesagt?"

„Dass es eine Task-Force gibt, die sich mit dem organisierten Verbrechen beschäftigt. Sie konzentriert sich auf die Silvers, seit Alejandro letztes Jahr in die Politik ging. Ich glaube, er hat ein paar hohe Tiere nervös gemacht. Die haben den Druck nach unten weitergegeben. Du weißt ja, wie das läuft."

„Klar", sagte Lydia.

„Ich wusste nichts davon", wiederholte Fleet.

„Warum haben sie dir das erzählt? Gehörst du dazu?"

„Nein. Aber sie hatten Fragen. Über Maria Silver. Und über dich."

„Was hast du ihnen erzählt?"

„Nur das, was sie schon wissen. Deine Vorgeschichte mit Maria. Sie hatten die Details aus dem Fall Yas Bishop, aber ich habe ihnen die Wahrheit gesagt, damit sie wissen, wozu sie fähig ist."

Maria hatte Yas Bishop umgebracht, eine der wenigen Personen, die mit JRB in Verbindung stand. Lydia hatte dafür gesorgt, dass Maria ins Gefängnis ging. Leider war die Verurteilung nicht rechtskräftig geworden.

„Wer leitet die Operation? Haben sie dir geglaubt?"

Fleet zuckte mit den Schultern. „Kate Harmon. Ich bin ihr noch nie zuvor begegnet und sie hat nichts preisgegeben."

„Heißt das, dass du ebenfalls unter Verdacht stehst?"

„Das glaube ich nicht", sagte Fleet. „Sie macht nur ihren Job. Wir dürfen eigentlich nicht über offene Fälle sprechen, auch nicht mit anderen Polizisten, es sei denn, wir sind Teil des Teams. Du musst einen Antrag auf Informationen über das System stellen."

„Aber Bullen reden miteinander."

Fleet lächelte breit. „Richtig."

Lydia dachte nach. Fleet griff nach ihr und sie wich zurück, um einen klaren Kopf zu behalten.

„Das musst du mir glauben", sagte er. „Ich hatte bis gestern keine Ahnung. Ich hätte es dir gesagt."

Lydia musterte ihn. Er sah gequält aus und seine Augen verrieten Aufrichtigkeit. Aber der Zweifel blieb bestehen.

„Ich habe mich für dich entschieden", sagte er. „Ich bin zuallererst auf deiner Seite. Ich schwöre es." Seine Augen leuchteten auf, als er eine Idee hatte. „Setz deine Macht ein."

„Was?"

„Ich habe gesehen, wie du Fragen gestellt hast. Die Menschen kriegen trübe Augen und antworten dir. Mach das mit mir. Dann weißt du, dass ich die Wahrheit sage."

Lydia schüttelte den Kopf. „Das würde ich dir nie antun. Ich will nicht ..."

„Ich möchte, dass du es tust." Fleet nahm ihre Hände und senkte den Kopf, um ihr direkt in die Augen zu sehen. „Ich will, dass du mir vertraust, und wir sind beide alt und erfahren genug, um zu wissen, dass Vertrauen manchmal belastbare Beweise erfordert. Ich habe dich schon einmal enttäuscht und ich habe dir geschworen, dass ich das nie wieder tun werde. Ich für meinen Teil weiß, dass das stimmt, du jedoch nicht. Ich werde es dir jeden Tag für den Rest meines Lebens beweisen, wenn du mich lässt, aber so geht es schneller."

Lydia zögerte noch einen Moment und nickte dann. Sie wollte Fleet vertrauen und er hatte recht. Das war eine Abkürzung zu diesem Vertrauen. Die Tatsache, dass er bereit war, sich ihren Kräften zu stellen, reichte fast aus, um auch den letzten Zweifel zu vertreiben. Aber fast war nicht genug.

Sie zog ihre Hände weg, holte ihre Münze hervor und ließ sie zwischen ihren Körpern in der Luft schweben. Fleets Augen weiteten sich leicht, aber er bewegte sich nicht. „Sieh mir in die Augen."

„Ist das wichtig?" Trotzdem gehorchte er.

„Es geht schneller", sagte Lydia und fragte sich, warum er nicht den gläsernen Gehorsam zeigte, den sie erwartet hatte. Sie schob ihren nächsten Worten ein bisschen Crow-Magie hinterher. „Stell dich auf ein Bein."

Fleet schürzte die Lippen. „Willst du mich ärgern?"

Nun, das war seltsam. Der ungewöhnliche Glanz, den sie von Anfang an bei Fleet gespürt hatte, war einfach ein Teil von ihm geworden. Genauso vertraut und beruhigend wie seine braunen Augen und das tiefe Timbre seiner Stimme. Deshalb dauerte es wahrscheinlich auch einen Moment länger, bis Lydia merkte, dass die Signatur stärker wurde.

Sie hörte die Wellen an die sandige Bucht rollen, den Wind durch die Palmenblätter wehen und schmeckte das Salz auf ihren Lippen. Lydia blinzelte und versuchte, ihren Kopf freizubekommen.

„Was machst du da?"

„Nichts", sagte Fleet. „Ich warte darauf, dass du dein Ding durchziehst."

Lydia schob alles, was sie hatte, hinter ihre Worte. „Wusstest du vor heute von der Operation mit Alejandro Silver?"

„Nein", antwortete Fleet. Sie konnte sehen, dass er ein Lächeln unterdrückte.

„Das ist seltsam", sagte Lydia und gab sich Mühe. „Es scheint nicht zu funktionieren ..."

In diesem Moment stieß Fleet einen erstickten Laut aus. Sein ganzer Körper versteifte sich und seine Augen bekamen den glasigen Blick, den sie von anderen gewohnt war, wenn sie ihre Crow-Magie einsetzte, um die Kontrolle zu erlangen.

„Okay", sagte Lydia laut und versuchte, nicht so aufgewühlt zu klingen, wie sie sich fühlte. Sie hatte alles getan, um Fleet in einen suggestiven Zustand zu versetzen, und jetzt fragte sie sich, ob sie es womöglich übertrieben hatte. Sie hatte im Grunde keine Ahnung, ob diese Art der Kontrolle für Menschen schädlich war. Würde sie Gehirnzellen abtöten, wenn sie sie zu lange oder zu oft benutzte?

Sie hatte keine Lust, ihre bessere Hälfte in ein sabberndes Gemüse zu verwandeln, aber bevor sie ihre Kraft zurückziehen konnte, taumelte Fleet und fiel fast zu Boden. Er machte einen ruckartigen Schritt nach vorne, um das Gleichgewicht zu halten, und blinzelte heftig. „Was war das?" Seine Stimme war normal und klang genervt. „Du hast nicht gesagt, dass es wehtun würde."

„Ich dachte auch nicht, dass es das tut. Das hat noch nie jemand gesagt. Es tut mir leid", sagte Lydia und holte ihre Münze aus der Luft. „Geht es dir gut?"

„Hast du dich hinreißen lassen?" Seine Gesichtsfarbe war bereits wieder normal und die Anspannung wich aus seinen Zügen.

„Ich habe vielleicht mehr eingesetzt als sonst, aber es schien dir nichts auszumachen. Du solltest dich setzen.“

„Mir geht's gut. Es hat nur einen Moment lang wehgetan.“

„Wo? Überall, oder ...“

Fleet nahm ihre Hand und legte sie an seine Brust.

„Das ist noch nie passiert. Damit habe ich nicht gerechnet, das schwöre ich.“

„Ist schon gut“, sagte Fleet und senkte den Kopf. „Ich bin okay.“

Lydia stand so nah bei ihm, dass sie einen Schweißfilm auf seiner Stirn und seinen fahlen Hautton sehen konnte. „Tut es noch weh?“

„Nein. Ich fühle mich nur ein bisschen ausgelaugt. Es war, als ob etwas mein Herz umklammert hätte. Es wurde so stark gequetscht, dass es aufhörte zu schlagen.“

„Beim Gefieder.“ Lydia wich einen Schritt zurück, aber Fleet verstärkte seinen Griff um ihre Hand und hielt sie fest.

„Es ist alles in Ordnung. Jetzt schlägt es wieder. Es ist nichts passiert.“

„Das wissen wir nicht“, sagte Lydia und löste sich diesmal erfolgreich aus seinem Griff. „Wir sollten ins Krankenhaus fahren und dich durchchecken lassen.“

Fleet lächelte, aber er konnte Lydia nicht überzeugen. Es ging ihm nicht so gut, wie er vorgab. „Setz dich wenigstens.“ Sie nahm seine Hand und zog ihn ins Schlafzimmer. „Oder leg dich hin.“

„Ich brauche vielleicht noch ein paar Minuten“, sagte er bemüht neckisch.

„Hör auf“, entgegnete Lydia. „Ich mache mir Sorgen. Und du solltest dich ausruhen.“

Fleet setzte sich auf das Bett. „Mir geht es wirklich gut.“

Lydia setzte sich auf seinen Schoß und drückte sich an ihn. Er schlang seine Arme um sie und küsste sie. Nach einem Augenblick hielt er inne. „Okay“, sagte er und Lydia konnte den Schmerz in seinem Gesicht sehen. „Vielleicht werde ich mich ausruhen. Nur für einen Moment. Und dann kannst du es noch einmal versuchen."

„Das werde ich nicht", sagte Lydia. „Es hat bei dir nicht funktioniert."

Fleet war sichtlich erleichtert, versuchte jedoch, diese Tatsache zu verbergen. „Aber du sollst wissen, dass ich die Wahrheit sage. Ich wusste vorher nichts über die Operation."

„Ich glaube dir", sagte Lydia. „Dass du bereit bist, dass ich es noch einmal versuche, reicht aus."

Fleet sah ihr tief in die Augen. „Bist du dir sicher?"

Lydia wusste nicht, wie sie nachdrücklich „Ja" sagen sollte, also küsste sie ihn.

SPÄTER, zusammengerollt mit Fleet, an seine Brust geschmiegt mit seinen Armen um sie herum, bemerkte Lydia, wie der letzte Rest ihrer Zweifel verschwand. Sie spürte seinen Glanz und das Schlagen seines Herzens, und jeder Sinn, ob magisch oder animalisch, sagte ihr, dass Fleet zu ihr gehörte. Sie dachte an Emmas Vorwurf, sie würde sich abkapseln. Sie dachte an Maria. Wütend und allein, umgeben von Bodyguards, die sie für ihren Schutz ange-heuert hatte. Sie drehte sich zu Fleet und legte ihm eine Hand auf die Wange. „Es tut mir leid, dass ich dir das mit Mark Kendal nicht erzählt habe."

„Ich kann verstehen, warum du es nicht getan hast", sagte er nach einem Moment.

„Ich bin mit ganzem Herzen dabei", sagte Lydia. „Von jetzt an."

Fleets warmes Lächeln erfüllte ihre Seele mit Licht. „Ich auch."

„Das heißt, ich muss dir etwas Schlimmes sagen."

„Okay", sagte Fleet und sah sie eindringlich an.

„Ash ist tot." Lydia brachte die Worte kaum heraus und spürte, wie etwas in ihr zerbrach. „Es ist meine Schuld. Ich dachte, der König würde ihn zurücknehmen. Ash wollte es, er kam mit dem normalen Leben nicht zurecht. Ich wollte den König damit auf meine Seite ziehen. Ihn mir zu einem Verbündeten machen. Für das Wohl meiner Familie. Für das Wohl aller. Aber er hat ihn getötet." Als sie ihr Geständnis beendete, weinte sie bereits. „Es ist meine Schuld."

Fleet hielt sie fest und streichelte ihr Haar. „Es ist nicht deine Schuld. Du hast ihn nicht umgebracht. Du hast versucht, ihm zu helfen."

„Ich wollte ihn dem König geben. Ich dachte, lieber jemand, der freiwillig bei ihnen bleibt, als dass sie wieder ein Kind entführen."

„Und wenn der König ihn mitgenommen hätte, wäre er noch am Leben. Du hast ihm nicht wehgetan, Lydia. Du bist keine Mörderin."

Lydia schloss ihre Augen, atmete den beruhigenden Duft von Fleet ein und ließ sich trösten. Nur einen Moment. „Was, wenn genau das das Problem ist?"

KAPITEL ZWEIUNDZWANZIG

Lydia war in Fleets Armen eingeschlafen und wachte mit einer Sabberspur zwischen ihrer Wange und seiner Brust auf. „Tut mir leid", sagte sie, hob ihren Kopf und wischte sich mit der Hand über den Mund.

„Das macht nichts." Fleet klang verschlafen. „Ich habe dir doch gesagt, dass ich voll dabei bin."

„Ich wusste nicht, dass das auch Sabber beinhaltet. Gut zu wissen."

Lydia küsste ihn und löste sich dann, um sich anzuziehen.

Fleet stützte sich auf einen Ellbogen. „Was ist los?"

„Du solltest meine Eltern kennenlernen."

„Ist das ein weiterer Test?", fragte Fleet und zog sich ebenfalls an.

„Nein. Nur etwas, das normale Paare tun."

Sobald sie vollständig angezogen war, setzte sich Lydia in ihren Audi und lenkte den Wagen in Richtung Vorstadt. Sie drückte am Radio herum, bevor sie es ausschaltete.

„Bist du nervös?“

„Ich habe noch nie jemanden mit nach Hause gebracht.“

„Das kann nicht wahr sein“, sagte Fleet, aber er sah zufrieden aus.

Die Vorstellung, dass ihr Teenager-Ich mit Paul Fox zu Hause auftauchte, ließ sie vor Lachen schnauben. Es war möglich, dass ihr die Nerven durchgingen. Ihr war ein wenig schwindelig.

Ihre Mutter öffnete die Tür mit einem Geschirrtuch über einer Schulter und einem verwirrten Gesichtsausdruck. Als sie Lydia erblickte, verwandelte sich dieser in pure Freude. „Hallo, Liebes. Das ist eine schöne Überraschung.“

„Das ist Fleet“, sagte Lydia. „Mein ...“ Sie zögerte vor dem Wort „Freund“. Es kam ihr einfach lächerlich vor.

„Kommt rein“, sagte ihre Mutter und half ihr gnädig aus der Patsche.

Auf der Fahrt hierher hatte sich Lydia geistig auf den Anblick von Fleet in ihrem Elternhaus vorbereitet. Sie hatte erwartet, dass es ganz anders aussehen würde. Sie konnte sich ihren Londoner Cop nicht in dem Wohnzimmer vorstellen, in dem sie nach der Schule Brettspiele gespielt, ferngesehen und mit Emma getratscht hatte. Stattdessen schüttelte Fleet ihrem Vater die Hand und fing mit ihm ein Gespräch über Snooker an, das im Fernsehen lief.

Lydia ging zu ihrer Mum in die Küche und half ihr, Teetassen und einen Teller mit geschnittenem Obstkuchen hereinzutragen. „Schalt das aus“, sagte ihre Mutter und nickte in Richtung des Fernsehers. „Wir haben Gäste.“

Henry Crow lächelte Fleet verschwörerisch an und drückte die Stummtaste.

„Du bist also Detective, Ignatius?“ Lydias Mutter bot Fleet ein Stück Kuchen an.

„Bitte nennt mich Fleet“, sagte er. Er plauderte mit ihren Eltern über seine Arbeit und seine Familie, bevor das

Gespräch zu öffentlichen Bauvorhaben sowie Henrys und Susans kürzlich entdeckter Leidenschaft für Kreuzfahrten überging.

„Das Essen war unglaublich und man ist weit weg von allem."

„Willst du noch spazieren gehen, bevor wir zurückfahren?", fragte Lydia ihren Vater.

Susan Crow sah auf das regennasse Fenster und begriff den Wink. Sie küsste Lydia zum Abschied und umarmte Fleet. „Nächstes Mal müsst ihr zum Abendessen kommen. Es wird Braten geben."

„Das klingt wunderbar, danke." Fleet nahm Lydias Jacke und hielt sie ihr hin.

Auf dem Bürgersteig sagte er: „Ich warte im Auto. Dann kannst du in Ruhe mit deinem Dad reden."

Lydia wollte zustimmen, doch sie unterdrückte ihren Instinkt. „Komm mit."

Henry zog seine Augenbrauen nach oben, sagte aber nichts.

„Ist schon gut", entgegnete Fleet. „Geht ihr nur." Er nahm die Autoschlüssel und stieg ein.

Als sie mit Henry Crow durch den Nieselregen ging, der zwar nicht zu sehen war, aber dennoch die Kleidung mit einer hartnäckigen Unvermeidlichkeit durchnässte, überlegte Lydia, wo sie anfangen sollte. Sie begann mit ihrer größten Sorge, der Angst, dass ihre Anwesenheit ihn wieder krank machen könnte. „Es tut mir leid, dass ich persönlich hier bin. Ich weiß, dass wir vorsichtig sein müssen, aber ich wollte dich sehen."

Henry schüttelte den Kopf. „Es ist eine reine Vorsichtsmaßnahme. Wir wissen nichts mit Sicherheit. Es könnte sein, dass dieser Kerl das Problem dauerhaft behoben hat." Henry neigte den Kopf. „Außerdem bist du jetzt erwachsen. Ich muss mich nicht mehr verstecken. Das hat bestimmt Einfluss."

„Du willst dich wieder dem Familienleben anschließen?“

„Nein.“ Ihr Vater lächelte traurig. „Deine Mutter würde mich umbringen. Aber ich habe viel über die Sache nachgedacht. Es geht um das Gleichgewicht, oder nicht? Wenn ein Treffen mit dir mir Energie verleiht, muss ich nur sicherstellen, dass ich sie auch wieder abfließen lasse.“ Henry sah sich auf der verlassenen Straße um und klatschte in die Hände. Als er sie auseinanderzog, erschien seine Münze zwischen ihnen und hing völlig unbeweglich in der Luft. Er ließ sie ein paar Sekunden lang dort hängen und Lydia konnte die Anspannung in seinem Gesicht sehen. Dann klatschte er erneut in die Hände und die Münze war weg.

Sie schluckte. „Wird das funktionieren?“

„Das hoffe ich“, sagte Henry, sichtlich blasser als vor einer Minute. „Was ist die Alternative? Dass ich meine einzige Tochter nie sehe? Sollen wir für den Rest meines Lebens nur noch telefonieren?“

„Es gibt schlimmere Schicksale“, sagte Lydia und sie setzten ihren gemächlichen Gang über den Bürgersteig fort.

„Es ist meine Entscheidung. Du brauchst kein schlechtes Gewissen zu haben. Das ist nicht deine Schuld.“

„Da bin ich mir nicht sicher“, sagte Lydia und dachte an Charlie. Sie wusste immer noch nicht, was ihr Vater vermutete, geschweige denn, was er davon hielt.

„Ich wollte dir eine Wahl lassen“, antwortete Henry. „Und die hattest du. Ich wurde dazu auserkoren, die Nachfolge deines Großvaters anzutreten. Er war ein Bastard und hat uns Kinder gern gegeneinander ausgespielt. Er sagte, der Wettbewerb zwischen Charlie und mir würde uns stärker machen. Aber viel lehrreicher waren die Dinge, die er nie gesagt hat. Ich habe durch Beobachten gelernt und weiß eines ganz genau: Du kannst die Familie nicht allein führen. Und du kannst die Leute nicht in ihrem Groll schmoren lassen. Du musst alle zusammenhalten.“

Sie gingen ein Stück weiter und Lydia überlegte, wie sie

ihrem Vater alles sagen sollte, was passiert war. Charlie. Die Abmachung, die sie mit Mr. Smith getroffen hatte und die er anscheinend nicht fallen lassen wollte. Alejandros vorgetäuschter Tod. Die Tatsache, dass Maria Silver immer noch ihr Blut sehen wollte. Mark Kendal, der unter ihrem Schutz getötet worden war. Ash.

„Sprich mit mir", sagte ihr Vater. „Du trägst eine große Frage mit dir herum. Wie lautet sie?"

Lydia sprach, ohne nachzudenken. „Was, wenn ich nicht gut für die Familie bin? Menschen zusammenzuhalten, ist nicht meine Stärke."

„Du scheinst daran zu arbeiten", sagte Henry. „Dass du deinen Freund mitbringst, ist ein Anfang."

„Du hast nichts gegen ihn?"

„Es spielt keine Rolle, was ich denke. Es wird schwer sein, ihn dem Rest der Familie zu verkaufen, aber sie werden schon damit klarkommen."

„Ich bin mir da nicht so sicher", entgegnete Lydia.

„Dann sorg dafür, dass sie es tun. Du bist der Boss."

„Ich weiß nicht, ob ich das sein sollte", sagte Lydia.

„Verwechsle nicht schlechte Dinge mit schlechter Führung. Schlechte Dinge passieren immer wieder, besonders in unserer Branche. Das liegt nicht an dir."

Mehr als alles andere wollte Lydia ihm glauben. „Aber es sind zwei Menschen gestorben."

„Denkst du, dass es unter Charlie besser gelaufen wäre?"

„Nein, aber ..."

„Übernimm nur Verantwortung für das, was du kontrollieren kannst. Wenn du nicht selbst den Abzug gedrückt hast, hast du niemanden getötet. Außerdem ...", sagte Henry, „ist der Tod nicht das Schlimmste."

LYDIA LIESS sich auf dem Beifahrersitz nieder und genoss das neue Gefühl der inneren Ruhe, das sie in dem Moment erfasst hatte, als ihre Eltern Fleet willkommen geheißen hatten. Er hatte ihr angeboten, sie zurückzufahren, und es war schön zu wissen, dass sie die Augen schließen, die Füße auf das Armaturenbrett legen und das Nachlassen der Anspannung genießen konnte. Beckenham war nur eine halbe Autostunde entfernt, aber ihr war nicht klar gewesen, wie sehr sie es gebraucht hatte, aus Camberwell herauszukommen, und sei es nur für ein paar Stunden. Vielleicht hatten ihre Eltern mit der Idee einer Kreuzfahrt ja recht. „Vielleicht keine Kreuzfahrt, aber ich könnte mir einen Urlaub vorstellen", sagte sie laut.

Fleet hielt an der Ampel an und sah sie mit einem liebevollen Blick an, der Lydia den Atem stocken ließ. „Ich werde dich beim Wort nehmen."

In Denmark Hill wurde Fleet langsamer, um eine Baustelle vor dem Kings College Hospital zu umfahren. Er dachte über etwas nach, das Henry zu ihm gesagt hatte, während Lydia in der Küche gewesen war. „Ich glaube, er hat Gedichte rezitiert. Und dann hat er etwas über Engel gesagt."

Lydia freute sich, dass ihr Vater über seinen Lieblingsdichter geschwärmt hatte. „Das berühmte Blake-Zitat über seine Erscheinung in Peckham Rye?"

„Nein." Fleet gab einer Frau auf einem Fahrrad ein Zeichen, vor dem Wagen die Straße zu queren, bevor er weiterfuhr. „Erscheinung, ja?"

„Ja. Dad hat immer gesagt, dass es keine Engel waren, sondern Krähen. Auch wenn die schwarze Flügel hätten. Also habe ich das nie verstanden. Ich meine, Blake sagt, er habe ‚helle Engelsflügel gesehen, die jeden Ast wie Sterne besprenkeln'. Das passt nicht zusammen."

„Heutzutage würde man diese Lichter ohnehin nicht mehr sehen", sagte Fleet und lächelte. Dann veränderte sich seine Miene und er riss das Lenkrad nach rechts. In diesem Moment schien sich die Zeit zu verlangsamen. Lydia sah in

Zeitlupe, wie die Seitenscheibe zersplitterte und das Auto sich drehte, während die Bilder um sie herum verschwammen. Die Reifen quietschten auf der nassen Straße und jemand fluchte.

Ein lautes knirschendes Geräusch, dann bewegte sich das Auto nicht mehr. Sie standen in die falsche Fahrtrichtung und ein Kleinbus hielt so dicht vor ihnen, dass Lydia in die entsetzten Augen der Fahrerin blicken konnte, die das Lenkrad umklammerte. Auf dem Vordersitz saß ein kleines Kind und weinte. Der Mund der Frau öffnete und schloss sich und Lydia fragte sich, was sie wohl sagen wollte. In der Ferne hörte sie lautes Bremsen. Es schien plötzlich sehr still zu sein und Lydia war sich nicht sicher, ob ihr Gehör geschädigt worden war. Fleet hielt sich die Schulter, war zusammengesackt und hatte die Augen geschlossen. Blut lief ihm über das Gesicht. Für eine einzige Sekunde dachte Lydia, er sei tot, doch dann öffnete er die Augen und sah sie an. „Alles in Ordnung?" Er klang erschöpft und wollte die Augen wieder schließen.

„Ich bin unverletzt." Lydia spürte überhaupt keinen Schmerz, selbst als sie ihren Gurt löste. Wahrscheinlich war es das Adrenalin, aber sie vertagte die Sorge um ihren Zustand auf später. Fleet sah schlimm aus. Sie griff hinüber und öffnete seinen Sicherheitsgurt. „Wir müssen aus dem Wagen raus."

„Nein", sagte Fleet. „Wir wissen nicht, ob er noch dort draußen ist." Er wirkte jetzt konzentrierter und spähte durch die Windschutzscheibe.

„Wer ist wo draußen? Wir müssen hier raus." Vielleicht hatte sie zu viele Filme gesehen, aber Lydia war überzeugt, dass sie den Unfallwagen verlassen mussten, bevor er sich in einen Feuerball des Todes verwandelte.

„Der, der gerade auf mich geschossen hat", sagte Fleet und sackte zusammen.

KAPITEL DREIUNDZWANZIG

Lydia hatte noch nie solche Angst gehabt. Sie hörte Stimmen, knallende Autotüren und spürte das Rauschen der Luft, als jemand die Beifahrertür aufriss, konzentrierte sich jedoch auf Fleet. Er atmete flach, seine Augenlider flatterten, als würde er ohnmächtig werden. Sie legte ihre Hände auf sein Gesicht. „Fleet, du musst wachbleiben."

Er gehorchte nicht. In dem Moment, in dem er ohnmächtig wurde, glitt seine Hand von der Schulter und Blut strömte heraus und durchtränkte sein Hemd und seine Jacke. Lydia drückte ihre eigene Hand darauf, um den Fluss zu stoppen, doch das Blut sickerte zwischen ihren Fingern hindurch. Sie brauchte ein Tuch. Ein sauberes Tuch. Und falls er wiederbelebt werden musste, sollte sie Fleet auf den Rücken legen, damit sie den Kopf überstrecken und das Kinn anheben konnte. Sie könnte auf ihn klettern und den Hebel zum Zurückklappen des Sitzes betätigen, aber was, wenn er andere Verletzungen hatte und sie diese verschlimmerte?

Eine gefühlte Ewigkeit verging, ohne dass sie eine einfache Entscheidung traf. Was sollte sie als Erstes tun?

Sollte sie auf die andere Seite des Wagens laufen und versuchen, ihn herauszuziehen? Der Schütze könnte genau darauf warten und dann den Job beenden. Und immer war da die Angst, die sie zu überwältigen drohte. *Er darf nicht sterben. Er darf nicht sterben. Er darf nicht sterben.*

Ein leuchtendes Gelb blitzte durch das Fenster auf der Fahrerseite und ein weiterer Luftstoß drang herein, als die Tür aufgerissen wurde. Dann kam die Erleichterung. Die Profis übernahmen.

Lydia wollte nicht von Fleets Seite weichen, aber sie ließ sich überreden, in die Notaufnahme zu gehen, während der Unfallmediziner Fleets Schulter untersuchte. Die Krankenschwester, die dieses Kunststück vollbracht hatte, war sogar noch kleiner als Lydia, aber sie hatte eine Autorität an sich, von der Lydia nur träumen konnte, und so hatte sie sich nicht widersetzen können. „Ich muss dich auf jeden Fall untersuchen, Schätzchen, und je schneller du mich meine Arbeit machen lässt, desto eher kannst du zurück zu deinem Kerl."

Lydia wusste, wann sie geschlagen war, und beantwortete die Frageliste der schottischen Powerfrau im marineblauen Kittel, während diese Lydias Unterleib abtastete, ihren Blutdruck maß, ihr in die Augen leuchtete und sie aufforderte, nach links und rechts zu schauen. Der letzte Teil war der schlimmste und Lydia biss sich auf die Unterlippe, um nicht vor den plötzlichen stechenden Schmerzen aufzuschreien.

Die Krankenschwester nickte und vermerkte etwas in der Akte. „Weichteilverletzungen im Nacken und in der Schulter, typisch für einen Autounfall."

„Wir sind nirgendwo dagegen gefahren", sagte Lydia.

„Es war der abrupte Halt. Du wirst dich ein paar Tage lang schonen müssen."

Eine Polizistin schob den Vorhang beiseite und steckte den Kopf herein. „Entschuldigung. Ich kann später wiederkommen.“

„Ich bin hier fertig“, sagte die Krankenschwester. An Lydia gewandt fügte sie hinzu: „Heute keinen Alkohol mehr, Ibuprofen gegen die Schmerzen, und falls irgendetwas anschwillt, Eis auf die Stelle legen. Und du kommst sofort wieder, falls dir übel oder schwindelig wird.“

Lydia setzte sich auf und schwang ihre Beine von der Liege.

„Ich muss Ihnen einige Fragen stellen“, sagte die Beamtin. „Falls Sie dazu in der Lage sind?“

„Schießen Sie los.“ Lydia zuckte zusammen. Schlechte Wortwahl. Ein Teil ihres Gehirns, der winzige Teil, der sich nicht ausschließlich auf die Angst um Fleet konzentrierte, hatte sich mit dem Unfall befasst. Sie hatte keinen Schützen gesehen und obwohl sie alles andere als eine Expertin war, glaubte sie, dass der Schuss von hoch oben gekommen sein musste.

„Da es sich um einen Vorfall mit Schusswaffengebrauch handelt, wird die Sache sehr ernst genommen. Das Emergency Response Team führt eine gründliche Durchsuchung des Bereichs durch und ich muss darauf bestehen, dass Sie diesen Teil des Gebäudes nicht verlassen, ohne das vorher mit mir oder einem meiner Kollegen abzusprechen.“

„Haben Sie schon etwas gefunden?“

„Wir befinden uns in einem frühen Stadium der Ermittlungen, aber ich möchte Ihnen versichern, dass Ihre Sicherheit für uns oberste Priorität hat. Wir vermuten, dass eine Person von einem oberen Stockwerk oder dem Dach eines naheliegenden Gebäudes auf Ihr Auto geschossen hat. Können Sie sich vorstellen, weshalb Ihr Fahrzeug zum Ziel geworden sein könnte?“

Lydia verdrehte leicht die Augen. „Nein. Überhaupt nicht.“

FLEET LEHNTE mit dem Oberkörper aufrecht in den weißen Kissen, das Gesicht von der Tür abgewandt. Sein Arm steckte in einer Schlinge und lag über seiner Brust. Lydia sah einen intravenösen Zugang in seinem Handrücken, doch sonst nichts. Das wertete sie als gutes Zeichen.

Er drehte seinen Kopf, als sie sich näherte.

„Hey du", sagte Lydia.

„Keine Weintrauben?"

Lydia war zu angespannt für ein Lächeln. „Was haben sie gesagt? Solltest du dich nicht hinlegen?"

„Ich warte nur darauf, dass mir das Ding rausgenommen wird." Er deutete auf den Zugang. „Und auf die Entlassungs- papiere. Kannst du mich nach Hause bringen?"

„Natürlich." Lydia küsste ihn sanft auf den Mund. „Ist das nicht ein bisschen früh?"

„Es war nur ein Streifschuss. Es wurde nichts Wichtiges verletzt."

„Hast du Schmerzen?"

Er schenkte ihr ein schiefes Lächeln. „Im Moment nicht. Aber ich will nicht lügen, es wird lustig, wenn die Schmerz- mittel nachlassen." Er lallte ein wenig und Lydia fragte sich, was sie ihm verabreicht hatten. „Ich warne dich vor, ich werde erbärmlich leiden."

Das brachte Lydia zum Lächeln. „Du hast mein Leben gerettet. Du darfst so viel jammern, wie du willst."

Fleet blickte sie liebevoll an. „Ich liebe dich."

In diesem Moment erschien ein Mann mit einem Klemmbrett, der Lydia zunickte und Fleet mitteilte, dass er auf die endgültige Freigabe warten müsse, aber dass er den Zugang herausnehmen könne, wenn Fleet das wolle.

„Das will ich." Fleet nickte mit dem übertriebenen Enthusiasmus eines Angetrunkenen. „Danke."

Lydia nutzte die Gelegenheit, um nach draußen zu

verschwinden. Überall waren Polizisten, also änderte sie ihren Plan und ging stattdessen zum Verkaufsautomaten auf dem Flur. Dort war es ruhig und nachdem ein älterer Mann, der von einem Pfleger im Rollstuhl geschoben wurde, um die Ecke verschwunden war, rief Lydia mit einem Wegwerfhandy Mr. Smiths Nummer an. Eine Frau meldete sich mit „Elias Electrics, was kann ich für Sie tun?" Verdammter Geheimdienst. „Ich muss dringend Mr. Smith sprechen. Hier ist Lydia Crow."

„Es gibt hier niemanden mit diesem Namen", antwortete die Frau.

„Geben Sie einfach die Nachricht weiter", sagte Lydia und legte auf. Dann ging sie zurück, um Fleet abzuholen.

Lydias Auto war von der Polizei beschlagnahmt worden, also rief sie ein Taxi, das Fleet und sie zurück zum Fork brachte. „Bei mir ist es schöner", sagte Fleet und Lydia war erleichtert. Er musste sich besser fühlen, wenn er sich über ihren häuslichen Standard beschwerte.

„Du kannst ruhig nach Hause gehen", sagte sie. „Aber wenn du die Lydia-Crow-Krankenschwester-Erfahrung machen willst, musst du dich mit meiner ungewaschenen Bettwäsche zufriedengeben."

Fleet zog eine Augenbraue hoch. „Krankenschwester, ja? Klingt gut."

„Freu dich nicht zu früh", sagte Lydia und bezahlte den Fahrer.

Sie hatte Fleet gerade in ihr Bett gebracht, als ihr Handy klingelte. Sie schloss die Schlafzimmertür und ging ins Wohnzimmer, um den Anruf entgegenzunehmen. „Sie wünschen ein Treffen?", fragte Mr. Smith.

„Ich will, dass Sie ins Fork kommen und sich erklären“, sagte Lydia. „Jemand hat soeben versucht, mich zu töten.“

„Ich glaube nicht, dass das so ein ...“

„Fleet wurde angeschossen“, sagte Lydia. „Ich werde ihn nicht allein lassen.“

Kurzes Schweigen. „Zehn Minuten.“

MR. SMITH HIELT Wort und informierte sie neun Minuten später per SMS, dass er vor dem Café wartete. Lydia bat Jason, ein Auge auf Fleet zu werfen, der bereits eingenickt war.

„Sie hätten ihn nicht gehen lassen, wenn nicht alles in Ordnung wäre“, sagte Jason. „Aber natürlich passe ich auf ihn auf.“

Der Himmel hatte sich in der kurzen Zeit, seit sie zurückgekommen waren, verdunkelt und die Straßenlaternen warfen einen orangefarbenen Schein auf den nassen Bürgersteig. Mr. Smith stand vor seinem Mercedes und hatte die Hände gefaltet. „Ich habe gehört, dass DCI Fleet nicht ernsthaft verletzt wurde.“

Lydia ignorierte das. „Was wissen Sie? Geht es um Alejandro und die Operation Bergamotte? Warum wurde ich ins Visier genommen?“

„Der erste Teil der Operation ist gescheitert, aber der zweite hat vielversprechende Ergebnisse geliefert. Alejandro bot als Gegenleistung für den Kredit Informationen über einen Gesetzesentwurf im Parlament, bevor er öffentlich gemacht wurde. Außerdem seine Stimme und einen Sitz in dem lukrativen Beraterposten, der durch die Verabschiedung des Gesetzes frei werden würde. Ziel der Operation war es, Beweise für die Bestechlichkeit einer bestimmten Person und die Drahtzieher dahinter zu sammeln.“

„Sie müssen nicht so herumeiern“, entgegnete Lydia irritiert. „Sie haben Alejandro verkabelt und er sollte seinen zwielichtigen Kontaktmann zu einem Geständnis bewegen, das aufgezeichnet wird."

Mr. Smith neigte den Kopf. „Ganz recht."

Lydia wartete darauf, dass er weitersprach. Sie wollte ihn nicht dazu auffordern müssen, aber Mr. Smith war schon viel länger ein verschwiegener Arsch als Lydia. Sie würde diese Gesprächsschlacht niemals gewinnen. „Sagen Sie es mir einfach." Spaßeshalber drückte sie ein wenig Crow-Magie nach.

Mr. Smiths Nasenlöcher blähten sich, als ob er etwas Schlechtes riechen könnte. „Das hätte jetzt wirklich nicht sein müssen. Ich bin hier, um Ihnen zu helfen. Mr. Silvers Kontakt war die Verbindung zu einer Person, die ihre Geschäfte unter vielen Decknamen abwickelt und ihre Gelder über Briefkastenfirmen laufen lässt."

„Einschließlich unserer alten Kumpels, JRB?"

Mr. Smith nickte. „Wir konnten nichts Nützliches aufzeichnen und Mr. Silver hat klargestellt, dass er nicht vor Gericht aussagen wird. Er hat einige Details über den Auftragsmord an Ms. Gormley offengelegt. Nach dem Abgleich der Informationen sind wir uns ziemlich sicher, dass der Auftrag von der Person ausgeführt wurde, die im Mittelpunkt der Operation Bergamotte steht."

„Wir reden hier von einer Einzelperson? Ich dachte, es ginge um politische Korruption, Terrorismus und Waffenhandel?"

„Das tut es, doch es gibt eine Person, die international für Ärger sorgt. Deshalb haben wir uns mit mehreren Organisationen sowie Interpol zusammengetan. Ich wurde als Experte für die Familien hinzugezogen", erklärte er und neigte den Kopf ein wenig. „Aber erst, nachdem Alejandro angeworben wurde."

„Es geht also gar nicht um JRB oder die Silvers." *Oder die Crows,* dachte Lydia, sagte es jedoch nicht.

„Nur am Rande und erst seit kurzem. Diese Operation

läuft bereits seit zwei Jahren. Vielleicht auch länger. Selbst ich bin nicht in alle Belange eingeweiht."

Lydia konnte seine Verärgerung darüber hören.

„Und mit Ärger machen meine ich das Töten von wichtigen Menschen zu unpassenden Momenten auf der ganzen Welt."

„Es geht also um einen Auftragsmörder?" Lydia brauchte einen Augenblick, um sich das klarzumachen. „Warum sollte der hinter mir her sein?"

„Wir wissen nicht, ob er das tatsächlich ist", sagte Mr Smith. „Ich persönlich glaube es eher nicht. Es ist unwahrscheinlich, dass der Anschlag auf Ihr Leben heute etwas damit zu tun hat. Das heißt aber nicht, dass Sie mein Angebot nicht in Betracht ziehen sollten. Ich kann Sie beschützen."

Lydia ignorierte die Bemerkungen. „Sie denken, Maria habe jemanden auf mich angesetzt, weil sie glaubt, dass ich ihren Vater getötet habe? Ohne Ihre idiotische Aktion wäre das also nicht passiert? Fleet wurde angeschossen, habe ich das schon erwähnt?"

„Seien Sie nicht so dramatisch. Es war nur ein Streifschuss. Nicht einmal ein Durchschuss. Er wird wieder gesund. Und tun Sie nicht so, als ob Maria Sie nicht schon vor der Operation hatte umbringen wollen. Sie können uns nicht für das böse Blut zwischen Ihnen beiden verantwortlich machen."

Lydia zwang sich, ruhig zu bleiben und nachzudenken. Sie atmete tief durch und drückte die Münze in ihrer Handfläche zusammen. „Was war also der zweite Teil Ihres großen Plans?"

„Der öffentliche Charakter von Alejandros Verschwinden."

„Die Beerdigung?"

„Alles davon. Dass er stirbt, nicht einfach untertaucht. Wir wollten sehen, ob es den Mörder nach London führt."

„Warum sollte es das? Sein Job war doch erledigt? Sie haben ihm praktisch den Weg erspart.“

„Er muss sichergehen, ob sein Opfer wirklich tot ist. Und dass es kein Konkurrent war. Berufsehre, Sie wissen schon.“

„Der Plan klingt alles andere als solide. Warum sollte ihn das interessieren?“

„Sein guter Ruf steht auf dem Spiel. Auf einem solchen Level gibt es keinen Platz für Fehler oder Konkurrenz. Darüber hinaus besteht die Möglichkeit, dass der Attentäter noch weitere Ziele in der Stadt verfolgt. Weshalb sollte er nur den Auftrag gehabt haben, ein Familienoberhaupt zu töten? Es könnten auch die anderen auf seiner Liste gestanden haben.“

Lydia jagte ein Schauer über den Rücken. „Also könnte das heute doch Ihr Auftragskiller gewesen sein. Sie müssen sich schon für eine Theorie entscheiden.“

Mr. Smith lächelte. „Zwischen Himmel und Erde ist alles möglich.“

Etwas anderes lenkte Lydias Aufmerksamkeit auf sich. Zum Glück, es hielt sie davon ab, ihn zu schlagen. „Was wissen Sie über den Killer?“

„Sehr wenig. Wir kennen im Grunde nicht einmal sein Geschlecht, denn es gibt kaum Zeugenberichte. Wir haben einen Mann in Buenos Aires, der schwört, er habe eine schöne Blondine gesehen, die das Hotel verließ, nachdem sich ein prominenter Gewerkschaftsführer in seiner Suite das Leben genommen hat. Und wir haben einen weiteren Bericht über einen unbekannten Mann mit kurzem Bart und braunem Haar beim Verlassen des Tatorts, an dem der Chef des kolumbianischen Kartells nach dem Besuch bei seiner Geliebten niedergeschossen wurde.“

„Warum haben Sie mir das nicht schon bei unserem letzten Gespräch gesagt?“

„Ich liefere nur so viele Informationen wie jeweils nötig“, antwortete Mr. Smith. „Sie wissen ja, wie das ist.“

„Und der Anschlag hat mich für eine höhere Freigabeebene qualifiziert? Ich schätze, heute ist mein Glückstag.“

„Das könnte man so sagen“, antwortete Mr. Smith. „Der Killer, den wir suchen, schießt nicht oft daneben.“

OBEN ANGEKOMMEN UNTERHIELT sich Lydia flüsternd mit Jason im Wohnzimmer und schlich dann so leise wie möglich ins Schlafzimmer, um Fleet nicht zu wecken. Sie legte sich zu ihm ins Bett und beobachtete die Scheinwerfer an der Decke. Sie wusste, dass der Drucksensor vor ihrer Wohnungstür installiert und das Gebäude mit starken Schlössern gesichert war. Zudem hatte sie einen Geist als Aufpasser, aber ihr Gedankenkarussell wollte nicht aufhören.

Ein paar Stunden später hatte Lydia noch immer nicht geschlafen. Sie dachte, sie würde sich still und leise verhalten, aber sie spürte, wie Fleet sich regte.

„Wie sind die Schmerzen?“ Sie setzte sich auf und griff nach der Paracetamol-Packung.

„Ganz okay“, murmelte Fleet und stöhnte leicht, als er seine Position veränderte. „Was ist mit dir?“

„Mir geht es gut“, sagte Lydia. Das stimmte auch. Ihr Nacken fühlte sich etwas steif und überreizt an, aber das verblasste, wenn sie daran dachte, wie knapp Fleet einer ernsthaften Verletzung entkommen war. Oder Schlimmerem. Sie stützte sich auf einen Ellbogen, um ihn in dem schwachen Licht, das durch die Vorhänge fiel, zu betrachten. Er lebte und war gesund. Mit verschlafenen Augen und seinen rauen Bartstoppeln.

„Hast du dich jemals gefragt, wer dein Vater war?“

„Nicht wirklich“, sagte Fleet.

„Niemals?“

Fleet schwieg eine Weile und Lydia fragte sich, ob er wieder eingeschlafen war. „Warum fragst du?"

„Du hast etwas an dir." Sie wählte ihre Worte sorgfältig. „Etwas Besonderes."

„Das will ich hoffen", sagte er, zog sie mit seinem gesunden Arm zu sich und küsste sie.

Nach ein paar angenehmen Momenten, in denen Lydia ihr Gewicht von seinem Körper fernhielt, aus Angst, seine Schulter zu verletzen, versuchte sie einen anderen Ansatz. „Was glaubst du, macht dich zu einem so guten Polizisten?"

Fleet runzelte die Stirn. „Training? Harte Arbeit? Die Fähigkeit, Leute nicht zu schlagen, wenn sie lästig sind." Er lächelte. „Meistens zumindest."

Lydia schüttelte sanft den Kopf. „Du hast wirklich gute Instinkte."

„Danke ..." Fleets Stirnrunzeln vertiefte sich. „Warum habe ich das Gefühl, dass du mir etwas sagen wirst, das ich nicht hören will?"

„Der Typ von der Arbeit. Dieser Idiot. Er hatte recht, was deine Erfolgsquote angeht." Sie hielt ihre Hände hoch. „Er irrt sich, was den Grund dafür angeht, aber ich dachte gerade ... Hast du manchmal eine Vorahnung, bevor etwas passiert?"

„Natürlich, die ganze Zeit. Das hat doch jeder. Das sind unsere evolutionären Überlebensinstinkte, die dazu führen, dass wir unbewusst eine Menge Informationen aufnehmen und rasch Entscheidungen treffen, bevor wir sie bewusst wahrnehmen. Ich habe einmal ein Buch darüber gelesen."

„Ja. Aber ich meinte darüber hinaus. Hattest du jemals das starke Gefühl zu wissen, was als Nächstes passieren wird? Und dann kommt alles so, wie du es erwartet hast?"

„Ich weiß nicht." Fleet sah sie misstrauisch an. „Vielleicht manchmal. Aber das ist die Erfahrung. In manchen Fällen weiß ich einfach, wie es weitergeht, weil es bereits hundertmal so passiert ist. Kriminelle sind nicht besonders kreativ. Sie begehen immer die gleichen Fehler. Sie sagen die gleichen Dinge. Ich mache diesen Job schon verdammt lange."

„Wenn du unterwegs bist, reagierst du manchmal sehr schnell. Noch bevor auch nur die kleinsten Anzeichen dafür zu sehen sind. So wie heute."

„Das war Glück", sagte Fleet. „Und ich muss etwas bemerkt haben. Das gehört zum Job. Wir Bullen ticken alle gleich. Zumindest die guten. Man entwickelt einen sechsten Sinn für Ärger."

Lydia wusste, dass er das Thema fallen lassen wollte, aber sie konnte es nicht. „Ich habe nichts bemerkt. Wenn du nicht am Steuer gesessen hättest, wäre einer von uns getötet worden."

„Es sei denn, es war ein Warnschuss", sagte Fleet. „Vielleicht waren wir auch gar nicht das Ziel."

Er spielte absichtlich den Advocatus Diaboli, aber Lydia ließ sich nicht beirren. „Woher wusstest du, dass du das Steuer herumreißen musst?"

„Der Schuss war ein ziemlich guter Hinweis", sagte Fleet, dessen Stimme jetzt schläfrig klang.

„Aber so war das nicht", entgegnete Lydia. „Du hast das Lenkrad herumgerissen und erst dann ist das Glas zersprungen. Woher wusstest du, dass dort draußen ein Scharfschütze wartete?"

Lydia starrte in sein müdes Gesicht und suchte nach einer Antwort, aber Fleet war wieder in den Schlaf versunken.

KAPITEL VIERUNDZWANZIG

Lydia ging durch das Erdgeschoss von Charlies Haus, ließ die Jalousien herunter und zündete Kerzen an. Sie hatte überlegt, die Versammlung im Fork abzuhalten, wollte aber klarstellen, dass es sich um eine private Familienfeier handelte – und zwar im kleinen Kreis. Es war ihr wichtig, die Blutsbande in den Vordergrund zu stellen.

Angel hatte zwei große Auflaufformen Lasagne samt einer detaillierten Anleitung vorbeigebracht. Nicht einmal Lydia könnte das Aufwärmen in Charlies modernem Backofen vermasseln. Sie hatte Knoblauch-Rosmarin-Focaccia, sechs Flaschen Wein und einen Himbeer-Ricotta-Käsekuchen aus dem italienischen Feinkostladen besorgt. Fleet stand in der Küche und richtete Salat in einer Glasschüssel an. Da er nur einen Arm benutzen konnte, dauerte es länger, aber Lydia ließ ihn gewähren. Einem knallharten Bullen zu sagen, dass er nicht in der Lage sei, Olivenöl auf ein paar Pflanzen aufzutragen, wäre ungünstig für sein Selbstwertgefühl.

Die Gäste kamen pünktlich und es gab viele Küsse und Umarmungen. Daisy und John brachten Wein und Aiden taumelte hinter einem Blumengesteck von unhandlichem Ausmaß.

„Das war doch nicht nötig", sagte Lydia. „Das ist nur ein Familienessen. Nichts Formelles."

Sie wies den Gästen den Weg ins Wohnzimmer, bot ihnen Getränke an und hörte dann, wie die Haustür erneut geöffnet wurde. Sie hatte ihre Eltern eingeladen, war sich jedoch nicht sicher gewesen, ob sie kommen würden. Aber nun waren sie da. Ihre Mutter sah ausgeruht und überraschend entspannt aus, sie trug ein schwarzes, tailliertes Kleid und ihren typischen roten Lippenstift. Ihr Vater trug den Anzug, den sie schon seit Jahren nicht mehr gesehen hatte, und zusammen sahen sie tatsächlich aus wie die würdigen Erben einer Verbrecherfamilie. John erblasste, als Henry Crow eintrat und die Runde begrüßte, und seine Gesichtsfarbe wurde nicht besser, als er Lydia küsste und ihr zu ihrer erfolgreichen Besteigung von The Shard gratulierte. Das war eine öffentliche Anerkennung und John musste schon ein Narr sein - oder lebensmüde -, wenn er ihre Autorität jetzt noch in Frage stellte.

Nach den Getränken ging Lydia voraus in die Küche, wo der große Tisch gedeckt war.

„Was macht der denn hier?", fragte John, als er Fleet erblickte, der mit einem Geschirrtuch über der Schulter Paprika schnippelte.

„Wir sind zusammen. Und er ist Teil dieser Familie", antwortete Lydia.

„Habe ich die Hochzeit verpasst?", fragte Daisy säuerlich.

„Der Mann hat sich eine Kugel für mich eingefangen", sagte Lydia und deutete auf Fleets bandagierte Schulter. „Und ich habe dir doch gerade erklärt, dass er zur Familie gehört. Hat noch jemand etwas dazu zu sagen?" Sie schaute sich um und suchte Blickkontakt. Niemand antwortete darauf.

Lydia forderte sie auf, sich an den Tisch zu setzen,

während sie aufdeckte. „Ich helfe dir", sagte Daisy und schob ihren Stuhl zurück.

„Nein, setz dich!" Daisy erstarrte in der Bewegung und Lydia bemühte sich, weniger autoritär zu klingen. „Entspann dich! Du kannst den Wein einschenken."

In der Küche legte Fleet ihr eine Hand auf den Rücken, um sie zu beruhigen. Lydia lehnte sich kurz an ihn und machte sich dann an die Lasagne. Sie verteilte die Stücke auf den Tellern, während sie versuchte, nicht an die merkwürdige Atmosphäre zu denken. Das hier sollte nicht seltsam sein. Sie waren eine Familie. Als Kind hatte man sie zwar von den geschäftlichen Angelegenheiten ferngehalten, aber sie hatte trotzdem an Familienfesten und Ausflügen teilgenommen, war von Onkeln und Tanten umsorgt worden und hatte mit Cousins und Cousinen gespielt. Eine Erinnerung an Maddie, die mit toten Augen im schummrigen Licht ihres Wohnzimmers ihre Hände um Lydias Hals geklammert hatte, tauchte auf. Lydia schob sie beiseite.

„Haut rein", sagte sie fröhlich, servierte die Teller und brachte die zweite Auflaufform auf den Tisch, die noch halb voll war. „Nehmt euch Nachschlag, wenn ihr wollt."

Langsam kam die Unterhaltung in Gang. Henry unterhielt sich mit Aiden über Snooker und Aiden blickte ihn mit offener Heldenverehrung an. John erkundigte sich bei Fleet nach seiner Schulter, um dann auf seine eigenen körperlichen Beschwerden zu sprechen zu kommen: seinen kaputten Knöchel, seinen Bandscheibenvorfall und die Gürtelrose, die er einmal gehabt hatte. Daisy trank ununterbrochen Wein und sprach kaum, aber man konnte nicht alles haben.

Als die Teller abgeräumt waren und die Leute sich auf ihren Stühlen zurücklehnten und zufriedene, satte Geräusche von sich gaben, zog Lydia einen Zehn-Shilling-Schein aus ihrer Tasche und legte ihn auf den Tisch. Sofort verstummte das Gespräch und alle Augen richteten sich auf das Geld.

„Ihr wisst, dass jemand sich mit dieser Familie anlegen will." Lydia blickte in die Runde. „Jemand hat Mark Kendal ermordet und ich habe so einen Geldschein in seiner Brieftasche gefunden. Und diese Woche hat jemand einen Anschlag auf mein Auto verübt. Hätte Fleet nicht so schnell reagiert, wäre ich schwer verletzt worden. Vielleicht sogar getötet."

Lydia blickte zu ihrer Mutter, der ein leises Keuchen entfuhr. Sie hielt sich eine Hand vor den Mund und ihre Augen waren vor Entsetzen geweitet. Henry legte ihr einen Arm um die Schultern und zog sie an sich. „Es ist okay", sagte Lydia, nahm die Hand ihrer Mum und drückte sie. „Mir geht es gut. Dank Fleet." Sie ließ die Bemerkung wirken.

„Danke", sagte Susan zu einem sichtlich verlegenen Fleet.

Sie hasste es, ihre Eltern zu beunruhigen, aber jeder Crow, der ein Problem mit ihrem Freund hatte, würde von nun an schweigen. „Ich weiß noch nicht, wem ich die Schuld geben soll."

„Maria Silver sollte ganz oben auf der Liste stehen", sagte Aiden. „Oder nicht?"

„Ich ziehe keine voreiligen Schlüsse. Alejandro war in eine Regierungsaktion verwickelt und ich weiß aus zuverlässiger Quelle, dass derzeit ein Auftragsmörder frei herumläuft. Du hast allerdings recht." Sie nickte Aiden zu und er setzte sich etwas aufrechter hin. „Maria Silver ist nicht mein größter Fan."

„Was sollen wir tun?", fragte er.

„Ich möchte, dass ihr alle auf der Hut seid, aber ich will keine Vergeltung. Kein Auge um Auge." Lydia sah bei diesen letzten Worten zu John. „Ich werde das in Ordnung bringen und dafür sorgen, dass es keine weiteren Unannehmlichkeiten gibt." Sie tippte auf den Zehn-Shilling-Schein. „Ich bringe ihn Maria, aber bevor ich ihn ihr aushändige, möchte ich ihr die Möglichkeit geben, sich mit uns zu verbünden. Ihr müsst alle etwas sehr Wichtiges verstehen. Unser Gegner sind nicht die Silvers. Oder die Fox'. Nicht einmal die Pearls. Wenn wir uns nicht mit den übrigen Familien zusammentun, die Probleme der Vergangenheit hinter uns lassen und lernen, zusammenzuarbeiten, werden wir einer nach dem anderen abgeknallt. Wir haben es mit einer Regierungsbehörde zu tun, die unsere Macht nutzen möchte, und mit dieser mysteriösen Firma JRB. Ich weiß wenig darüber. Nur dass sie uns gegeneinander ausspielen wollen. Wir sollen schwach werden und uns zanken wie kleine Kinder. Ich schlage vor, dass wir ihnen diesen Gefallen nicht tun."

„Wie kommst du darauf, dass sie dich überhaupt anhören wird?", fragte John. „Charlie hat mir erzählt, was sie nach ihrer Verhaftung mit dir angestellt hat."

„Ich habe Informationen, die für die Silvers sehr wichtig sind. Sie wird hören wollen, was ich über ihren Vater zu sagen habe."

„Was ist mit Alejandro?"

Lydia lächelte ihr Haifischlächeln. „Er lebt."

Nachdem die Familie gegangen war, machte sich Lydia auf den Weg zu ihrem Treffen mit Maria.

„Bitte geh nicht." Fleets Stimme war sanft, aber sehr ernst. „Ich bitte dich."

„Es tut mir leid", sagte sie. „Du hast meine Rede gehört. Jetzt muss ich sie auch zu Ende führen."

Was Lydia verschwieg, war, dass sie nicht aufhören konnte, an die verängstigten Gesichter von Chunni und Heather und das leblose von Ash zu denken. Sie war das Oberhaupt der Crows, aber sie war nicht Charlie. Oder Grandpa Crow. Falls Maria Silver tatsächlich glaubte, ihr eigener Vater sei tot, obwohl er sehr lebendig war, würde

Lydia ihr die Wahrheit sagen. Sie mochte eine mörderische Hexe mit einem kalten, toten Herzen sein, aber sie war auch ein Mensch. Und Lydia hatte echten Kummer in ihrem Gesicht gesehen.

„Dann komme ich mit." Fleet hob seinen Mantel vom Stuhl auf.

„Du musst das nicht tun."

„Vielleicht verhindert die Anwesenheit der Polizei eine Eskalation."

„Vielleicht bewirkt sie auch genau das Gegenteil. Wenn Maria denkt, dass ich etwas im Schilde führe, wo sie mir doch gesagt hat, ich solle allein kommen ..."

„Wenn jemand sagt, man solle allein kommen, meint er es meistens nicht gut mit einem."

„Oder er ist verängstigt. Oder legt Wert auf Privatsphäre", entgegnete Lydia. „Manchen Menschen fällt es schwer, Vertrauen zu fassen."

Fleet warf ihr einen eindringlichen Blick zu. „Glaubst du das ernsthaft?"

Lydia sah ihn nicht an. „Vielleicht."

„Es ist ohnehin egal", sagte Fleet. „Ich habe dir doch gesagt, dass ich voll dabei bin. Ich bin in erster Linie kein Bulle, sondern ich gehöre zu dir. Was auch immer das bedeutet und wohin es mich führt. Wir sind von jetzt an ein Team und ich werde nicht zulassen, dass du mich auf Abstand hältst." Fleet atmete etwas schwerer, als er seine Rede beendet hatte, und seine Augen leuchteten ein wenig.

„Na dann", sagte Lydia leichthin. „Lass uns gehen."

Das Treffen fand immerhin auf neutralem Boden statt, aber Lydia stimmte mit Fleets Einschätzung des Plans überein. Er roch verdammt nach Ärger. „Wenigstens ist es kein Parkhaus", sagte sie. „In einem Hotel kann sie nichts besonders Schlimmes anrichten."

Fleet warf Lydia den Blick zu, den die Bemerkung verdiente. Maria Silver hatte die Sky Bar in einem der schönsten Hotels der Stadt gebucht, aber das bedeutete nicht, dass sie nicht vorhatte, Lydia bei einem Drink zu erstechen.

„Ich bringe gute Nachrichten", sagte sie. „Das könnte ein Neuanfang sein. Ein strahlend neuer Tag."

Wer auch immer das Hotel eingerichtet hatte, hatte eine übermäßige Vorliebe für glänzendes schwarzes Glas und glitzernd goldene Deko-Elemente. Es wirkte luxuriös, aber mit einem dezenten Hauch von Schäbigkeit. Wahrscheinlich war das nicht beabsichtigt gewesen, doch Lydia könnte sich auch irren. Inneneinrichtung war nicht ihre Stärke und Hotels, in denen die Übernachtung fünfhundert Pfund kostete, waren nicht ihre natürliche Umgebung. Seltsamerweise schien sich Fleet wie zu Hause zu fühlen. Als sie mit dem Aufzug in die oberste Etage fuhren, bemerkte sie das. „Du scheinst dich immer wohlzufühlen, wie machst du das nur?"

Er schenkte ihr ein Lächeln. „Weil ich das immer tue."

Ein livrierter Angestellter hielt sie auf, als sie die Bar betraten. „Dies ist eine private Veranstaltung. Die Bar im siebten Stock oder das Restaurant Milanese sind für Sie geöffnet."

„Wir sind eingeladen", sagte Lydia und einer von Marias Sicherheitsleuten nickte sie durch.

Maria stand auf der Terrasse und blickte auf die glitzernden Lichter der Stadt. Als sie sich näherten, drehte sie sich um. „Du hast Informationen für mich? Ich bin ganz Ohr."

„Wir sollten uns setzen", sagte Lydia.

Maria zog ihre Augenbraue nach oben, aber sie deutete auf die Stühle, die um einen Tisch herum angeordnet waren. Lydia wartete, bis Maria sich gesetzt hatte, bevor sie ihr gegenüber Platz nahm. Fleet blieb hinter Lydia stehen, wie ein Bodyguard. Lydia war froh, dass seine Jacke seine bandagierte Schulter verbarg. Sie glaubte nicht, dass es zu einer körperlichen Auseinandersetzung kommen würde, aber ihrer Erfahrung nach war es besser, in Marias Gegenwart keine Schwäche zu zeigen. Mit diesem Gedanken im Hinterkopf begann Lydia mit ihrer vorbereiteten Rede.

„Ich weiß, dass du mich nicht magst, aber du glaubst hoffentlich, dass ich aufrichtig versuche zu helfen. Hauptsächlich tue ich das natürlich zu meinem eigenen Vorteil, aber auch weil ich finde, dass du die Wahrheit erfahren solltest."

Maria faltete die Hände in ihrem Schoß. Ihr Gesichtsausdruck blieb unverändert und sie schwieg.

Lydia redete weiter. „Ich glaube nicht, dass dein Vater tot ist. Seine Leiche liegt definitiv nicht in der Silver-Gruft." Sie fragte sich, ob Maria überzeugter sein würde, wenn sie erklärte, dass sie dort keine Silver-Magie spüren konnte, oder ob sie damit nur grundlos ihr Geheimnis preisgeben würde. „Und der Silberpokal ist auch eine Fälschung."

Das einzige Zeichen dafür, dass Maria zuhörte, war das leichte Neigen ihres Kopfes. Das und die Tatsache, dass sie Lydia nicht geohrfeigt hatte. Noch nicht. „Fällt dir ein Grund ein, warum er verschwinden wollte? Es ist in Ordnung, wenn du es mir nicht sagen willst, aber ich möchte, dass du darüber nachdenkst."

„Warum kommst du damit zu mir?", fragte Maria.

„Das habe ich dir erklärt. Was auch immer in der Vergangenheit zwischen uns passiert ist, ich denke, du solltest es wissen."

Maria lächelte. „Wie kommst du darauf, dass ich das nicht schon weiß? Es ist typisch für eine Crow, zu glauben, sie wisse mehr über die Angelegenheiten der Silvers als ich."

Lydia wartete und versuchte herauszufinden, ob Maria bluffte. Falls ja, war sie unglaublich selbstsicher. Aber immerhin war sie das Familienoberhaupt. Gelassenheit war ihr Geburtsrecht. Als klar wurde, dass Maria das Schweigen nicht ausfüllen würde, fragte Lydia: „Wenn du weißt, dass er nicht tot ist, warum hast du dann behauptet, ich sei es gewesen? Warum hast du einen Auftragsmörder auf mich angesetzt?“

Ein kaum wahrnehmbares Stirnrunzeln legte sich auf Marias Stirn, bevor sie mit den Schultern zuckte. „Die Gelegenheit hat sich geboten.“

Fleet trat nach vorn. „Sie haben soeben einen Mordversuch zugegeben, Ms. Silver. Wie Sie wissen, ist die Beauftragung eines Profikillers gleichzusetzen mit ...“

Maria sah Fleet nicht einmal an. Stattdessen wandte sie sich an Lydia. „Du hast deinen Schoßbullen mitgebracht? Wie süß.“

„Und jetzt gehen wir.“ Lydia stand auf.

„Das glaube ich nicht“, sagte Maria. „Wir haben noch nichts getrunken.“

„Ich wollte dir lediglich berichten, dass dein Vater am Leben ist. Ich war der verrückten Meinung, dass dein Handeln von Trauer getrieben war.“

„Und du wolltest deine eigene Haut retten.“

„Ich habe kein Problem damit, am Leben zu bleiben“, sagte Lydia. Sie deutete an sich hinab. „Sieh her. Hier bin ich. Ein Profi hat es versucht und ich atme noch. Ich wollte die Information mit dir teilen, weil ich es für das Richtige hielt. Moralisch gesehen. Wir haben unsere persönlichen Differenzen, aber wir stammen aus alten, respektablen Familien. Ich zumindest habe die Absicht, mich auch so zu verhalten.“

Maria verengte ihre Augen. „Eine dreckige kleine Crow, die versucht, die moralische Oberhand zu gewinnen. Hast du eine Ahnung, wie lächerlich das aussieht? Ich bin das Establishment, ich bin das Gesetz.“

„Also schön“, sagte Lydia. „Wenn du es persönlich halten

willst, werde ich mich von nun an unprofessionell verhalten."

„Soll mir das etwa Angst machen?"

„Das kommt darauf an. Was hältst du davon, dass die Feigheit deines Vaters öffentlich bekannt wird? Ich habe von seinem Deal erfahren, den er mit dem Geheimdienst geschlossen hat, um sich vor JRB zu schützen. Der große Alejandro Silver leiht sich Geld von einer Firma, die mit den Pearls in Verbindung steht. Und dann, noch schlimmer für einen Anwalt, erfährt er, dass er sich mit seinem Deal selbst zur Marionette gemacht hat. Er musste abstimmen, wie JRB es von ihm verlangte, neben anderen weniger angenehmen Gefälligkeiten. Um von JRB loszukommen, ließ er sich mit dem Geheimdienst ein und erklärte sich bereit, als ihr Handlanger zu fungieren. Im Gegenzug täuschten sie seinen Tod vor. Er wollte die guten Namen der Familie und der Firma schützen und verhindern, dass seine Tochter mit dem gleichen Makel behaftet wird." Lydia zuckte mit den Schultern. „Wo auch immer dein Vater jetzt ist, ich wette, dass er nicht zurück nach Hause kann. Ein toter Mann kann kein Politiker, Anwalt oder Familienoberhaupt sein. Für ihn ist die Sache vorbei. Das Einzige, was ihn am Leben hält, ist die Tatsache, dass er deinen Ruf rein gehalten hat. Willst du das wirklich zerstören?"

Marias Lippen zogen sich zu einem schmalen Strich zusammen. „Was schlägst du vor?"

„Dass du den Auftragsmord an mir stornierst, wäre ein Anfang."

Maria legte ihren Kopf schief. „Ich habe mich vorhin falsch ausgedrückt. Ich habe nicht die leiseste Ahnung, wovon du sprichst."

Lydia war sich nicht sicher, welches Spiel Maria spielte und ob sie ihr glaubte oder nicht. Sie hatte das Gefühl, dass Maria die Erwähnung des Killers überrascht hatte, aber sie war eine Silver und so verdreht wie ein Korkenzieher.

„Außerdem", sagte Maria mit einem kühlen Lächeln, „wenn ich dich umbringen lassen wollte, wäre ich nicht so leichtsinnig, jemanden zu beauftragen und eine Spur zu hinterlassen. Ich würde die Sache persönlich in die Hand nehmen."

Nun, *das* klang nach der Wahrheit. „Trotzdem warst du in der Vergangenheit schon hinter mir her. Und du hast mir gedroht. Ich bin bereit, darüber hinwegzusehen, zum Wohle unserer beiden Familien. Ich gebe dir nur dieses eine Mal einen Freifahrtschein, aber ich werde nie wieder so nachsichtig sein."

Marias Mund klappte zu. Ihr Blick wanderte zu Fleet.

„Sieh ihn nicht an." Lydia wartete, bis Marias Augen in ihre eigenen starrten, dann beschwor sie die Crow-Magie herauf, die tausenden schwarzen Federn und flatternden Herzen. Sie hielt sie zwanglos, ohne ihre Münze zu zeigen oder Maria in eine bestimmte Richtung zu drängen. Sie tat nicht mehr, als den Raum mit Flügelschlägen zu erfüllen. „Ich weiß, dass euer Familienpokal weg ist. Ich weiß, dass Alejandro untergetaucht ist. Verbünde dich mit mir oder ich werde dich vernichten."

KAPITEL FÜNFUNDZWANZIG

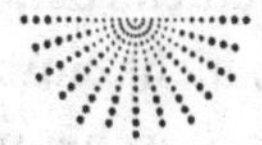

Später in der Nacht war Lydia immer noch aufgedreht von dem Treffen mit Maria und war sich sicher, dass sie nicht so schnell einschlafen würde. Sie löste sich von Fleet und griff nach ihrem Handy, um die Nachrichten zu lesen, mehr aus Reflex als etwas anderem. Sie erwartete einen Bericht über Ashs Verschwinden, vielleicht einen tränenreichen Appell seiner Eltern, aber bisher war nichts zu finden. Lydia blinzelte und legte ihr Handy mit dem Display nach unten. Sie hatte geglaubt, dass sie ihre Gefühle für Ash tief in ihr Innerstes verdrängt und sie dort sicherheitshalber in einer Kiste versperrt hatte, doch der Gedanke, dass seine Eltern ihren Sohn noch einmal verloren hatten, brannte in ihrer Kehle. Fleet drehte sich im Schlaf und Lydia stand auf und schlich auf Zehenspitzen in ihr Büro, um ihn nicht zu wecken. Seine Heilung verlief zwar gut, aber er musste sich ausruhen.

Sie saß an ihrem Schreibtisch, die Lampe warf Licht auf die unordentliche Oberfläche und Lydia ging den letzten Stapel Briefe durch, der in Charlies Briefkasten gelegen hatte. Sie hatte sie während der Vorbereitungen für das Familienessen eingepackt und brauchte jetzt etwas, das sie beschäftigte. Flugblätter. Die Erneuerung einer Versicherungspolice. Ein handgeschriebener Dankesbrief aus Australien. Lydia holte den Whisky und gönnte sich einen Schluck direkt aus der Flasche. Ein Bettelbrief für ein Darlehen. Ein Katalog. Ein Angebot für eine Kiste Wein. Die Einladung zu einem Wohltätigkeitsball. Eine Hochzeitseinladung. Ein schwerer cremefarbener Umschlag, auf dessen Vorderseite nichts stand, nicht einmal Charlies Name. Lydia schlitzte ihn mit ihrem Taschenmesser auf. Im Inneren befand sich ein Blatt Silberpapier mit einem getippten Datum, einer Uhrzeit, einer Adresse und den Worten: *Das ist ein Abschied, alter Freund.* Die Adresse gehörte zu einem Bürogebäude in Canary Wharf, das ihr unbekannt war, und das Datum war der nächste Tag. Lydia schaute auf ihre Uhr. Jetzt war es bereits der heutige Tag.

Fleet war unglücklich und das nicht nur, weil Lydia den Verband seiner Schulterwunde wechselte. Er stöhnte mit zusammengebissenen Zähnen, als Lydia das Antiseptikum etwas zu fest abtupfte. „Ich verstehe nicht, warum du glaubst, dass es Alejandro ist. Warum sollte er eine Nachricht für Charlie hinterlassen? Er weiß, dass er weg ist."

„Aber er kennt die Details nicht", entgegnete Lydia. „Ich habe herumerzählt, dass er eine längere Reise unternimmt. Die meisten vermuten, dass er tot ist, doch Alejandro könnte denken, dass er ebenfalls einen Deal mit der Regierung gemacht hat. Womöglich hofft er ja, dass Charlie es ihm gleichgetan hat. Geteiltes Leid, du weißt schon."

„Aber ..."

„Vielleicht schreibt er ans Haus, weil er glaubt, dass Charlie sich dort versteckt. Oder er will es überprüfen. Die Chance ist gering, mit Charlie in Kontakt zu kommen, doch wenn er keine andere Wahl hat ... Vielleicht hat er solche Nachrichten auch in hundert anderen toten Briefkästen hinterlassen. Wer weiß, wie viele kleine Geheimnisse Charlie und Alejandro im Laufe der Jahre geteilt haben."

„Also schön. Aber ich verstehe immer noch nicht, warum er sich jetzt melden sollte. Vor allem, weil er offiziell tot ist."

Lydia klebte einen frischen Wundverband auf und strich die Ränder gerade, um sicherzugehen, dass er festsaß. „Sie waren lange Verbündete. Vielleicht will sich Alejandro nur verabschieden, bevor er ins Ausland verlegt wird oder was auch immer die Leute hinter Operation Bergamotte mit ihm vorhaben. Oder er hat einen Plan, wie er sich aus seiner Lage befreien kann."

„Oder er hofft, dich an einen abgelegenen Ort zu locken." Fleet zog sein Hemd an und knöpfte es zu.

„Alejandro hat sich immer mit den Crows verbündet. Er wird mir nicht wehtun. Außerdem ist diese Einladung für meinen Onkel gedacht, nicht für mich."

„Alejandro handelt nicht unbedingt aus freiem Willen. Wurde er nicht von der Regierung eingesetzt, um Beweise zu sammeln?"

„Charlie wird nicht auftauchen, also kann er ihm nicht versehentlich belastende Beweise liefern. Ich werde hingehen, das wäre die einzig höfliche Antwort."

„Es ist also die reine Höflichkeit, die dich dorthin zieht?" Fleet legte den Kopf schief.

Lydia küsste ihn sanft. „Und die Möglichkeit, dass er uns verrät, was er für die Operation Bergamotte über JRB herausgefunden hat."

Canary Wharf im Osten Londons war das zweite Geschäfts- und Finanzviertel nach der City. Die Mayflower war von den nahe gelegenen Docks aus losgesegelt und der East India Quay war das Zentrum einstiger Handelswege und des Unternehmertums gewesen. Einst hatte es hier nach Tabak und Zucker gerochen, die aus dem neu kolonialisierten Amerika importiert wurden, aber heute stank es nach Abgasen und Geld. Glänzende Wolkenkratzer mit tausenden von Büros, Sitzgelegenheiten im Freien aus Beton und Glas und riesige Tiefgaragen. Dazu kamen die allgegenwärtigen Cafés und Restaurants im Erdgeschoss, die bereit und in der Lage waren, die Börsenaffen und gut gekleideten Banker zu verköstigen. Lydia war sich sicher, dass einige der jungen Leute in schicken Anzügen ein Vermögen verdienten, aber noch viel mehr von ihnen würden sich jahrelang abstrampeln, bis sie sich ausgebrannt ein Gehalt erarbeitet hatten, das einem gut erscheinen mochte. Bis man sich der Lebenskosten in London gewahr wurde. Nur ganz wenige saßen oben auf der Baumkrone und vervielfachten ihren Reichtum, bis sie unantastbar waren.

Das Treffen war für acht Uhr abends angesetzt und die Adresse befand sich im zwölften Stock eines glänzenden Bürogebäudes mit einer geschwungenen Betonhalle samt großem Seerosenteich und einem zentralen Atrium, das den „Design-Forward"-Anspruch des Gebäudes unterstreichen sollte. Zumindest war das so auf der Website zu lesen. Außerdem standen mindestens sechs Etagen mit Büroflächen zur Vermietung frei.

Es gab einen großen Empfangsbereich und eine Reihe von Aufzügen an der Wand dahinter. Das Atrium war menschenleer, was zu dieser Tageszeit keine Überraschung war. Lydia konnte keine besonderen Sicherheitsvorkehrungen erkennen, aber Fleet ging zum Schalter und zeigte seinen Ausweis. „Etage zwölf, ich muss mir dort etwas ansehen."

„Die steht leer", sagte der adrette junge Mann. Auf seinem Namensschild stand *Mitch* und sein Flaum von einem Moustache ließ ihn wie einen fünfzehnjährigen Teenager aussehen. Wenn er der Nachtwächter war, rechnete man hier offenbar nicht mit Problemen.

„Das ist richtig", sagte Fleet. „Trotzdem muss ich mir dort etwas ansehen. Ist das ein Problem?"

Der Mann schob laminierte Gästeausweise über den Schreibtisch. „Aufzug zwei."

Sie waren eine halbe Stunde früher dran, damit sie Zeit hatten, sich die Gegebenheiten anzusehen. Außerdem konnte man nie wissen, was man finden konnte, wenn man vor der offiziellen Party auftauchte.

Der Aufzug fuhr sanft nach oben und Fleet lehnte sich gegen die Stange an der Rückwand. Plötzlich richtete er sich auf. Die Kabine hatte angehalten und die Türen öffneten sich, aber Fleet hatte sich bereits in Bewegung gesetzt. Er warf sich auf Lydia und drückte sie an die Wand des Aufzugs, während er gleichzeitig den Knopf zum Schließen der Türen drückte. Lydia hatte noch keine Gelegenheit gehabt, die Überraschung zu verarbeiten, geschweige denn, ihn zu fragen, was los war, da schien ihr Kopf zu explodieren. Sie schickte instinktiv einen Energiestoß durch den Spalt in den Aufzugtüren, aber ihre Ohren klingelten und sie hatte keine Ahnung, ob sie jemanden getroffen hatte.

Dann schlossen sich die Türen und der Aufzug fuhr nach unten. Lydia wollte Fleet fragen, was passiert war, sie musste nur warten, bis das Klingeln in ihren Ohren aufhörte. Da bemerkte sie, dass Fleet sich in Zeitlupe bewegte. Nein, er fiel in Zeitlupe, seine gute Hand umklammerte seine kaputte Schulter und sein Gesicht war schmerzverzerrt.

„Fleet!" Lydia ging unter seinem Gewicht zu Boden, aber sie hoffte, dass sie seinen Sturz zumindest abfedern konnte.

„Alles okay", sagte er und zog eine Grimasse. Er schob seine Jacke beiseite und Lydia beobachtete, wie sich ein kleiner roter Fleck auf seinem weißen Hemd ausbreitete. Die Schulterwunde war aufgerissen, als er sich gestreckt hatte, um den Aufzugsknopf zu drücken und Lydia zur Seite zu schieben.

„Was zum Teufel war das ..." Lydia brach ab, als sie eine Delle in der Aufzugswand auf Brusthöhe bemerkte. „Hat gerade jemand auf uns geschossen?"

„Ich muss das melden", sagte Fleet, während sie weiter nach unten fuhren.

Lydia konnte ihren Blick nicht von der Kugel abwenden, die in der Metallwand des Aufzugs steckte. Sie war so nah dran gewesen. Hätte Fleet nicht so schnell reagiert, wäre einer von ihnen getroffen worden. Die Energieladung, die sie instinktiv losgeschickt hatte, hatte sie ausgelaugt und ihr war schwindelig. Wie drei schlimme Kater auf einmal.

Die Türen im Erdgeschoss öffneten sich und es war unheimlich still. Der Wachmann hinter dem Schreibtisch sah immer noch viel zu jung für den Job aus und das Atrium war zum Glück immer noch leer.

„Er könnte auf dem Weg nach unten sein", sagte Fleet. „Das ist eine Frage der öffentlichen Sicherheit."

„Das bezweifle ich", entgegnete Lydia. „Er wollte nur mich umbringen."

Aber Fleet stand schon hinter dem Schreibtisch und hatte die Situation auf Fleet-Art unter Kontrolle. „Es gab einen Zwischenfall auf der zwölften Etage. Wie viele Personen befinden sich derzeit im Gebäude?"

Der Wachmann riss die Augen auf, drückte sich vom Schreibtisch weg und stand auf. „Nicht viele. Vielleicht zehn im vierten Stock, da arbeiten sie bis spät in die Nacht. Nirgendwo so hoch. Die Etage steht leer."

Lydia stellte sich zu Fleet hinter den Schreibtisch. Auf mehreren Monitoren wurden die Bilder der Gebäudekameras angezeigt. Sie wechselten alle paar Sekunden.

„Zeigen Sie mir die zwölfte Etage", sagte Fleet und deutete auf die Bildschirme.

„Ich weiß nicht, wie", entgegnete der Wachmann panisch. „Sie laufen in einer Schleife ab und ich schaue nur drauf. Normalerweise bin ich nicht allein ..."

„Hinsetzen“, befahl Fleet. „Kopf zwischen die Knie legen.“ Er legte dem Jungen die Hand auf die Schulter und drückte ihn sanft zurück in seinen Stuhl. „Es ist alles in Ordnung. Tief durchatmen.“

In diesem Moment veränderte sich das Bild auf dem Monitor ganz rechts. Es zeigte eine Büroetage, die bis auf eine Person, die auf dem Boden lag, verlassen war. Lydia beugte sich nach vorn und betrachtete das körnige Bild. Es sah aus wie ein Mann, der einen Arm zur Seite ausgestreckt hatte. Ein sehr regungsloser Mann.

Fleet hatte es auch gesehen. „Okay.“ Er hatte sein Handy gezückt und rief die Polizei.

„Ich gehe nach oben“, sagte Lydia und bewegte sich bereits. Diese Energieladung. Sie hatte jemanden getroffen.

„Keine gute Idee. Verstärkung ist auf dem Weg. Wir müssen das Gebäude sichern. Wir müssen die Zivilisten schützen.“

„Deine Verstärkung ist auf dem Weg“, entgegnete Lydia. „Ich muss mir den Kerl ansehen, bevor sie hier sind.“ Was sie nicht sagte, aber Fleet wusste, war, dass der Mann niemanden mehr erschießen würde.

Um nicht zu übermütig zu werden, nahm Lydia einen anderen Aufzug in die elfte Etage und lief über die Treppe hinauf in die zwölfte. Sie beschwerte sich nicht, als Fleet ihr folgte. Sie war sich zwar ziemlich sicher, dass ihr Angreifer tot oder bewusstlos war, aber es bestand die klitzekleine Möglichkeit, dass weiterhin Gefahr von ihm ausging.

„Ich schätze, so steht das nicht im Protokoll“, sagte Lydia.

„Nein. Aber du hast recht. Es ist unwahrscheinlich, dass jemand Büroangestellte angreifen will.“

Sie verstummten, als sie sich der Tür zum zwölften Stock näherten. Das Treppenhaus war beunruhigend offen, mit vielen Glasscheiben und stimmungsvoller Beleuchtung auf jeder Stufe. Lydia drückte sich gegen die Wand. Sie wünschte sich, es gäbe eine solide Tür, hinter der sie sich

verstecken könnte, vielleicht mit einem praktischen Sichtfenster zum Hindurchspähen. Stattdessen schlich sie
vorwärts und versuchte, in den Raum zu sehen, ohne sich zu
zeigen.

Hektarweise grauer Industrieteppich, unterbrochen von
Säulen und Glaskästen, die vermutlich als gar nicht so
private Büros dienten. Auch ohne Kabinen und klingelnde
Telefone war der Ort eine seelenlose Höllenlandschaft.

Eine Höllenlandschaft mit einem toten Mann auf dem
Boden in der Nähe der Aufzugswand. Seine Körperhaltung
und die liegengebliebene Waffe, etwa einen Fuß von seinem
ausgestreckten Arm entfernt, machten deutlich, dass er für
niemanden mehr eine Bedrohung darstellte. Fleet hielt
Lydia mit dem guten Arm zurück, schüttelte den Kopf und
näherte sich der Gestalt in Kreisen. Als er nah genug war,
kickte er die Waffe weiter von der Leiche weg.

„Er ist tot", flüsterte Lydia. Sie wusste, dass sie sich
schlecht fühlen sollte, aber sie war erleichtert, dass dieser
Kerl, der gerade auf sie geschossen hatte, keine Bedrohung
mehr darstellte.

Fleet warf ihr einen besorgten Blick zu, aber sie sah, wie
sich seine Schultern entspannten, als er sich die Leiche
genauer ansah.

Aus der Nähe bestand kein Zweifel. Lydia hatte bereits
erwartet, dass der Mann tot war, es war keine Überraschung. Sehr wohl überraschte sie jedoch, dass sie ihn
erkannte.

„Felix", sagte Lydia. „Ein Profi."

Fleet ging zu der Waffe hinüber, die er weggekickt hatte,
hockte sich hin und untersuchte sie, ohne sie zu berühren.
„Ein Profi, der zu viele Mafiafilme gesehen hat", sagte er. „Er
hat den Griff mit Klebeband umwickelt."

„Um Fingerabdrücke zu vermeiden?"

Fleet nickte nachdenklich. „Das ist die Idee. Jetzt, wo wir
den DNA-Abgleich haben, ist der Tipp jedoch veraltet."

Lydia zog sich Einweghandschuhe an und trat näher an die Leiche heran. Dann blieb sie stehen. Fleet schüttelte den Kopf, als ob er etwas abstreiten wollte, und sank zu Boden.

Sie ging zu ihm hinüber. „Was ist los?“

„Ich habe mich bewegt, bevor die Fahrstuhltüren geöffnet wurden“, sagte er. „Diese Vorahnung, dieser Instinkt, von dem du gesprochen hast. Ich glaube, es ist wieder passiert.“

„Den Federn sei Dank. Du hast mir schon wieder das Leben gerettet.“

„Das habe ich nicht“, entgegnete Fleet und sah zu ihr auf.

„Sei nicht so bescheiden“, sagte Lydia. „Du hast mich aus der Schusslinie gedrängt. In der Wand des Aufzugs steckt eine Kugel, die eigentlich für ...“

„Nein.“ Fleet schüttelte den Kopf. „Ich habe es gesehen. Das ist noch nie passiert. Ich hatte Gefühle. Ahnungen. Du kennst das ja. Und ja, ich habe das Lenkrad herumgerissen, bevor ich mir bewusst war, warum. Aber das hier war anders. Ich sah es passieren. Als wir im Aufzug waren. Die Türen gingen auf und da stand er.“ Fleet sah Felix an. „Er hat auf mich geschossen. Hier.“ Fleet legte eine Hand in die Mitte seiner Brust, über sein Herz. Und dann wich die Farbe aus seinem Gesicht.

„Leg den Kopf zwischen die Knie“, sagte Lydia, aber Fleet war ihr weit voraus.

Sie sprach zu seinem Nacken. „Warum sollte er dich töten wollen?“

Fleet antwortete etwas Unverständliches.

Sie tastete Felix’ Körper ab, bis sie sein Handy fand. Zum Entsperren war ein Daumenabdruck erforderlich und Lydia nahm seine leblose Hand und legte den Finger auf die Taste, bevor sie zu viel darüber nachdenken konnte. Dann navigierte sie zur Anrufliste und wählte die letzte Nummer erneut.

„Ja?“, fragte Mr. Smith. „Ist es erledigt?“

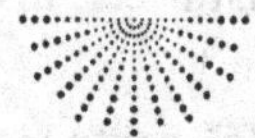

KAPITEL SECHSUNDZWANZIG

Lydia hatte Fleet im Bürogebäude zurückgelassen und war gegangen, bevor die Polizei auftauchte. Die Zeit drängte und sie konnte es sich nicht leisten, in die Untersuchung verwickelt zu werden. Lydia wusste nicht, wie schnell Mr. Smith herausfinden würde, was passiert war, und sie wollte mit ihm sprechen, solange sie einen Informationsvorsprung hatte. Er ahnte wahrscheinlich, dass etwas schiefgelaufen war, aber es gab ein kleines Zeitfenster, in dem er hoffentlich noch nicht alle Details kannte.

„Er wird vermuten, dass du weißt, dass er uns reingelegt hat", sagte Fleet. „Das ist zu gefährlich."

„Er will, dass ich zu ihm laufe", entgegnete Lydia mit mehr Gewissheit, als ihr lieb war. „Sein Plan ist, dass ich einen neuen Deal mit ihm eingehe, dass ich für ihn arbeite. Wenn ich ihm das anbiete, was er unbedingt will, wird er mir glauben. Weil er es *will*."

Fleet hatte nicht überzeugt ausgesehen, aber er hatte ihr viel Glück gewünscht.

Lydia hatte einen Peilsender in ihrem Schuh versteckt, das GPS auf ihrem Handy eingeschaltet und absolut keine

Zeit, um ihre schauspielerischen Fähigkeiten zu üben. Sie lief zur U-Bahn-Station Canary Wharf und machte ein paar Hampelmänner, um aus der Puste zu kommen, bevor sie Mr. Smith anrief. Es zeugte von der Stadt, die sie liebte, dass niemand auch nur einen Schritt aussetzte und die Fußgänger einfach um sie herumliefen, während sie ihre Akrobatikübungen veranstaltete, als wäre es das Normalste auf der Welt.

„Ich brauche Ihre Hilfe", sagte sie, als Mr. Smith ranging. „Ich bin's. Jemand hat gerade ... Fleet ..." Lydia fiel das Weinen leichter als erwartet. Die aufgestauten Gefühle wegen Ash, die Angst, die sie mit sich herumtrug, seit Fleet angeschossen worden war, und dann der Adrenalinstoß durch den Schuss im Aufzug. Um Haaresbreite hätte sie den Mann verloren, den sie liebte.

„Wo sind Sie?"

„Canary Wharf", sagte Lydia. „Ich bin auf dem Weg zur U-Bahn-Station. Ich muss von hier verschwinden. Ich glaube nicht, dass mir jemand folgt, aber ..." Sie brach ab und sah sich panisch um. Es war unwahrscheinlich, dass die Ressourcen von Mr. Smith ausreichten, um sich in Echtzeit in die öffentlichen Überwachungskameras zu hacken, aber es war einfacher, sich ganz auf die Vorstellung einzulassen.

„Was ist passiert?", fragte Mr. Smith. „Sind Sie verletzt?"

„Nein, mir geht es gut. Aber ich habe ihn verletzt." Sie schluckte, als eine Welle purer Wut über sie hereinbrach. Mr. Smith hatte ihr eine Falle gestellt, hatte sie wochenlang bedroht und versucht, sie einzuschüchtern, damit sie ihn brauchte. Er wollte ihr weismachen, dass sie zu schwach sei, um die Crows anzuführen. Dass sie in Gefahr sei. Als das nicht geklappt hatte, hatte er auf denjenigen gezielt, den sie liebte. Ihre Stimme zitterte vor Aufregung, als sie sprach, und sie hoffte, dass Mr. Smith es als Trauer und nicht als Wut interpretierte. „Er hat Fleet getötet. Er hat ihn einfach erschossen. Da habe ich die Kontrolle verloren. Er lag röchelnd auf dem Boden und ich bin weggerannt."

„Fleet hat geröchelt?"

„Nein, der Killer. Er hatte eine Waffe. Ich vermute, es war dieser Mörder, von dem Sie gesprochen haben." Mr. Smith brauchte nicht zu wissen, dass sie Felix erkannt hatte. Hoffentlich nahm er an, dass Felix seine Nummer selbst gewählt hatte, aber nicht in der Lage gewesen war, zu sprechen. „Ich weiß nicht, was ich tun soll."

„Nehmen Sie die DLR zum Tower Gateway. Ich treffe Sie auf der Brücke."

„Nur Sie", sagte Lydia. „Wenn ich noch jemanden sehe ..."
„Natürlich", antwortete Mr. Smith ruhig.

Lydia legte auf und folgte Mr. Smiths Anweisungen, wobei sie sich die ganze Zeit über ängstlich und nervös verhielt. Das war nicht schwer, denn in dem Moment, als sie auf dem kratzigen Sitz des Zuges saß und sich ihr Gesicht im gegenüberliegenden Fenster spiegelte, sickerte es in ihren Verstand. Sie hatte gerade einen Mann getötet. Einen Mörder, ja, und es war reine Notwehr gewesen, trotzdem ... Sie hatte ihre Kraft unkontrolliert eingesetzt, ohne die Situation wirklich im Griff zu haben. Sie begann zu zittern und schlang ihre Arme um sich. Das war nicht der richtige Zeitpunkt, um zusammenzubrechen. In den Fenstern des Zuges spiegelten sich verschwommene Bilder und einen Moment lang war auch Felix' totes Gesicht darunter.

Als sie den Bahnhof verließ, die gedrungene Festung am Tower of London zu ihrer Rechten, und eine frische Brise ihr den Regen ins Gesicht peitschte, machte sich Lydia auf den Weg zur Tower Bridge. Sie hoffte, dass Mr. Smith nicht in seinem Auto saß, denn sie wollte auf keinen Fall darin einsteigen. Sie ging bis zur Mitte der Brücke und wich den Touristen und all den Menschen aus, die auf dem Weg zu einem Date oder anderen normalen Dingen waren, die plötzlich so begehrenswert erschienen. Fleet lebte, erinnerte sie sich.

Sie zwang sich, stehen zu bleiben und sich an die blau gestrichene Balustrade mit dem verschlungenen eisernen Kleeblattmuster zu lehnen. Es dämmerte über London und tausende erhellte Fenster leuchteten in der heraufziehenden Nacht. The Shard ragte in den lilafarbenen Himmel, ein futuristischer Obelisk wie aus einem Science-Fiction-Film. Als Lydia ihn vor dem Hintergrund der Skyline betrachtete, konnte sie kaum glauben, dass sie ihn halb hinaufgeklettert war. Wenigstens würde niemand so verrückt sein und versuchen, sie zu übertrumpfen.

Auf der anderen Seite des Flusses markierte der Gherkin die City. Die markante Kuppel der St. Paul's Cathedral war noch weiter entfernt und gleich dahinter befanden sich die zentralen Strafgerichte. Lydia fragte sich, ob Alejandro traurig darüber gewesen war, diesen Ort zu verlassen. Oder ob ihm eine Last von den Schultern genommen worden war.

Sie spürte einen Anflug von Seekrankheit und hörte die Wellen einige Augenblicke, bevor Mr. Smith sagte: „Lydia. Gott sei Dank."

Sie drehte sich zu dem Mann um, mit dem sie eine Abmachung getroffen hatte und der vor langer Zeit sein Wort gehalten und Henry Crow geheilt hatte. Sie hatte immer gewusst, dass er sie benutzen wollte, aber sie hatte nie vermutet, dass er so weit gehen würde. Und jetzt war sie eine Mörderin. Sie schmeckte die Galle in ihrer Kehle und schluckte. „War das dieser Auftragsmörder, von dem Sie gesprochen haben?"

„Möglicherweise", sagte Mr. Smith und machte eine Bewegung, als ob er sie berühren wollte, doch dann schien er sich zu beherrschen. „Hat er etwas gesagt? Erzählen Sie mir, was passiert ist."

„Aber warum sollte es dieser Kerl auf mich abgesehen

haben? Was könnte ich getan haben, um auf seiner Abschussliste zu landen? Ich habe nichts mit internationalem Schmuggel oder politischen Machenschaften zu tun. Auf diesem Level bewege ich mich nicht."

Er neigte den Kopf und Lydia konnte fast sehen, wie er nachdachte. Er überlegte, wie viel er sagen sollte, wie er sie am besten in Angst und Schrecken versetzen konnte. Lydia wollte weiter vorgeben, dass sie Felix für einen internationalen Attentäter hielt. „Sie. Sie haben ihn auf mich angesetzt. Warum?"

„Es war nichts Persönliches", sagte Mr. Smith sichtlich entspannt. „Wir wollten nur sicherstellen, dass er zurück nach London kommt."

Zurück nach London. Lydia entging die Formulierung nicht. Er hatte sich zu sehr entspannt und genau das getan, was Lydia gehofft hatte. Er hat ihr neue Informationen geliefert. „Als Sie sagten, Sie wüssten nichts über diesen Attentäter, haben Sie also gelogen. Sie wussten, wer er war." Das letzte Puzzleteil fügte sich zusammen und Lydia widerstand dem Drang, sich an die Stirn zu schlagen. Stattdessen trat sie einen Schritt zurück und fühlte sich dumm, weil sie es nicht vorher gesehen hatte. „Er hat für Sie gearbeitet."

Mr. Smith sah zu Boden. „Wir haben seine Dienste in Anspruch genommen, ja. Doch dann haben wir den Kontakt verloren. Er wurde unberechenbar und wir mussten ihn dringend herholen. Ich wollte Sie nicht in die Sache hineinziehen, aber ich bin nicht der Einzige, der Entscheidungen trifft. Die Sache wurde mir aus der Hand genommen."

„Fleet ist tot", sagte Lydia.

„Das tut mir leid." Mr. Smith griff nach ihr und wenn sie nicht gewusst hätte, dass er den Anschlag angeordnet hatte, wäre sie vielleicht darauf hereingefallen. Sie musste dem Geheimdienst zugestehen, dass die Spionageausbildung erstklassig war. „Aber Sie stecken in einer verzwickten Situation. Sie müssen eine kluge Entscheidung treffen."

Felix war auf keinen Fall der hochrangige internationale Attentäter im Zentrum der Operation Bergamotte, was bedeutete, dass Mr. Smith allein agierte. Lydia war sich sicher, dass es sich um seinen persönlichen Kreuzzug handelte, bei dem er seine eigene, auf die Familie fokussierte Abteilung aufbaute. „Die Einladung war für Charlie gewesen", sagte Lydia und beobachtete Mr. Smiths Gesicht sehr genau. „Ich dachte, Alejandro hätte sie geschickt."

Mr. Smith blinzelte nicht. „Alejandro ist weit weg von London. An einem sicheren Ort, mit neuer Identität. So etwas könnten wir auch für Sie tun."

Lydia nickte, als ob sie sein Angebot ernsthaft in Betracht ziehen würde.

„Oder Sie arbeiten für meine Abteilung. Helfen Sie mir bei meinen Forschungen. Das ist eine wichtige Tätigkeit. Und ich kann Sie schützen. Sie brauchen Menschen um sich, Lydia. Allein sind Sie nicht sicher."

Lydia ließ ihren Körper in der Niederlage sinken. „Okay", flüsterte sie. „Ich muss meine Angelegenheiten in Ordnung bringen, dann komme ich mit Ihnen."

„Sie sollten nicht allein sein", begann Mr. Smith, aber Lydia unterbrach ihn. „Wir treffen uns in einer Stunde beim alten Safe House."

Es war fast elf, als Lydias Handy mit einer SMS vibrierte. Sie ignorierte sie und auch die drei darauffolgenden. Sie saß im Café und aß eine dringend benötigte Portion Lasagne, als sie ein vertrautes Auto vorfahren sah. Sie ging nach draußen.

Mr. Smith stieg aus dem Mercedes. Er war irritiert, versuchte es jedoch offensichtlich zu verbergen.

„Sie sind nicht aufgetaucht. Gibt es ein Problem?"

„Haben Sie von Felix gehört?", fragte Lydia und genoss Mr. Smiths kurzes Stirnrunzeln. Er war so gut darin, seinen

Gesichtsausdruck zu kontrollieren, dass sich jedes Mal, wenn er versagte, wie ein Triumph anfühlte. „Ich habe ihn getötet."

„Ich weiß nicht, was Sie zu wissen glauben ..."

„Ich weiß, dass Sie einen zweitklassigen Auftragskiller angeheuert haben, um mir Angst einzujagen."

Mr. Smith ließ sich nicht beirren. „Für das Allgemeinwohl. Sie befinden sich in ernsthafter Gefahr und ich wollte nur, dass Sie das verstehen."

„Wie nett", sagte Lydia. „Ich glaube, ich werde mein Glück herausfordern. Keine Deals mehr."

„Lassen Sie uns darüber reden. Ich verstehe ja, dass Sie verärgert sind, aber sobald Sie Zeit hatten, darüber nachzudenken ..."

„Sie haben verloren", sagte Lydia mit fester Stimme. „Jede Chance, die Sie jemals hatten, mit mir zu arbeiten, mich zu erforschen oder mich zu benutzen, ist vorbei."

Mr. Smith richtete sich ein wenig auf.

Lydia konnte spüren, wie Wellen seiner ungewöhnlichen Signatur von ihm abrollten, als er wütend wurde. Er konnte vielleicht seinen Gesichtsausdruck kontrollieren, doch das nicht. Da wusste Lydia, dass sie ihm einen Schritt voraus war. „Sie haben mich zu einer Mörderin gemacht", sagte sie. „Ich habe heute eine Grenze überschritten und das werde ich Ihnen nie verzeihen. Aber es gibt noch etwas, das Sie wissen sollten." Sie hielt seinem Blick stand und legte mehr als nur ein wenig Crow in ihre Worte. „Ich bin heute zur Mörderin geworden."

Es herrschte eine kurze Stille, während Mr. Smith offenbar über ihre Worte nachdachte. Dann schien er sich zu sammeln. „Sie begehen einen großen Fehler. Ich kann Ihnen ein wirklich guter Freund sein."

„Ich habe genug Freunde", sagte Lydia. Sie drehte sich um und deutete auf das Fork. Die Lichter des Cafés brannten und warfen einen warmen Schein auf den Bürgersteig. Die Gestalten im Inneren waren durch die Fenster deutlich zu erkennen. Mr. Smiths Blick veränderte sich, als er Fleet sah, der neben Maria Silver stand. Henry Crow saß mit Aiden an Lydias Lieblingstisch und sie lachten über irgendetwas.

„So sei es." Mr. Smith wandte sich ab. „Sie machen einen Fehler, aber ich sehe, dass Sie sich bereits entschieden haben."

Lydia verschränkte die Arme und blickte ihm nach. Er hielt inne, eine Hand am Griff seiner Autotür und sprach, ohne sich umzudrehen: „Schauen Sie in Ihre Tasche."

Lydia wartete, bis das Auto die Straße hinuntergefahren war und die Rücklichter um die Ecke verschwanden. Dann wartete sie noch länger, nur für den Fall, dass Mr. Smith seine Meinung änderte und zu einer zweiten Runde zurückkam.

Als die Straße leer und still blieb, griff sie in die Tasche ihres Kapuzenpullis. Dort befand sich ein gefaltetes Stück Papier. Ein Zehn-Shilling-Schein.

KAPITEL SIEBENUNDZWANZIG

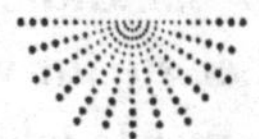

Zwei Tage später beobachtete Lydia, wie Jason einen Turm aus Schlagsahne auf einen Becher mit heißer Schokolade sprühte. Er fügte Marshmallows hinzu und rieb dann mit der winzigen Reibe, die Lydia ihm zu diesem Zweck gekauft hatte, Schokosplitter darüber. „Sag mir, was du denkst."

Er würde perfekt sein, wie jeder einzelne Kakao, den er ihr diese Woche gemacht hatte, aber Lydia trank gehorsam. „Wunderbar", sagte sie und leckte sich die Sahne von der Oberlippe. „Ich glaube, du hast genau das richtige Verhältnis gefunden."

Jason strahlte.

Lydia nahm noch einen Schluck. „Er ist wirklich gut."

„Weißt du, was du dazu brauchst?" Jason durchsuchte die Schränke.

„Whisky?"

Er warf ihr einen liebevollen Blick zu. „Etwas zum Eintauchen. Einen Keks zum Beispiel. Wir haben aber keine."

Lydia spürte, dass die Situation eskalierte. Bevor Jason

mit dem Backen anfing, warnte Lydia ihn, dass Fleet jeden Moment nach Hause kommen würde.

„Kann er schon wieder arbeiten?", fragte Jason. „Ist seine Schulter schon verheilt?"

„Ich war mir nicht sicher. Aber anscheinend muss er nicht völlig fit sein, um an Meetings teilzunehmen."

„Wirst du ihm von der Banknote erzählen?"

Lydia stellte den Becher ab, ihr war plötzlich der Appetit vergangen. „Ja. Bald. Das werde ich." Sie hatte Jason erzählt, dass Mr. Smith einen Zehn-Shilling-Schein in ihrer Tasche hinterlassen hatte, doch sie wollte Fleet nicht beunruhigen. Sie wusste, dass es ein Rückfall in alte, schlechte Gewohnheiten war, aber der Drang, die Dinge selbst in die Hand zu nehmen, war stark.

Wahrscheinlich war es sowieso nur ein Psychospielchen. Mr. Smith hatte versucht, Lydia einzuschüchtern, damit sie sich ihm anschloss, aber es hatte nicht funktioniert. Der Geldschein war nur eine Fingerübung, um das Gesicht zu wahren. Wahrscheinlich. Wenigstens hatten sie die Identität des Killers. Die Polizei hatte eine Razzia in Felix' Wohnung durchgeführt und eine Fülle von Ausrüstungsgegenständen gefunden, darunter ein Gewehr und ein Zielfernrohr. Die Ballistiker prüften, ob die Kugel, die Fleet getroffen hatte, damit abgefeuert worden war, aber Lydia war sich ziemlich sicher, dass sie passte. Felix' Handy enthielt eine SMS von Mr. Smith an dem Tag, an dem Fleet angeschossen worden war, was ausreichend schien. Lydia hatte dem Untersuchungsteam gesagt, dass die Nummer einem Mitglied des Geheimdienstes gehörte, aber es war natürlich ein Wegwerfhandy gewesen, und sie erwartete nicht, Mr. Smith in nächster Zeit in Handschellen zu sehen.

Fleet kam kurz darauf, seine Jacke war vom Regen durchnässt. London im Frühling war eine feuchte Angelegenheit.

Er küsste sie auf den Mund und zog sie auf eine ausgesprochen ungestüme Art an sich.

„Du bist glücklich", sagte Lydia.

„Es war ein interessanter Tag." Fleet ging zum Kühlschrank und holte zwei Bierflaschen heraus. Er schaute auf die halbvolle Tasse mit heißer Schokolade. „Willst du auch eins?"

„Ja, bitte." Sie stießen mit den Flaschen an.

„Also." Fleet lehnte sich gegen den Küchentisch. „Ich hatte heute ein interessantes Meeting."

„Das ist ein Satz, den ich selten von dir höre."

„Ein inoffizielles. Meine Chefin lud mich auf einen Kaffee außerhalb des Gebäudes ein, es war also eindeutig informell. Sie sagte, dass die Operation Bergamotte auf Seiten der Metropolitan Police wegen Budgetkürzungen eingestellt wird."

„Von anderen Einheiten wird sie fortgesetzt?"

Fleet hielt seine Hände unwissend nach oben. „Wahrscheinlich. Aber es geht das Gerücht um, dass ein wichtiges Mitglied der Operation nicht genehmigte Aktionen in London durchgeführt hat, und die hohen Tiere wollen sich davon distanzieren."

„Mr. Smith?", fragte sie. „Klingt, als würde er in Schwierigkeiten stecken."

„Gut", sagte Fleet und hob seine Flasche.

Das Letzte, was Lydia wollte, war, Fleet die Laune zu verderben, aber sie wusste, dass es schwieriger werden würde, je länger sie wartete. Sie hatte dazugelernt.

„Was ist das?" Fleet runzelte die Stirn, als sie den Schein aus ihrer Tasche zog.

„Ein Abschiedsgeschenk von Mr. Smith", sagte Lydia. „In der Brieftasche von Mark Kendal war auch so ein Schein und Aiden hat mir erzählt, dass es Charlies Art war, Leuten mitzuteilen, dass sie Ärger mit ihm hatten."

„Ärger?" Fleet zog eine Augenbraue hoch.

„Dass sie sich in unmittelbarer körperlicher Gefahr befanden", stellte Lydia klar. „Wie ein Mal."

„Du glaubst, er lässt dich wissen, dass er Mark Kendal getötet hat? Warum sollte er das tun?"

„Ich vermute eher, er will mir Angst machen. Er hat mir gesagt, dass seine Abteilung Zugang zu einem hochrangigen Auftragsmörder hat. Vermutlich soll ich mich weiter vor ihm in Acht nehmen und das ist seine Art, mir zu sagen, dass ich immer noch in Gefahr bin."

Fleet dachte einen Moment lang nach. „Warum hatte Mr. Smith es überhaupt auf Mark Kendal abgesehen? Wollte er dich nur als schlechte Anführerin hinstellen?"

„Ich nehme es an", sagte Lydia. „Und damit ich mich an ihn wende. Er war schnell genug da, um seine Hilfe anzubieten. Außerdem ist er die einzige Person, die von den Zehn-Shilling-Noten weiß. Abgesehen von meiner Familie, meine ich." Lydia wollte nicht darüber nachdenken, wie Mr. Smith diese Information von Charlie erhalten haben könnte. Sie hatte Charlie und seine Situation in einem verschlossenen Raum in ihrem Kopf abgelegt und sie hatte nicht die Absicht, dort diesen Raum zu betreten.

AM NÄCHSTEN MORGEN beobachtete Lydia Fleet dabei, wie er sich für die Arbeit anzog. Er zeigte eine Begeisterung, die ihm in den letzten Wochen gefehlt hatte. „Die Schusswunde hat dir gutgetan", sagte sie. „Du strahlst richtig."

„Ein bisschen extrem für einen Selbsthilfetipp", entgegnete Fleet und lächelte. Sie stieg aus dem Bett, um ihn zum Abschied zu küssen, und drückte sich an ihn, bis er leise stöhnte. „Jetzt komme ich zu spät. Du hast einen schlechten Einfluss auf mich."

. . .

Eine halbe Stunde später, nachdem Fleet gegangen war, streckte sich Lydia im Bett und versuchte, die entspannte Ruhe zu bewahren, die ihr der morgendliche Sex verliehen hatte. Ihr Handy vibrierte und sie beugte sich aus dem Bett, um es vom Boden aufzuheben. Es war eine SMS von einer unbekannten Nummer.

St. Thomas Hospital. Dach. Sofort

Einen Moment später kam eine weitere.

Zwing mich nicht, Emma zu besuchen.

Lydia starrte auf die schwarzen Buchstaben, bis sie vor ihren Augen verschwammen. Die Worte tanzten auf dem Display, während sie den Drang bekämpfte, sich zu übergeben, wegzulaufen oder zu schreien. Für einen Moment spannte sich jeder Muskel in ihrem Körper an. Die Anspannung war wie ein heiliger Bund - wenn sie keine einzige Faser entspannte, würde Emma nicht in Gefahr sein. Ihr würde nichts passieren, ihren Kindern ebenfalls nicht. Sie hätte die SMS durch einen Akt der Verleugnung gelöscht. Und dann verging der Moment und Lydia wusste, dass sie handeln musste.

Lydia war aufgestanden und aus der Wohnung gegangen, ohne bewusst darüber nachzudenken. Im Taxi auf dem Weg zur Westminster Bridge war sie erleichtert, dass sie es trotz ihrer Aufregung geschafft hatte, sich etwas anzuziehen. Die Fahrt kam ihr unendlich lang vor. Sie schrieb der unbekannten Nummer eine SMS, um zu bestätigen, dass sie auf dem Weg war. Dann noch einmal, um den Attentäter zu bitten, zu warten.

Es musste Mr. Smiths Mörder sein. Er hatte den Anschlag auf Lydia tatsächlich in Auftrag gegeben. Der Zehn-Shilling-Schein war keine leere Drohung oder eine

Fortsetzung ihres Spiels gewesen. Mr. Smith hatte seine Niederlage hart getroffen und beschlossen, die Sache zu beenden. Lydia konnte sich keine andere Erklärung vorstellen und sie war auch nicht in der Lage, darüber nachzudenken.

Auf das Dach des Krankenhauses zu gelangen, war bei weitem einfacher, als Lydia es sich vorgestellt hatte. Sie hatte immer gedacht, dass der Weg in den eigenen Tod schwieriger sein oder länger dauern würde. Tatsächlich fühlte sie nichts als ein ruhiges Gefühl der Unvermeidlichkeit. Sie würde nicht zulassen, dass jemand anderes wegen ihr zu Schaden kam. Die Vorstellung, dass ihr Leben, ihre Position oder ihre Entscheidungen dazu führen würden, dass Emma oder ihre Kinder in irgendeiner Weise verletzt wurden, war unvorstellbar. Sie hatte keine Wahl. Das war es, was es bedeutete, das Oberhaupt der Crows zu sein. Alles endete mit ihr.

Als Lydia auf das Dach trat, schlug ihr eine steife Brise ins Gesicht. Wenigstens hing sie nicht an The Shard, sagte sie sich, während sie die Dächer mit den niedrigen Mauern absuchte. Sie ging um ein verschlossenes Etwas herum, an dessen Tür ein gelbes Schild mit der Aufschrift *Lebensgefahr* prangte. Dahinter breitete sich eine offene Fläche aus. Am Rand des Daches stand eine schlanke Gestalt. Einen Moment lang dachte Lydia, dass es der Pearlkönig sei. Doch dann drehte sich die Gestalt um und Lydia erkannte ihren Fehler.

Es war Maddie.

ENDE

DANKSAGUNG

Ich bin begeistert von der Resonanz auf diese Serie und bin meiner wunderbaren Leserschaft zutiefst dankbar dafür, dass sie Lydia Crow und ihr London so positiv aufnehmen. Vielen Dank! Ich arbeite weiterhin mit voller Kraft an den Figuren und ihrer Welt.

2020 war nicht das einfachste Jahr, um ein Buch zu schreiben, aber zum Glück habe ich wundervolle Unterstützung an meiner Seite. Ich danke meinen fantastischen Kindern Holly und James, meiner Familie sowie meinen Freunden für ihre Liebe und Ermutigung. Wie immer danke ich meinen brillanten Autorenkolleginnen Clodagh Murphy, Hannah Ellis, Keris Stainton, Nadine Kirtzinger und Sally Calder.

Danke an meine Lektorin, meinen Coverdesigner, sowie meine Test- und Vorablesenden. Ihr seid großartig. Ein besonderer Dank gilt Beth Farrar, Karen Heenan, Judy Grivas, Paula Searle, Ann Martin, Jenni Gudgeon, Stuart Bache, Kerry Barrett und David Wood.

Und schließlich gilt ein großer Dank meinem Mann. Ohne dich könnte ich das alles nicht tun.

ÜBER DEN AUTOR

Bevor Sarah Painter mit dem Schreiben von Romanen begann, war sie als Journalistin, Bloggerin und Lektorin tätig - neben ihrer Karriere als „Löwenbändigerin" (auch bekannt als: Mama).

Sarah lebt mit ihren Kindern und ihrem Mann in Schottland auf dem Land. Sie trinkt viel zu viel Tee, mag die Arbeit von Joss Whedon und ist stolze Besitzerin einer Schreibhütte.

facebook.com/SarahPainterBooks
twitter.com/SarahRPainter
instagram.com/SarahPainterBooks

9 781913 676230